KB032989

음악의 신

5

이창연 장편소설

초판 1쇄 찍은 날 | 2017년 2월 15일
초판 1쇄 펴낸 날 | 2017년 2월 22일

지은이 | 이창연
펴낸이 | 예경원

기획 | 위시북스
편집책임 | 박우진
편집 | 이즈플러스

펴낸곳 | 예원북스
등록번호 | 제396-2012-000132호
등록일자 | 2012. 7. 25
KFN | 제1-072호

주소 | 경기도 고양시 일산동구 호수로 646-24 위너스21 II 빌딩 206A호 (우)10401
전화 | 031-819-9431 팩스 | 031-817-9432
E-mail | yewonbooks@naver.com

ⓒ이창연, 2016

ISBN 979-11-6098-084-4 04810
       979-11-5845-408-1 (set)

※ 파본은 구입하신 서점에서 교환하여 드립니다.
※ 저자와 협의하여 인지를 붙이지 않습니다.
※ 이 책은 예원북스와 저작자의 계약에 의해 출판된 것이므로 무단 전재 및 유포, 공유를
   금합니다.
※ 이 도서의 국립중앙도서관 출판시도서목록(CIP)은 서지정보유통지원시스템 홈페이지
   (http://seoji.nl.go.kr)와 국가자료공동목록시스템(http://www.nl.go.kr/kolisnet)에서
   이용하실 수 있습니다.

음악의 신

이창연 장편소설

WISHBOOKS MODERN FANTASY STORY

5

CONTENTS

1화 3년 후, 새로운 시작   7

2화 월드의 프린세스   79

3화 심폐소생의 신화   111

4화 강적들의 등장, 하얀달빛   155

5화 꺾인 날개를 펴다   211

6화 Hot Spring 上   283

1화
3년 후, 새로운 시작

─……LA에서 도착하는…….

수많은 사람이 오가는 인천공항은 언제나 분주했다. 각양각색의 사람들이 여행용 가방을 들고 바삐 수속을 진행했고 직원증을 찬 사람들은 자신들이 맡은 서비스를 제공했다. 방송이 흘러나오자 바삐 뛰는 사람들까지, 공항은 활기에 넘쳤다.

"올 때가 됐는데……."

이현지는 수많은 인파 안에 있었다. 전광판을 보니 이미 비행기는 도착했다 한다. 출국장에서 사람들이 계속 내려오고 있었지만, 그녀가 찾는 사람은 아직 보이지 않았다. 전화도 없고, 답답한 상황이었다.

"내가 대표인지 비서인지 구별이 안 가네."

이현지는 괜히 투덜거렸다. 입국 수속이 길어지면 늦어질 수도 있다는 걸 잘 안다. 그러나 그가 없는 동안 한국에서 한 고생들을 생각하면 절로 그런 말이 쏟아져 나왔다.

다행히 저 멀리서 그녀가 찾는 이의 모습이 눈에 들어왔다. 긴 다리에 넓은 어깨가 돋보이는 남자였다. 그는 여행용 가방을 끌며 조금은 그을린 얼굴에 여유 있는 모습으로 천천히 걷고 있었다.

"강윤 씨, 여기예요."

이현지는 열심히 손을 흔들었다. 그러자 그는 곧 알아보았는지 반가워하는 기색으로 달려왔다.

"오래 기다리셨나 봅니다."

"아니에요. 오랜만이네요. 강윤 씨, 아니, 이젠 사장님인가요? 반년 만에 뵙네요."

"오글오글하군요."

악수를 한 두 사람은 주차장으로 향했다. 차에 짐을 싣고 공항을 나와 한적한 도로를 달리기 시작했다.

"많이 탔네요. 좋은 데 다녀왔나 봐요?"

"오기 전에 희윤이와 플로리다에 다녀왔거든요."

"어머? 희윤이가 많이 좋아졌나 보네요."

"이젠 정상이죠."

강윤은 아무렇지도 않게 이야기했다. 그러나 여기에는 여러 가지 사연들이 있었다. 근 1년간은 희윤 옆에 붙어 거의 아무것도 하지 못했고 2년이 조금 넘어서야 강윤 자신의 일에 손을 댈 수 있었으니 말이다.

3년간 미국과 한국을 왔다 갔다 한 이현지도 그것을 잘 알고 있었다.

"저번에 희윤이가 만든 노래들 몇 개 들어봤는데 괜찮은 게 많더군요. 감각도 있고, 강윤 씨 동생다웠어요."

"아직 멀었죠."

말은 그렇게 했지만 누군가 혈육을 인정해 주는 건 좋은 일이었다. 강윤은 엷게 웃었다.

"미국에서도 한국 소식 계속 접했겠지만, 시장이 많이 변했어요."

"전 원 회장님 소식이 제일 충격적이었습니다. 그 건강하시던 분이 갑자기 쓰러지시다니……."

"그러니까요. 세상일은 한 치 앞을 알 수 없다더니, 그 말이 딱 맞는 것 같아요. 그 덕에 내가 여기 있는 거 아니겠어요?"

"병문안부터 가봐야겠습니다."

강윤은 씁쓸했다. 원진문 회장은 강한 힘으로 이사진과 사장단을 조절하며 연예계 최고의 실세임을 과시했다. 그러나 갑자기 찾아온 심근경색이란 병은 무서웠다. 한순간에 원진문 회장이 그렇게 돼버리니 MG엔터테인먼트는 이사진의 결정에 좌지우지되게 되었다. 상대적으로 세력이 약한 사장단은 밀려났고, 그 결과 이현지는 사장 자리에서 물러나야 했다.

"그래요. 그래도, 이젠 머리 빠지면서까지 스트레스 받을 일은 없어서 좋네요."

"머리까지 빠졌었습니까? 지금 사장님 나이에 그러시면……."

"거기까지."

민감한 이야기가 나오니 이현지의 인상이 가볍게 일그러졌다.

"네, 알겠습니다, 사장님."

"이젠 이사죠. 이강윤 사장님."

"하하하. 사장이라는 말은 듣기 좋으면서 오글오글합니다. 특히 사장님께 들으니 더 그러네요."

"이제 호칭에 익숙해지세요. 앞으로 회사 규모를 확장해 나가면 더더욱 그래야 해요."

두 사람은 그 외 연예계 사정과 MG엔터테인먼트에서 강윤이 키워왔던 연예인들, 그리고 앞으로의 계획들을 얘기했다. 3년간 급변한 한국 연예계 바닥에 적응하려면 시간이 필요할 듯싶었다.

그렇게 대화를 나누다 보니 어느새 새로운 보금자리가 될 사무실에 도착했다. 사무실은 용산에 있었다. 2층 규모의 조금 허름한 건물에 'WORLD 엔터테인먼트'라는 간판이 붙어 있었다.

"임대료를 생각하면 강남까지는 무리더군요. 강윤 씨가 말한 대로 2층 건물을 임대했어요. 지하까지 3층. 겉은 허름

해도 내부는 시설도 들여놓고 쓸 만해요."

강윤과 이현지는 문을 열고 건물 안으로 들어갔다.

"이제부터 강윤 씨는 사장님이에요. 제대로 대우를 해드리죠."

"알겠습니다, 이사님."

"기분 이상하네요."

두 사람이 2층에 마련된 사무실로 들어가니 누군가가 기다리고 있었다. 긴 머리를 묶은 정장 차림의 여성이었다. 긴 목선에 긴 다리가 두드러진 20대 여자였다.

"이사님, 오셨습니까?"

"안녕하세요, 혜진 씨. 사장님, 이쪽은 정혜진 씨, 회사 사무와 예산을 담당하는 직원입니다."

"사장님이세요? 안녕하십니까? 말씀 많이 들었어요."

사장이라는 말에 정혜진이라는 여인은 기합이 단단히 들어 90도로 인사를 했다. 강윤은 그렇게까지 할 것 없다며 그녀를 일으켜 세웠다. 강윤은 그녀에게 지금까지 어떤 일을 했는지를 묻고는 앞으로 잘 부탁한다는 말을 했다.

정혜진이 커피를 내오고, 사무실에는 강윤과 이현지가 마주 앉았다. 조금 전과는 달리 분위기가 약간 가라앉았다. 이젠 중요한 이야기를 해야 한다는 걸 두 사람 모두 알고 있었다.

"앞으로는 어떤 계획을 세우고 계신가요, 사장님?"

운은 이현지가 먼저 뗐다. 강윤은 여행용 가방에서 서류 하나를 꺼내 내밀었다. 이현지가 열어 보니 악보였다.

"악보네요? 아, 이거 저번에 들었던⋯⋯."

"네. 희윤이가 작곡한 곡입니다. 한 번 들어보시겠어요?"

강윤은 휴대전화에서 바로 노래를 재생시켰다. 피아노로 전해지는 발랄한 멜로디가 이현지의 마음을 단박에 사로잡았다.

"멜로디가 밝으면서 느낌이 있네요. 편곡만 잘하면 좋은 곡이 나오겠군요. 편곡분도 있나요?"

"시간이 없어서 편곡은 아직 못했습니다."

"잠깐."

이현지는 강윤의 말에서 이상한 부분을 발견했다. 못했다니, 이건 직접 한다는 소리 아닌가?

"사장님이 편곡을⋯⋯?"

"네. 직접 손을 대 볼 생각입니다."

"하⋯⋯."

이현지는 크게 놀라 눈이 왕방울만 해졌다. 편곡이라니, 어느새 강윤의 음악적 수준이 그렇게 높아졌는지 당혹스럽기까지 했다.

"편곡은 만만치 않아요. 3년 만에 편곡이라니. 기분 나쁘게 들릴지 몰라도 사장님은 아직 검증되지 않은 신인. 누가 그 곡을 사려 하겠어요."

이현지는 회의적이었다. 말은 돌려서 했지만 '네가 그만한 실력이 있느냐?' 그 말이었다. 그러나 강윤은 자신 있는지 흔들림 없는 눈으로 그녀를 바라봤다.

"일단 완성되면 곡을 드리겠습니다. 듣고 결정하는 것도 방법이죠."

"……사장님이 이상한 말을 할 사람은 아니니까."

그동안 강윤이 열심히 음악을 공부했다는 건 잘 알았다. 그러나 공과 사는 다른 법이다. 이현지는 신중했다. 일단 들어보고 결정하기로 하고 승낙했다.

"오늘은 여기까지 하죠. 시차 적응이 안 돼서 피곤하네요."

"알겠습니다, 사장님. 태워다 드릴까요?"

"아니에요. 이사님도 일이 있을 텐데."

"풋. 이젠 이사님이네요? 확실히 어색하네요."

이현지는 괜찮다며 강윤을 잡아끌었다. 그녀는 기어이 강윤을 차에 태우곤 그의 집까지 태워다 주었다.

'이제 시작이다. 잘 해보자.'

집 앞에서, 돌아가는 이현지에게 손을 흔들며 강윤은 그녀를 놀라게 할 만한 노래를 만들겠다 다짐했다.

강윤이 안으로 들어가니 집은 예전 그대로였다. 약간 무성하게 솟은 잡초들이 거슬렸지만 다른 건 크게 변한 게 없었다. 물론 희윤의 비어 있는 방이 허전하게 다가왔다. 강윤은 희윤의 방문을 닫고 자신의 방으로 들어섰다.

'좋아. 다 왔군.'

방 안에는 신디사이저 2대, 스피커 7대와 우퍼 1대, 그리고 새로 주문한 컴퓨터가 박스 포장에 싸여 있었다. 강윤의 부탁에 이현지가 직접 구해 준 것이다.

'고맙네.'

투자가와 투자를 받는 사람의 입장이라지만 이 정도 배려라면 강윤은 할 말이 없었다. 반드시 좋은 결과를 만들어 후회하지 않게 만들어야 한다며 마음을 굳게 먹었다.

스피커들을 컴퓨터에 연결하고 신디사이저도 스탠드에 올려 세팅을 했다. 컴퓨터를 중심으로 신시사이저들을 세팅하고 잘 '볼 수' 있도록 스피커들도 높이 걸어놓았다. 음표를 잘 보기 위한 세팅이었다.

시차 때문에 피곤했지만, 강윤은 세팅을 서둘렀다. 3시간이 넘도록 세팅과 테스트를 거치니 강윤의 방에 어엿한 개인 작업실이 완성되었다.

'한번 해볼까?'

강윤은 악보를 보며 신디사이저를 연주하기 시작했다. 그러자 스피커 하나에서 푸른 음표가 흘러나오기 시작했다. 곧 음표는 일정한 자리에서 빛을 만들어냈다. 약한 하얀빛이었다.

'드럼을 입혀보자.'

이어 강윤은 신디사이저 위에 드럼을 세팅해 놓고 비트를 만들었다. 그리고 컴퓨터로 방금 연주한 소리를 합성했다. 각각 스피커에 따로 나오도록 설정하고 재생하니 푸른 음표와 검은 음표가 흘러나오기 시작했다. 곧 두 음표는 합쳐지며 약간 더 강한 하얀빛을 만들어냈다.

'이 정도면 됐네.'

음표도 잘 보이고, 소리도 잘 들렸다. 만족스러웠다.

세팅을 완료하니 피로가 몰려들었다. 짐도 풀지 못했지만, 세팅을 완료했다는 성취감에 강윤은 그대로 침대 위에 널브러졌다. 그리고 깊은 꿈나라로 빠져들었다.

걸그룹 전성시대. 2011년 가요계를 일컫는 말이었다.

데뷔 이래 부동의 1위를 지키고 있는 에디오스와 그 뒤를 바짝 뒤쫓는 다이아틴의 경쟁은 수많은 팬의 이목을 집중시켰다. 노래, 춤, 예능까지. 모든 엔터테인먼트 분야에서 못하는 게 없는 소녀들의 활약은 가요계 시장에서 살짝 밀려나 있던 2030 남자들을 강력한 소비층으로 끌어들였다. 강력한 캐시카우가 형성된 것이다.

그리고 이후, 두 그룹에서 시작된 걸그룹의 인기는 수많은 형태의 걸그룹을 양산했다. 지금은 이른바 걸그룹 전성시대였다. 하지만 명이 있으면 암도 있는 법. 막상 빛나는 그룹은 몇 되지 않았다.

"오늘도 노는 거야? 지겨워, 지겨워!"

걸그룹 티앤티는 빛나지 않는 그룹이었다. 그 멤버 진세아
는 연습실에서 투덜대며 바닥을 뒹굴었다. 그녀의 말에 동감
하는지 같은 멤버 이민도 깊은 한숨을 내쉬었다.

"벌써 일주일째 놀고 있어요. 어디 작은 행사라도 없나."

"있었으면 이러고 있겠니. 저번 앨범이 콩가루같이 폭삭
망해서 그러지……."

주정현이 투덜거렸다. 그녀는 지난번 앨범에 대한 서러움
이 아직도 잊히지 않는지 귀여운 얼굴을 잔뜩 구겼다.

멤버들 모두가 투덜댔지만, 리더 김효린도 별달리 할 말이
없었다. 지난번 싱글앨범에 있던 곡이 어찌나 형편없던지 지
금 생각만 해도 화가 날 정도였으니 말이다. 그저 지나간 건
잊으라며 모두를 달랬을 뿐이었다.

그렇게 모두가 힘없이 추욱 늘어져 있을 때, 건장한 남자
한 명이 들어왔다. 매니저 민상철이었다.

"뭐야? 분위기가 왜 이래?"

"요즘 우리 백수잖아요."

김세솔이 투덜거렸다. 그녀의 말에 공감하는지 여자들 모
두가 불쌍한 표정을 짓고 있었다. 그는 이해한다며 고개를
끄덕이곤 다음 말을 이어갔다.

"곧 새 노래를 녹음할 거야."

"아, 네. 한 달 만이네요."

진세아가 직접적으로 치고 나오자 민상철 매니저는 헛기침을 했다. 참담한 결과에 그로서도 사실 민망했다.

"그……. 그래도 이번에는 괜찮을 거야. 내부가 아니라 외부에서 구할 거니까."

"……그나마 다행이네요. 사장님 곡으로 또 하면 어쩌나 하고 걱정했는데."

이민이 조근조근 말하니 민상철 매니저는 진땀을 흘렸다. 첫 번째, 두 번째 곡에 이어 세 번째까지 이 모양이니 사장의 곡에 대한 신뢰가 없을 만도 했다.

"아무튼! 너희는 조금만 기다리면 돼. 알았지? 이젠 녹음도 하고 행사도 죽도록 뛰게 해줄 테니까."

"아, 네."

민상철 매니저가 사기를 올려주려 했지만, 모두의 답에는 바람이 잔뜩 빠져 있었다.

♪ ♫ ♪ ♫ ♪

한숨 자고 일어난 강윤은 여독이 조금은 풀렸다 느끼고는 바로 작업을 시작했다.

희윤이 준 곡은 발랄하면서 리듬감이 살아 있었다. 강윤은 그 느낌을 제대로 살리고 싶었다. 거기에 최근 유행하는 후

크적 요소, 듣기 좋은 편곡을 약간 가미해 볼 생각이었다.

'처음엔 음이 낮으니까 조금 여유 있게 가보자.'

강윤은 신디사이저에서 오르간 소리의 변형을 찾았다. 수많은 오르간 소리 중 적합한 소리를 찾는 건 만만한 작업은 아니었다. 그러나 느낌을 생각하며 하나하나 대입을 해보니 곧 찾아낼 수 있었다.

건반을 누르니 베이지색 음표가 흘러나왔다. 이어 제일 먼저 작업했던 드럼 소리에 입혀 보았다. 그러자 회색빛이 보였다. 뭔가가 틀어진 것이다.

'이건 아니네.'

홀로 연주할 땐 괜찮지만, 합주에선 아니었다. 강윤은 다시 소리를 찾아 재생, 합성 작업을 반복했다. 비슷한 오르간 소리였지만 울림이 조금 있는 게 느낌이 달랐다. 괜찮다 생각한 강윤은 드럼 소리에 입혀 보았다. 그러나 역시 회색이 눈에 들어왔다. 오히려 드럼의 쿵 소리와 울림이 겹치면서 회색빛이 더더욱 짙어 보였다.

'윽…….'

회색 특유의 칙칙한 기분에 강윤은 연주를 멈춰야 했다. 이전보다 영향력이 더더욱 커졌는지 직접적으로 피부에 와 닿는 기분이었다.

'다시…….'

다시 심기일전해서 오르간 소리를 찾아 합성했다. 음의 세기를 나타내는 LED 계기판도 적당히 올라가고 느낌도 괜찮았다. 그러나 연주가 진행될수록 빛이 점차 검게 물들었다.

"으윽!"

강윤은 얼른 소리를 꺼버렸다. 온몸에 짜르르한 전기가 흐르는 기분이었다. 이전처럼 단순히 칙칙한 정도로 끝나지 않았다.

'오르간은 확실히 아니군.'

그 덕에 강윤은 확실히 알 수 있었다. 오르간 메뉴를 넘겨 스트링으로 넘어갔다. 이번에는 약간의 배경음과 함께 발랄한 느낌을 살려주는 스트링을 깔았다. 그리고 드럼 소리와 합성을 했다. 그러자 쿵 짝 하는 비트와 함께 스트링이 유유히 흐르며 음표들이 하얀빛을 이루었다. 곧 검은색 음표와 하얀색 음표가 만나 새하얀 공연의 빛을 만들어내기 시작했다.

'이거네.'

소리 하나를 찾는 것도 쉬운 작업은 아니었다. 시계를 보니 작업한 지 3시간째였다. 3분이 조금 넘는 곡을 만드는 작업은 쉽지 않았다.

하루 종일, 강윤은 작업실에서 나오지 않았다.

"강윤 씨, 오랜만이네요."

최찬양 교수는 강윤을 보자마자 반가움에 그를 끌어안았다. 강윤도 마찬가지였다.

"교수님, 오랜만입니다."

두 사람은 반가움을 나누고 자리에 앉았다. 여유로운 음악이 흐르는 한적한 카페에서 두 사람은 3년 만에 재회했다. 그동안 전화 등으로 소식을 전하곤 했지만 직접 만나는 것과 사뭇 느낌이 달랐다.

"미국에서 음악공부 많이 하고 오셨지요?"

"네. 여러 기회가 있었죠. 대학은 가지 못했지만……. 그래도 버금갈 만큼 여러 가지를 접했습니다. 열심히 공부했죠."

"역시. 어디 그럼 성과를 한번 볼까요?"

최찬양 교수는 많은 말을 하지 않았다. 강윤은 성과라며 오늘 종일 편곡에 매달렸던 곡을 내밀었다.

휴대전화에 이어폰을 꽂으며 곡을 듣는 최찬양 교수의 표정이 미묘하게 변해갔다. 3분 남짓한 시간이 흐르고, 최찬양 교수는 이어폰을 뺐다.

"느낌이 좋군요. 편곡은 직접 하신 건가요?"

"네."

"열심히 하셨군요. 좋은 곡이에요. 그래도 아직 완성된 건 아닌 것 같네요."

최찬양 교수는 엄지손가락을 척 들었다. 듣기 좋은 박자에 리듬감 있는 멜로디까지 귀에 척척 감겨왔다. 떠나기 전까지는 화성학 기초에 머물렀던 사람이 이 정도 편곡을 해내다니, 감회가 새로웠다.

"네. 베이스는 완성했는데 좀 더 꾸며볼까 합니다."

"스트링이 잘 깔려 있네요. 그래도 같은 효과를 계속 쓰면 질릴 수 있으니까 뒤에는 조금 다른 효과를 넣어보는 게 어떨까 해요."

"감사합니다. 역시 교수님은 다르네요."

"아니에요."

강윤이 고마워하자 최찬양 교수는 손을 내저었다.

"약속했었잖아요. 강윤 씨가 사업을 시작하면 내가 자문을 해주겠다고."

"아……."

"재미있을 것 같네요. 강윤 씨와 일을 하면 재미있을 것 같아요. 오늘도 그렇고요."

"교수님이 도와주시면 저야 감사하죠. 대가는 걱정하지 마십시오."

"그런 건 괜찮아요."

강윤은 최찬양 교수에게 대가도 없이 일을 시킬 생각은 절대 없었다. 이런 도움이라면 추후 반드시 보상할 생각이었다. 물론, 지금은 희윤의 치료비다 사업비다 뭐다 해서 가난했지만…….

화기애애한 분위기 속에 화제가 전환되었다.

"현아 소식 들었나요?"

"현아 말입니까? 아니요. 전혀 못 들었습니다."

강윤은 간혹 연락을 한 사람도 있었지만, 전혀 연락하지 못한 사람들도 있었다. 이현아도 그중 한 사람이었다.

"현아가 지금 중요한 기로에 서 있어요. 메이저에서 호출이 왔거든요. 예랑엔터테인먼트에서 제의가 들어왔나 봐요."

"아, 예랑……."

강윤은 이현아라면 그럴만하다며 수긍했다. 그 목소리에 곡을 쓰기도 한다. 충분히 스카우트 제의가 들어올 만했다. 한국의 3대 기획사 중 하나라면 이현아의 미래에 큰 도움이 될 것이다. 그런데 최찬양 교수의 말은 그게 끝이 아니었다.

"그런데 그곳에서 밴드는 버리고 혼자 오라고 하나 봐요. 심하게 갈등 중인 것 같네요."

"메이저에서 밴드로 성공하기는 쉽지 않으니까요. 밴드가 멋있어 보이기는 하지만 요즘같이 화려한 퍼포먼스도 많고 본 방송에서 제대로 된 세팅도 만만치 않은 밴드가 성공하기란 쉽지 않죠."

강윤은 한숨을 내쉬었다. 최찬양 교수는 의자를 바짝 끌어당겨 왔다.

"강윤 씨라면 뭐라 하시겠어요?"

"네?"

"현아가 이런 상황에서 어떻게 해야 하는지 묻는다면, 강윤 씨는 뭐라고 답해주겠어요?

어려운 문제였다. 강윤은 잠시 생각해 보고 답을 주겠다며 눈을 감았다. 지금까지 동고동락한 팀원들을 버리고 혼자 기획사로 들어간다? 도리상 안 되는 일이다. 하지만 거대 기획사가 그렇게까지 어필을 하는 걸 보면 그녀를 강하게 밀어줄 게 뻔했다.

'어렵네. 하지만 이 바닥에서 한두 해 살 게 아니라면⋯⋯.'

힘든 문제였지만 근본적으로 생각하니 곧 답이 나왔다. 강윤은 차분히 자기 생각을 털어놓았다.

"저 같으면 제안을 정중히 거절할 것 같네요."

"그래요? 그래도 이런 큰 기회를 놓치는 건 안타깝지 않나요?"

"그렇기는 하지만 3대 기획사가 연락했다는 건 현아에게 그만한 가치가 있다는 말이죠. 언젠가 밴드 전원을 함께 고려하면서도 그녀를 영입하려는 회사가 나타나지 않겠습니까? 만약 지금 제안을 받아들인다면, 팀원들을 버렸다는 꼬리표를 떼기가 쉽지 않을 겁니다. 요즘 팬들 무섭거든요."

"흠⋯⋯."

최찬양 교수는 잠시 생각하더니 알겠다며 고개를 끄덕였다.

"이대로 대답하면 되겠네요."

"네?"

"현아에게 내가 받았던 질문이거든요. 현명한 답 고마

워요."

강윤은 결국 어깨를 으쓱이고 말았다. 예상은 했지만 진짜라니. 최찬양 교수도 위트가 있었다.

이야기를 끝나고 두 사람은 카페를 나섰다. 헤어지기 전 갈림길에서 최찬양 교수가 강윤에게 웃으며 말했다.

"아, 맞다. 강윤 씨, 현아가 한마디 전해 달라는 걸 잊었네요."

"현아가요? 무슨 말인데요?"

"그대로 전해줄게요."

그는 잠시 심호흡을 하며 운을 뗐다.

"다음에 보면 죽을 줄 알아요."

"네?"

"그대로 전해드렸습니다. 그럼 다음에 봬요."

"허……."

좋을 때라며 허허롭게 돌아서는 최찬양 교수를 보며 강윤은 당황스러움을 감추지 못했다.

"이런. 말이라도 하고 갈 걸 그랬나……."

당시 정신없었던 걸 생각하면 모두에게 연락하는 건 무리였다. 그래도 설마 별일 있겠느냐는 생각에 강윤은 어깨를 으쓱이곤 집으로 향했다.

회사를 설립한 지 얼마 되지 않아 이현지는 정신이 없었다. 그동안 MG엔터테인먼트의 사장으로 있으면서 쌓아놓은 인맥들을 동원하여 영업 기반들을 깔아놓아야 했고 연예계 동향도 살펴야 했다. 강윤이 온전히 일에만 집중하게 하려면 이런 기반 작업들은 필수였다.

그렇게 일한 보람이 있는지 인프라를 동원할 수 있는 첫날이 되었다. 강윤이 편곡한 곡을 들고 사무실에 온 것이다.

"이 곡인가요? 좋은 느낌? 뭔가가 생각나는 제목이군요."

"네."

악보를 받아 들고 그녀는 강윤이 준 USB를 연결했다. 곧 사무실에 강윤의 곡이 울리기 시작했다.

"복고풍? 옛날 느낌이 나네요? 이거 희윤이 목소리인가요?"

"네. 가사도 직접 만들었습니다."

"대단하네요. 미국에서 녹음까지 해서 공수하고."

이현지는 음악을 들으며 신나는 리듬감과 스트링에 어깨를 들썩였다. 익숙하면서도 질리지 않는, 강윤이 가져온 곡은 그런 느낌이었다.

"확실히 복고풍이 물씬 나네요. 그렇다고 질리는 느낌은 안 나는? 이거 느낌 괜찮은데요?"

이현지는 강윤의 곡에 진심으로 반한 듯, 목소리가 올라갔다. 강윤은 그녀의 만족한 모습을 보며 차분히 이야기했다.

"친근감, 편안함, 경쾌함을 강조했습니다. 그러다 이런 곡이 나왔죠. 트렌드가 90년대의 풍요를 그리워하는 분위기가 조금씩 조성되는 것 같습니다. 유행이 돌고 돌듯이 말이죠."

"맞네요. 좋아요. 이만하면 통하겠어요."

이현지는 많은 말을 하지 않았다. 바로 USB를 받아들고 자리에서 일어났다.

"어디 가십니까?"

"나도 일해야죠. 지금 우리가 계속 가만히 있는 것만으로도 적자라고요."

"아, 그렇지요."

"사장님도 어떻게 회사를 운영할지 구상을 해주세요. 어차피 이제 우리 월드엔터테인먼트는 회장님 어깨에 달려 있으니까요. 그럼 다녀오겠습니다."

이현지는 행동파였다. 그녀는 당장에라도 곡을 팔아올 기세로 사무실을 나섰다.

"대단하네. 나도 지지 않으려면 열심히 해야겠어."

그동안 사장 자리에서 어떻게 좀이 쑤시게 가만히 앉아만 있었는지 의심스러울 정도였다. 그 넘치는 활력에 보답해야겠다 생각하며 강윤은 앞으로의 계획을 하나하나 수립하기 시작했다.

그날 저녁.

정혜진 사원이 노크하고 강윤의 사무실로 들어왔다.

"사장님, 이만 가보겠습니다."

"그래요. 조심해서 들어가요."

그녀가 가고, 강윤도 천천히 퇴근을 준비했다. 그의 책상 위에는 앞으로 무엇을 해야 할지가 빼곡하게 적혀 있었다.

강윤이 사무실 문을 열고 나서려는데 문 앞에 한 여인이 서 있었다.

"헉!"

"뭘 그렇게 놀라?"

"……너냐?"

"뭐야? 반응이 왜 이렇게 미적지근해?"

처음에 놀랐다가 얼굴을 보더니 뚱한 반응을 보이는 데 실망했는지 그녀는 불퉁한 어조로 화분을 책상 위에 올려놓았다. 화분에는 '축 개업'이라는 말이 쓰여 있었다.

강윤은 퇴근하다 말고 커피를 내와야 했다. 그녀는 당연하게 받아들고는 다리를 꼬고 앉았다.

"1개월 만이네. 잘 있었어, 오빠?"

"……그래. 연주아, 이 망할……."

"아얏."

강윤은 그녀, 주아의 머리를 한 대 쥐어박았다. 사적인 원한이 담긴 꿀밤이었다. 주아는 불퉁한 표정을 짓더니 이내 털어버렸는지 다시 유쾌해졌다.

"하하하. 아직도 오빠 몰래 비치 간 것 때문에 그러는 거야?"

"그게 보통 일이냐? 어? 희윤이를 왜 꼬드겨 가지고 그런 데를 가, 그런 데를."

"해수욕하는 게 어때서. 희윤이 요새 살도 적당히 올라서 보기 얼마나 좋은데. 남자들이 아주 그냥……."

"뭐뭐뭐뭐뭐뭐뭐? 너 다시 말해봐."

강윤의 눈에 불이 켜지자 주아는 움찔하며 한 발자국 물러났다. 그녀는 너무 나간 듯싶어 수위를 조절했다.

"하여간 농담도 못 해요. 알았다, 알았어. 몇 번을 사과해야 하는 거야."

"됐다. 아무튼, 다시는 희윤이 꼬드겨서 몰래 어디 가지 마."

"……다음엔 클럽 갈 거다."

"뭐라고?"

주아는 절대 지지 않았다. 그러나 강윤에게 전혀 타협의 여지가 느껴지지 않으니 물러났다. 물론 이런 발언들 모두 장난이었다.

강윤은 사무실 안에 있던 양주와 안줏거리를 꺼내왔다. 미국에서 주아가 자주 찾던 것들이었다. 술잔이 오가자 주아에게서 조금씩 본론이 나오기 시작했다.

"일은 잘돼가?"

"이제 시작이야. 너는 어떻게 지내? 미국에서 힘들었잖아."

"그렇지. 그걸 꼭 말해야겠어?"

"복수야."

"하여간. 못돼먹었어."

주아는 장난스럽게 투덜거렸다. 그러나 얼굴에 약간 그늘이 져 있었다. 강윤도 장난을 거두며 진지하게 이야기했다.

"미국 진출은 시기상조였어. 조금만 더 기다렸다 가도 늦지 않았을 텐데. 누구 전략이야?"

"이사들 결정이지. 나도 이 정도면 되겠거니 생각했고. 회장님이 건강했으면 반대했을까 싶어. 아, 빌보드 50위 안에는 들 줄 알았는데, 100위 안에도 못 들고. 쪽팔려서 고개도 못 들겠어."

주아는 생각할수록 부끄러운지 고개를 세차게 흔들었다. 일본에서 최고의 위치를 쌓았고, 그 실적과 안정을 기반으로 미국까지 두드렸지만 결국 실패. 쓸쓸히 고국으로 돌아와야 했다. 가볍게 이야기했지만, 실패라는 건 참 쓸쓸했다.

강윤은 쓰디쓴 얼굴을 하고 있는 주아에게 별다른 말을 하지 않았다. 그냥, 자기 이야기가 하고 싶어서 온 게 분명했다. 그저 귀를 기울여주는 게 최선이라는 걸 누구보다도 잘 알았다.

"하여간 왜 회사를 나와서는……. 에이, 거지같은 이사들. 오빠 나가고 내가 몇 번 뒤집은 거 알아?"

"그랬어?"

"그냥 활동 안 한다고 땡깡 좀 부렸지. 당신 같은 사람들

믿고 일 못 한다고 시위 좀 했달까? 후후."

"그래그래. 그 이야기만 10번도 넘게 했다."

미국에 놀러 올 때마다 들었던 이야기였다. 강윤의 타박에도 주아는 지지 않았다.

"그래도 들어."

"네, 알겠습니다."

"아무튼. 오빠 나한테 고마워해야 해. 내가 애들 소식 다 전해줘, 여기 동향 알려줘. 나만한 사람이 어디 있어? 그렇지?"

"그래그래. 고맙다."

강윤도 툴툴대며 이야기했지만 사실 주아가 고마웠다. 미국에 있을 때 희윤의 친구가 되어주고 외로운 생활의 활력소가 되어준 게 주아였다. 주아에게도 힘든 미국활동 와중에 강윤, 희윤과의 만남은 편안한 휴식처와 같았다.

술기운이 올라왔는지 주아는 실실거리기 시작했다.

"오빠. 히히. 진서 소식 알아?"

"진서? 저번에 말했잖아."

"히히. 그랬나? 아~ 진서가 디이게 무서운 애야. 오빠 나갔을 때 난 활동 안 한다는 정도로 끝냈는데 걔는 그냥 회사에서 나간다고 협박했어. 위약금이고 뭐고 다 문다며 나서는데 회사가 시끌시끌했다고. 조용한 애가 화나니까 진짜 무섭더라니까?"

"진서 박력은 알아줘야지. 그래도 그런 말을 왜 해. 바보

같이. 회사생활 힘들어지게."

"킥킥. 글쎄올시다."

주아는 실실대며 강윤에게 손가락질을 해댔다. 그녀는 술이 약했다. 이 정도면 됐다 싶어 강윤은 술자리를 정리하고 주아를 일으켰다. 같이 사무실을 나서니 밖에는 주아의 매니저가 기다리고 있었다.

"아, 이 팀장⋯⋯. 아니, 이젠 어떻게 불러야 하나요?"

"편하게 부르시면 됩니다. 오랜만이네요."

강윤의 족적이 컸던 탓일까. 3년이 지났어도 주아의 매니저는 강윤에 대한 태도에 크게 변함이 없었다. 강윤은 2차를 가자며 생떼를 부리는 주아를 차에 태우곤 문을 닫았다.

"조심히 가세요."

"그럼 나중에 뵙겠습니다."

밴 안에서 주아가 생난리를 치는 것 같았지만, 강윤은 그대로 손을 흔들었다. 밴은 한 차례 가볍게 흔들리는가 싶더니 쓔웅 소리와 함께 사라졌다.

'나도 쉬자.'

강윤도 취기가 도는 몸을 이끌고 집으로 향했다.

♪ ♪ ♩ ♪ ♪ ♩ ♪

라우렐의 대표 이우성과 소속사 가수 티앤티는 스튜디오

에서 다음 타이틀곡을 선정하고 있었다. 총 4곡의 후보곡들을 들으며 어느 곡이 좋은지 갑론을박이 이어졌다. 그 결과 2곡은 떨어지고 2곡만이 남게 되었다.

"여기 '좋은 느낌'이라는 곡하고 '아하' 두 개가 남았네. 어떤 곡으로 하면 좋을까?"

이우성 사장은 편안하게 골라보라며 모두를 재촉했다. 그러나 막상 티앤티 멤버들은 전혀 마음이 편치 않았다.

'결국, 자기가 하고 싶은 거 할 거면서.'

'아하로 하겠네. 이상한 핑계 대면서.'

진세아와 김효린은 이미 좋은 느낌으로 마음이 기울었지만, 표현을 쉽게 하지는 못했다. 사장의 뉘앙스에서 대번에 눈치챘기 때문이었다. 다른 멤버들도 그걸 알았는지 속으로 투덜거렸다.

"편하게 골라봐. '아하' 같은 경우는 빠른 비트가 특징으로 섹시미를 뽐낼 컨셉이야. 좀 요염하기도 하지. 그리고 좋은 느낌이라는 곡은⋯⋯. 흠. 뭐랄까. 옛날 느낌이 좀 나는데⋯⋯."

이우성 사장은 확실히 '아하'를 하고 싶어 했다. 회사에서 사장의 뜻은 거절하기 힘들었다. 멤버들이 한숨을 쉬며 수긍하려 할 때, 한 여인이 손을 들었다. 이민이었다.

"전 좋은 느낌이 더 괜찮은 것 같아요."

"⋯⋯이유는?"

"저번에도 섹시 컨셉으로 갔다가 망했는데 똑같은 걸 또

하는 건 좀 아닌 것 같아요. 그리고 저 노래가 듣기에 더 편하고 계속 귀에 감겨요."

"크흠."

이우성 사장은 알겠다며 옆을 바라보았다. 그와 눈을 마주친 이는 김세솔이었다. 평소 말을 많이 하지 않는 그녀였기에 사장의 시선은 부담이었다. 모든 시선이 그녀에게 집중되었다. 떨려왔다. 하지만……

'이번까지 망할 순 없어!'

절박함이 소심함을 이겼다. 김세솔은 침을 꿀꺽 삼키곤 의견을 피력했다.

"저……. 전 좋은 느낌이 조…… 좋을 것 같아요."

소심하지만 용기를 낸 그녀에게 힘을 얻은 걸까. 다른 멤버들도 호응하기 시작했다.

"한 번도 해보지 않은 컨셉이 낫지 않을까요? 요즘에 섹시 컨셉이라 많이들 벗잖아요. 차별을 두는 게 좋다고 봐요."

"전 좋은 느낌이 더 낫다 생각해요."

주정현과 진세아가 의견을 피력했다. 반전이었다.

이우성 사장은 눈을 돌려 김효린을 바라봤다. 너도 그러냐는 무언의 압박이었다.

'언니, 언니!'

'언니, 제발!'

티앤티 멤버들은 간절했다. 사장이 주는 이상한 노래로 더 이상 기회를 날리고 싶지 않았다. 사장도 무서웠지만, 그 반응 없는 무대의 공포는 더더욱 무서웠다.

"저도, 좋은 느낌이 더 좋은 것…… 같아요."

이우성 사장은 침묵했다. 거의 자신을 따라주던 리더마저 저런 반응이니 할 말이 없었다. 그도 자신이 만든 노래가 실패를 거듭했다는 걸 잘 알았다. 그러나 고집스럽게 밀어붙였던 건 언젠가 성공할 수 있다는 믿음 때문이었다. 그런데 가수들에게마저 거부를 당하다니. 게다가 시범적으로 가져온 곡에 말이다.

잠시 생각하던 그는 결국 긴 한숨과 함께 수긍하고 말았다.

"……알았어. 그걸로 가자."

"네."

이우성 사장은 고개를 푹 숙이고 스튜디오를 나갔다. 그가 나간 지 한참이 지나자 티앤티 멤버들 모두가 손을 맞잡았다.

"언니들! 드디어, 드디어!"

"해방이야!"

"만세!"

사장이 자신의 곡이 아닌, 외부에서 곡을 들여왔다!

이 쾌거는 티앤티 멤버 모두를 춤추게 만들었다.

정혜진이 내온 커피를 마시며 강윤과 이현지는 아침 회의를 시작했다.

이현지는 여유 있게 커피를 넘기며 기쁘게 이야기했다.

"곡을 팔았어요."

"그래요? 어디입니까?"

"티앤티라고, 라우렐엔터테인먼트 소속의 가수예요. 이번 타이틀곡에 사용하고 싶다는군요."

강윤은 기억을 더듬었다. 하지만 티앤티라는 가수는 기억에 없었다. 걸그룹들이 난립한 시기에 사라져 간 가수 중 하나인 게 분명했다.

"처음 듣는 가수군요. 신인인가요?"

"신인은 아니에요. 데뷔 2년 차 가수인데 아직 이렇다 할 히트곡은 없으니 중고 신인이라 봐야죠."

"데뷔 2년 차에 히트곡도 없다라……. 좋은 가수는 아니군요."

강윤은 혀를 찼다. 사실 2년 동안 아무런 반응도 없다면 그건 대중에게 어필이 힘들다는 말과 일맥상통했다. 이 정도면 특단의 조치가 필요하지 않을까 하는 생각도 함께했다.

"가수보다 거기 사장이 문제예요. 똥고집으로 유명하죠. 이우성이라는 사람인데 타이틀곡만큼은 자기가 만든 곡이 아니면 안 된다는 지론을 가지고 있죠. 그렇게 잘된 가수가 둘 정도 있긴 한데……. 이후 티앤티는 확실히 망했죠. 만들어서 내놓는 곡 스타일이 티앤티와 안 맞나 봐요."

"여러모로 고집은 피곤하네요. 아무튼, 저희 노래가 타이틀곡으로 쓰인다니 잘된 일입니다. 미팅은 언제인가요?"

"내일로 잡았어요. 괜찮은가요?"

"네. 그럼 준비를……."

"잠깐만요."

이현지는 일어나서 준비하려는 강윤을 제지했다. 그가 의아해하니 그녀가 주의를 주었다.

"사장님, 상대방이 뭔가를 요청하기 전에는 절대 먼저 나서면 안 됩니다."

"알겠습니다."

강윤의 답에 그녀는 부족하다는 듯, 한 번 더 이야기했다.

"사장님은 완성도를 무척 중요하게 여기죠. 가수가 잘돼야 한다는 생각에 리스크까지 당연하게 짊어집니다. 그렇게 해주는 건 좋습니다. 하지만 우린 사업을 하는 겁니다. 먼저 뭔가를 해주겠다는 말을 해버리면 서비스가 될 수 있다는 말이죠. 영악한 사람은 이걸 이용할 수도 있어요. 우리 월드엔터테인먼트는 이제 걸음마를 뗐어요. 처음부터 무작정 퍼주면 앞으로 계속 퍼주게 될지도 몰라요."

강윤은 확실히 알아들었다. 그녀는 가수에게만 집중하는

강윤의 성향을 정확히 꼬집었다. 강윤은 알겠다며 고개를 끄덕였다.

"알겠습니다. 주의할게요."

"사장님은 확실히 유능합니다. 하지만 그걸 제값도 안 치르고 이용하려는 사람들이 있을 테니 걱정돼서 드린 이야기예요. 기대하고 있어요. 얼마나 소득을 얻어올지 말이에요."

이현지 이사는 강한 확신을 가지고 있었다. 강윤도 그녀의 기대에 보답하겠다는 듯 미소를 지었다.

다음 날, 강윤은 라우렐엔터테인먼트를 찾아갔다. 3층 규모의 건물 하나를 쓰고 있는 적당한 규모의 연예기획사였다. 들어가니 직원이 그를 이우성 사장에게 안내해 주었다.

"어서 오십시오. 기다리고 있었습니다."

사장실에서, 이우성 사장은 강윤에게 차를 대접해 주었다. 이우성 사장은 3년 전 공연과 음악 각종 분야에서 돌풍을 일으켰던 강윤에 대해 언급하지 않았다. 강윤도 이름만 말했을 뿐, 따로 기획가였던 자신의 과거를 이야기하진 않았다. 철저하게 실력으로 인정받고 싶었다.

"좋은 곡입니다. 익숙한 멜로디에 편안한 음악이 우리 아이들에게 잘 맞을 것 같더군요."

"그렇게 봐주시니 감사합니다."

"일단 애들부터 만나보시겠습니까?"

이우성 사장은 강윤과 함께 3층의 연습실로 향했다.

문을 여니 한쪽 벽에 거울이 붙어 있는 넓은 공간에 트레이닝복을 입은 여자 5명이 대열을 맞춰 연습에 몰입해 있었다.

"자자. 잠깐 모여볼래?"

이우성 사장의 말에 음악이 꺼지고 모두가 모여들었다. 그는 강윤을 모두에게 소개해 주었다. '좋은 느낌'의 작곡가라고 하니 모두에게서 반가운 기색이 풍겼다.

서로 인사를 나누고 본격적으로 새로 하게 될 '좋은 느낌'을 재생했다. 본격적으로 곡을 듣고 이야기를 나누기 위함이었다.

약간 빠른 비트에 복고풍의 멜로디가 연습실을 메웠다.

ㅡ예뻐 보이려고 화장도 하고~ 가장 예쁜 옷을 입고 나왔죠~

"완전 좋아, 완전."

"들을수록 맘에 든다."

주정현과 이민이 곡이 좋다며 난리였다. 그 모습을 이우성 사장은 곱지 않은 눈으로 바라보고 있었다. 그러나 두 소녀는 눈치가 없는지 계속 곡에 대한 칭찬을 연발했고 이우성 사장의 눈매는 조금씩 일그러져 갔다.

'뭐야?'

곡에 관해 이야기하려고 이우성 사장을 돌아보는데, 그의 눈초리가 이상했다. 강윤은 의아했다. 작곡가를 불러놓고 곡이 좋다고 하는 가수를 노려보는 꼴이 가히 좋게 느껴질 리 없었다. 다른 티앤티 멤버들은 그걸 아는지 모르는지 곡이 좋다며 칭찬 일색이었다.

노래가 끝나자 이우성 사장이 물었다.

"노래 어떠니? 괜찮아?"

"네."

이민이 한 치의 망설임도 없이 답하자 이우성 사장의 눈매가 파르르 떨려왔다.

"그…… 그래?"

"멜로디에 중독성이 있어요. 안무만 잘 짜면 잘될 것 같아요."

주정현이 말을 더했다.

"그…… 그렇구나. 세솔이도 그렇게 생각하니?"

"진짜 괜찮아요."

이우성 사장이 자기 뜻에 잘 따르는 김세솔에게 물었지만, 그녀도 다른 멤버들과 크게 다르지 않았다.

'돈 깎으려는 건가?'

그런 이우성 사장을 지켜보는 강윤은 뭔가 꺼림칙했다. 이우성 사장이 곡이 마음에 안 드는 건지, 일부러 돈을 깎으려는 건지 의도가 있어 보였다.

'마음에 안 드네. 예의도 없고. 어떻게 할까?'

신인이라지만, 강윤은 곡에 자신 있었다. 단순한 노력에서 오는 확신이 아니었다. 남들에게 없는 특이한 능력과 노력 등으로 다진 곡이었다. 하얀빛이 뿜어져 나오는 곡의 위력을 확신할 수 있었다.

강윤이 고민하는 사이 이우성 사장의 뚱한 반응과 티앤티 멤버들의 곡이 좋다며 벌이는 줄다리기는 계속되고 있었다. 강윤은 잠시 고민하다 말을 꺼냈다.

"직접 불러보고 결정하는 게 어떨까요?"

"예?"

강윤의 말에 모두가 시선을 집중했다.

"아무리 노래가 좋아도 가수에게 맞는지 안 맞는지는 불러 봐야 하지 않을까요? 보니까 스튜디오도 있던데, 그곳에서 직접 불러보고 판단해 보는 게 좋을 것 같습니다."

강윤의 말에 줄다리기하던 이우성 사장과 티앤티 멤버들 모두가 서로를 보더니 고개를 끄덕였다. 그의 말에 일리가 있었다.

"그럼 직접 해보고 결정하기로 하지요. 얘들아, 괜찮지?"

"네."

이우성 사장은 스튜디오를 연다며 먼저 연습실을 나갔다. 그러자 진세아가 기다렸다는 듯 역정을 냈다.

"하여간, 자기 노래로 하고 싶어서 별별……. 이번 노래 좋던데 그냥 하면 안 되나."

"세아야, 쉿."

"아……."

김효린이 말리자 그제야 진세아는 강윤을 의식하며 말을 아꼈다. 그러나 그 모습을 보며 강윤은 대강 분위기를 알 수 있었다.

'사장을 믿지 않네. 하도 실패만 해서 그렇겠지만, 안타깝기도 하네.'

강윤은 씁쓸했다. 이우성 사장에게서 항상 실패만 해왔던 자신의 옛 모습이 느껴졌기 때문이었다.

♩ ♪♩♪ ♩♫♪ ♩ ♪

"지민 학생은 목소리도 좋고, 기타 솜씨도 좋네요. 아티스트로 성장할 가능성이 충분해요."

심사위원의 긍정적인 말에 김지민의 안색이 확 펴졌다. 그러나 한국말은 끝까지 들어봐야 하는 법이었다.

"하지만 우리 회사는 아티스트를 구하지 않아요. 미안해요. 지금 회사에서 원하는 건 걸그룹을 위한 연습생이지 아티스트가 될 재목은 아니니까요."

"그래요……."

"우리가 여유가 있으면 좋았을 텐데. 다음에 좋은 인연으로 만났으면 좋겠네요."

남자 심사위원의 부드러운 말을 듣고 김지민은 꾸벅 인사하곤 물러났다.

'그놈의 걸그룹, 걸그룹…….'

연예기획사를 나서는 김지민의 어깨가 추욱 늘어졌다. 가수가 되겠다고 결심하고 노래에만 매달린 세월이 벌써 4년째였다. 그러나 그녀의 열정과 노래를 알아준 곳은 단 한 곳도 없었다. 많은 회사가 걸그룹을 원한다며 작은 키에 춤과는 거리가 먼 그녀를 알아봐 주지 않았다.

연습생이 되기 위해서 재능 없는 춤도 열심히 연습했다. 그러나 타고난 뻣뻣한 몸은 다른 지망생들의 움직임을 따라가지 못했다.

"하아……."

기타를 털레털레 흔들며 교복 소녀는 길을 걸었다. 오디션에도 떨어져 기운이 없었다. 불어오는 찬바람이 짜증날 뿐이었다. 그때 휴대전화에서 딩동 소리가 들려왔다.

─코리아 ONE STAR 서울지역 오디션 일정 안내입니다. 2011년…….

요즘 한창 유행 중인 TV 공개오디션 프로그램에 접수한 결과에 대한 안내였다. 김지민의 쳐졌던 어깨가 확 들렸다.

'그래. 100번 안 돼도 101번째 해보면 되는 거야.'

그녀는 마음을 굳게 먹고 기타 가방을 고쳐 멨다.

라우렐엔터테인먼트의 스튜디오는 작고 아담했다. MG엔
터테인먼트의 초거대 믹서와 비교하면 믹서의 채널 수도 적
었고 스피커 수도 적었다. 그러나 유리벽을 비롯한 흡음제
등 스튜디오에 필요한 것들은 다 갖추고 있었다.

"그럼 준비하자."

이우성 사장은 믹서에 앉아 헤드셋을 끼었다. 티앤티 멤버
들도 부스 안으로 들어가 악보를 들고는 자리에 섰다. 각자
목을 풀며 준비를 하니 곧 이우성 사장도 준비가 끝났다는
신호를 보냈다.

"시작할까?"

이우성 사장의 신호에 맞춰 곧 노래가 시작되었다. 아직
정식으로 파트를 나누지 않았기에 티앤티 멤버들은 임의로
조절했다. 첫 시작은 서브 보컬인 이민이었다.

-넌 내가~ 생각하는 최고의 선물~ 언제까지 날 기다리니~

이민의 목소리가 스튜디오에 울려 퍼졌다. 가벼운 시작에
맞게 그녀의 소리도 가벼우면서 발랄했다.

-내 가슴이 타네~ Please tell me~

김세솔이 다음을 장식했다. 가벼운 시작에 좀 더 힘을 더
했다.

이후 노래가 착착 진행되어 갔다. 메인보컬들이 음을 받자

노래가 점점 힘을 더해 갔다. 반복되는 음과 함께 귀에 감기는 멜로디가 착착 진행되어 갔다. 포인트 소리에 멤버 모두가 목소리를 높였다. 포인트에서 함께 소리를 높이는 센스도 보여주었다.

그러나 신나게 노래를 부르는 티앤티 멤버들에 반해 이우성 사장은 고개를 젓고 있었다. 노래가 영 아니라는 듯, 그는 믹서를 조절하면서도 불통했다.

그의 뒤에서 강윤도 한숨지었다.

'왜 회색이지?'

저들의 음표들이 합쳐질 때 회색빛의 향연이 펼쳐지고 있었다. 강윤은 온몸에 느껴지는 저릿함을 간신히 견뎌냈다. 분명 곡을 만들 때만 해도 하얀빛이었는데, 이해가 가지 않았다.

노래가 끝나고 티앤티 멤버들이 조금은 상기된 표정으로 나오자 이우성 사장은 녹음된 파일을 틀어주었다. 그녀들은 노래를 듣더니 가이드 곡보다 느낌이 살지 않아 고개를 갸웃했다.

"이상하네. 느낌 좋았는데……. 우리한테 안 맞나?"

주정현의 말에 김세솔이 의견을 더했다.

"그럴 수도 있어. 이게 우리한테 안 맞는 건지도 몰라."

"그런가……."

다른 멤버들도 그럴 수 있다는 쪽으로 의견이 기우니 이우성 사장은 그제야 입가를 들어올렸다.

그때, 강윤이 나섰다.

"한 번만 더 해봐도 되겠습니까?"

"네?"

강윤의 말에 이우성 사장이 물었다.

"조금 아쉬워서 그렇습니다. 제 생각엔 잘 맞는 것 같은데 한 번만 더 해보는 게 어떨까 하네요."

"뭐……. 알겠습니다."

이우성 사장은 잠시 떨떠름한 표정을 짓더니 곧 알겠다며 다시 믹서로 자리를 옮겼다. 그때, 강윤이 다시 말했다.

"이번에는 제가 좀 만져 봐도 되겠습니까?"

"……그러시죠."

이우성 사장은 알 수 없다는 표정을 짓더니 곧 알았다며 물러났다. 강윤은 헤드셋을 쓰고 잠시 믹서를 조작하며 음역대 조작의 감을 익혔다. 부스 안에서 대화하고 있던 김효린이 화들짝 놀랐지만, 강윤은 미안하다며 바로 넘겼다.

"마이크 세팅부터 해볼게요."

1대밖에 없는 무지향성 마이크였기에 수음이 중요했다. 아무리 전체 방향에서 소리를 받아들인다지만 5명이나 되는 소리를 골고루 받아들이기란 쉽지 않았다. 이럴 때는 믹서를 잘 조절해야 했다.

강윤은 모두에게 노래를 해보라 하고는 볼륨을 조절했다.

그런데 티앤티 멤버들이 노래를 하는데 게이지가 너무 올라오고 있었다. 헤드셋에는 바람 소리가 휙휙 마구 들어오고 있었다.

'들어오는 목소리는 고른데, 잡음이 크네.'

강윤은 기계를 조작해 쓸데없는 소리가 들어오지 않도록 조절했다. 하이톤을 줄이고 저음을 약간 올리는 등의 톤 조절도 했다. 그리고 부스 안에 들어가 마이크에 망도 씌웠다. 쓸데없이 소리가 들어오지 않게 하기 위함이었다.

"우와……."

티앤티 멤버들이 그 준비성에 놀랐다. 정식 녹음도 아닌데 철저함을 보이는 데 대한 놀라움이었다.

헤드셋으로 사운드를 들어 본 강윤은 잡음이 들려오지 않자 그제야 시작 신호를 보내려 했다. 순간 머리에 스쳐 지나가는 게 있었다.

'저 사람, 일부러 세팅도 안 한 건가?'

이런 기본 세팅도 안 된 상태에서 노래하게 만들다니. 회색이 될 만했다. 강윤이 이우성 사장을 보니 그는 무덤덤한 눈으로 이곳을 바라보고 있을 뿐이었다. 강윤은 거기에서 확신했다.

'일부러 그랬군.'

사장이 자기 곡에 대한 고집이 세다더니, 텃세가 분명했다. 강윤은 어이가 없었다. 그러나 티를 내지는 않았다. 작곡가는 노래로 말을 하는 것이다. 이걸로 눌러 버리면 될 뿐이다.

"시작할게요."

강윤은 신호를 보냈다. 그러자 티앤티의 노래가 시작되었다.

-넌 내가~ 생각하는 최고의 선물~ 언제까지 날 기다리니~

처음은 역시 이민이 장식했다. 그녀는 조금 전과 마찬가지로 가볍게 시작했다. 노란 음표가 MR에서 나오는 음표와 결합되어 하얀빛을 만들어내기 시작했다.

-내 가슴이 타네~ Please tell me~

김세솔이 소리를 더해가니 빛이 일렁였다. 그녀에게선 초록빛 음표가 나오고 있었다. 그녀의 음표가 더해지니 하얀빛이 힘을 더해 갔다. 조금 전, 회색빛이 일렁여댔던 것과는 전혀 다른 모습이었다.

-사랑에 빠진 그 느낌 아니까~ 설레는 그 느낌 아니까~

모두가 놀라는 가운데, 진세아의 목소리가 다음을 장식했다.

'힘이 약하네.'

하얀빛이 사라진 건 아니었다. 목소리도 맑고 좋았다. 그런데 힘이 약하니 좀 더 강했으면 했다. 여기에 강윤은 부스트를 해주었다. 그러자 힘을 받으며 빛이 좀 더 강해졌다.

노래는 계속 진행되었다. 소리가 세팅되었기 때문일까. 회색빛은 이미 존재하지 않았다. 반신반의했던 티앤티 멤버들도 신이 나 노래를 불렀다.

―Don't tell me why~

모두가 한목소리로 절정에 이르니 계기가 노란색을 찍었다. 하얀빛이 절정을 이루었다. 강윤은 헤드셋에 들려오는 목소리에 만족했다. 녹음을 위한 세팅은 더 세세히 들어가야겠지만 이만하면 곡 선정에는 문제가 없을 게 분명했다.

곡이 마무리되고, 티앤티 멤버들이 신나는 표정으로 부스 안에서 나왔다.

"좋아 좋아. 이거 완전 대박."

"내가 꼭 해야 한다고 했잖아."

동갑내기 주정현과 이민은 이미 꼭 해야 한다며 난리도 아니었다. 그것은 진세아도 공감하고 있었다. 조용한 편인 김세솔과 리더 김효린만이 표정에 변화가 없을 뿐이었다.

노래가 끝나자 이우성 사장이 다가왔다.

"이 곡으로 할까?"

"네에!"

그의 물음에 한 치의 망설임도 없는 답이 터져 나왔다. 사실 그도 마음으로는 이미 수긍하고 있었다. 이렇게까지 들었는데 수긍이 안 된다면 말이 안 됐다.

"……그래. 이걸로 하자."

"앗싸!"

"작곡가님, 그럼 잘 부탁합니다."

신나서 만세를 부르는 티앤티 멤버들 사이로, 이우성 사장

은 강윤과 악수를 했다. 강윤은 엷게 웃으며 그와 손을 맞잡
았다.

'이제 시작이네.'

기어코 노래로 모두를 설득했다. 그 점이 뿌듯해 기분이
좋아졌다. 그러나 이 노래로 한 그룹의 생활이 결정된다는
무게감에 한쪽 가슴이 묵직해졌다.

강윤이 사무실에 출근하니 이현지 이사는 아직 출근하지
않았는지 보이지 않았다. 어제 방송사 사람들과 함께 밤새도
록 술을 마신 탓에 조금 늦는다고 했다.

"하여간 그 사람들 지독해요. 새벽 6시까지 술이라니……."

정혜진은 방송가 사람들의 지독한 음주에 혀를 내둘렀다.
그녀는 강윤에게 커피를 내주며 술은 나쁘다는 이야기를 설
파했다.

"혜진 씨는 술을 잘 안 마시나 봅니다."

"네, 못 마셔요. 이쪽 사람들은 왜 술을 원수 다루듯이 마
시는지……. 무섭네요."

"사람마다 다르죠. 아무튼, 이 이사님도 고생이군요. 방송
가 사람들이라면 대부분 주당일 텐데. 하여간 여장부군요."

강윤은 영업 때문에 고생하는 이현지를 생각하니 안쓰러

웠다. 영업을 맡은 그녀의 비애이기도 했다. 물론 그녀가 말술이기는 했지만……

아침 10시 정도 되니 이현지가 말끔한 모습으로 출근했다. 6시가 넘도록 술을 마신 사람답지 않게 그녀는 티 하나 나지 않았다.

"괜찮아요?"

"그 정도로 아직 무너지진 않아요. 아직은 한창이니까요."

"대단하십니다."

강윤은 고개를 내저었다. 이현지는 진짜 여장부였다.

이현지는 강윤과 함께 아침 회의를 시작했다. 어제 방송가 사람들을 만나 들은 여러 가지 이야기들을 전하더니 이현지가 불쑥 물었다.

"방송에 한 번 출연해 보는 게 어때요?"

"제가 말입니까?"

"네."

강윤은 의아했다. 방송이라니. 연예인도 아니고 뜬금없었다.

"코리아 ONE STAR라는 프로그램 알아요?"

"네. 오디션 프로그램 아닙니까? 가요계에 센세이션을 일으켰던 거로 기억합니다."

"섭외가 들어왔어요. 심사위원으로. 지역 예선에 게스트 심사위원으로 한번 출연하는 거지만……. 그래도 홍보하는

음악의 신 5

데 도움이 될 거예요."

강윤은 귀를 의심했다. 방송 출연이라니. 게다가 오디션 프로그램이란다. 강윤이 설명을 더 요구하니 그녀는 더 이야기를 해주었다.

"한마디로 이야기하면 사장님이 3년 전에 쌓아두었던 공덕이죠. 그때 MG에서 해둔 게 많잖아요. 공연기획자라는 타이틀로 지역 예선에 심사위원으로 서게 될 거예요."

"어제 그것 때문에 늦도록 술자리에……."

"덕분에 고생하긴 했죠. 늙다리들에게 술 좀 따르면서?"

그녀는 손가락으로 브이를 그렸다. 그 노고에 강윤은 미안해졌다.

"고생 많으셨습니다. 그리고 감사합니다."

"감사하다니요. 이제 우리 일이잖아요. 설마 술자리라고 이상한 거 생각하는 건 아니죠? 어린애도 아니고."

"풋. 설마 그러겠습니까?"

이현지가 가볍게 이야기했지만 밤새도록 과음해서 얻은 자리다. 강윤은 잘해보겠다며 마음을 다졌다.

이후 곡에 대해 확정지었다는 이야기를 하자 이현지는 잘했다며 칭찬을 아끼지 않았다.

"이우성 사장 똥고집을 확 꺾어버렸다니…… 속이 후련하네요."

"노래가 좋으면 다 필요 없는 거죠……."

"사장님은 참……. 하긴. 본 내용이 최곤데 다른 데서 트집잡혀도 뭐라 하겠어요."

가장 중요한 한 가지에 집중한다. 그게 강윤의 스타일이었다. 이현지는 이런 강윤의 일 스타일이 좋았다.

여러 가지 이야기들을 하고 두 사람은 아침 회의를 마쳤다. 이현지는 할 일이 있다며 사무실을 나섰고 강윤도 자리로 돌아가 일을 시작했다.

강윤이 한창 일을 하고 있는데 그의 휴대전화가 울렸다. 희윤의 전화였다. 강윤은 반가움에 밖으로 나가 전화를 받았다. 간단한 안부가 오가고, 강윤은 이번에 희윤이 작곡한 노래가 정식으로 팔린 이야기를 해주었다.

ー우와……. 뭔가 신기하다.

"신기하긴. 이젠 어엿한 작곡가라고."

ー아직도 안 믿겨. 내가 만든 곡을 가수가 부른다니.

희윤은 얼떨떨했다. 오히려 강윤이 더 기뻐하고 있었다. 그는 뮤즈라는 이름으로 희윤과 자신의 이름이 작곡가로 올라가 있다는 것을 알리며, 잘되길 빌어달라고 이야기했다.

ー알았어. 그런데 소속사에서 데뷔할 가수는 구했어?

"아직. 이번 일 끝내고 구해봐야지."

ー빨리 구해줘. 나 줄 곡 많단 말야.

"알았어, 알았어."

희윤의 의욕 넘치는 말에 강윤은 알았다며 답해주었다.

차 조심하라는 등의 간단한 안부와 함께 남매의 통화는 끝이 났다.

'오디션이라.'

강윤은 코리아 ONE STAR라는 프로그램을 검색해 보았다. 대한민국 국민이라면 누구나 참석할 수 있는 오디션으로 나이, 성별, 출신 등 모든 것을 불문에 부친다는 오디션이었다.

'서울 지역 오디션이라. 사람은 많이 만나겠네.'

인구가 천만인 서울이다. 그만큼 인재도 많을 게 분명했다. 방송 출연도 중요했지만 그중 필요한 인재가 있으면 찾아보려는 뜻도 있었다. 작은 소속사라도 키우는 가수가 있어야 미래가 있는 법이었다.

'우리 회사 사정에 여러 명은 무리일 테고, 솔로로 가야 하나? 걸그룹이 대세라는데……. 그렇다고 모두가 하는 걸 해 봐야 실패할 게 뻔하고…….'

강윤은 골몰했다. 연습생을 뽑는다는 게 쉬운 문제는 아니었다. 월드엔터테인먼트같이 작은 회사에서 연습생이란 소중한 존재였다. 큰 회사들처럼 필요하면 바꿔 낄 수 있는 스페어타이어 같은 존재가 절대 아니었다.

'시간이 됐군.'

일하며 생각에 잠겨 있다 보니 어느새 시간이 되었다. 오늘은 '좋은 느낌'을 녹음하는 날이었다. 작곡가로서 가봐야겠다며 사전에 다 이야기를 해놓았다. 강윤은 바로 라우렐엔터테인먼트로 향했다.

라우렐엔터테인먼트에 도착하니 그곳의 직원이 강윤을 스튜디오로 안내해 주었다. 이미 부스 안에는 티앤티 멤버들이 들어가 있었고 믹서에는 이우성 사장이 앉아 기계를 조작하고 있었다.

"오셨습니까."

"안녕하세요."

강윤은 인사를 하고는 그의 뒤에 섰다. 티앤티 멤버들도 강윤에게 손을 흔들었다. 부스 안에는 녹음을 준비하는 진세아가 들어가 있었다.

"파트는 나눴나요?"

"네. 이제 녹음만 하면 됩니다."

이미 필요한 건 다 준비되었다는 듯, 이우성 사장은 자신만만했다. 강윤은 알겠다며 뒤로 물러났다. 곧 녹음이 시작되었다.

-넌 내가~ 생각하는 최고의 선물~ 언제까지 날 기다리니~

진세아가 처음 파트를 열었다. 직설적인 성격에 맞게 목소리도 여자치고 굵직하고 강인했다.

'초반부터 너무 치고 나가는 거 아닌가?'

강윤은 의아했다. 처음부터 너무 강하게 나갈 노래가 아닌데 말이다.

"세아야. 소리가 조금 약하네. 약간만 세게 해볼까?"

그런데 강윤의 생각과는 다르게 이우성 사장은 좀 더 강한 소리를 요구했다.

—네.

그리고 다시 녹음이 재개되었다. 티앤티의 목소리는 더 세지며 힘을 더해 갔지만, 강윤의 눈에 비치는 하얀빛은 오히려 더 약해졌다. 말 그대로 에너지 낭비였다.

'이건 아냐.'

강윤은 고개를 도리도리 흔들었다. 곡 해석이 잘못되고 있는 느낌이었다.

이후에도 비슷했다. 강윤은 이번 노래에서 사람들이 쉽게 흥얼거리며 따라할 수 있는 가벼움을 추구했다. 그런데 자꾸 이우성 사장은 에코 등의 효과를 넣으며 좋은 노래를 추구하고 있었다.

'왜 망했는지 알겠네.'

저 사람은 감각이 없었다. 강윤이 내린 결론이었다. 하얀빛이 갈수록 약해지고 있었다. 이대로 가면 곡 자체가 어그러질 게 뻔했다.

조용히 지켜보던 강윤은 결국 조용히 나섰다.

"그 느낌에서 힘을 조금 빼보면 어떨까요?"

지금까지 조용히 있던 강윤의 말에 이우성 사장이 뒤를 돌아보았다. 그의 눈은 그리 탐탁지 않았다.

"······그래요?"

강윤이 그 시선을 모를 리 없었다. 그러나 모르는 척하고 의견을 이어갔다.

"사장님이 말하는 대로 '그 느낌'을 강조해도 느낌은 괜찮을 것 같습니다. 그런데 조금만 힘을 빼보면 좀 더 발랄함을 더할 수 있을 것 같아서요."

"······."

이우성 사장은 누군가가 끼어드는 게 싫었는지 반응이 뚱했다. 그러나 작곡가의 의견을 무시할 수도 없는 노릇이었다. 그는 알겠다며 마이크로 몸을 돌렸다.

"세솔아. 그 느낌 부분에서 힘을 약간 빼볼까?"

—네.

답이 오고, 이우성 사장은 다시 MR을 재생시켰다.

—사랑에 빠진 그 느낌 아니까~ 설레는 그 느낌 아니까~

김세솔이 약간 기운을 뺐다. 그러자 좀 더 부드럽게 음이 빠져나갔다. 그녀의 음표가 빛에 합쳐지자 빛도 좀 더 강해졌다.

"······허."

뭔가를 느꼈는지, 이우성 사장은 헛웃음을 냈다. 강윤의 조언대로 해보니 확실히 느낌이 더 살았다. 하지만 인정하기는 싫었는지 티를 내지는 않았다.

'고집 하나는 알아줘야 하겠군.'

강윤은 혀를 찼다. 하지만 이제는 가만히 있지만은 않았다. 확실히 그의 감각은 엉망이었다. 강윤은 뭔가 이상하다 싶으면 가볍게 조언을 했다. 그의 자존심을 심하게 긁지 않을 만큼. 그 나름의 존중이기도 했다.

강윤의 조언 때문인지 녹음에 탄력이 붙었다. 이우성 사장은 강윤의 말을 듣기 싫은 눈치였지만 그렇다고 흘리지도 않았다. 불만 어린 표정은 숨기지 못했지만 녹음에 강윤의 생각을 반영하지 않을 수도 없었다. 원곡자의 힘이었다.

그렇게 1절 녹음이 끝나고 휴식시간.

이우성 사장이 담배를 태우겠다며 나가고, 강윤은 잠시 자리에 앉았다. 녹음하는 내내 뒤에서 서 있느라 몸이 노곤했다.

그런데 그에게 한 여인이 다가왔다. 김세솔이었다.

"저, 작곡가님."

"무슨 일인가요?"

아직 친해지지 않아 말을 놓지는 못했다. 김세솔은 조심스럽게 강윤에게 용건을 이야기했다.

"질문이 있는데요. 제가 2절에 후렴을 하거든요. 거기를 어떻게 불러야 할지 감이 잡히지 않아서요."

"아, 그래요? 세솔 씨는 어떻게 생각하고 있나요?"

"저요? 음……."

김세솔은 잠시 생각하더니 이야기했다.

"일단, 복고이면서 발랄하고 1절하고도 달라야 하니까……. 그런데 1절에서 정현이가 힘을 줬잖아요. 2절이 그래서 걱정이에요. 제가 정현이보다 성량이 모자라거든요."

김세솔이 걱정스럽다며 한숨을 쉬었다. 김세솔과 주정현은 티앤티의 메인보컬들이었다. 그런데 목소리의 힘, 성량은 주정현이 좀 더 강했다.

강윤은 연습장과 펜을 들더니 기록을 하며 이야기를 풀었다.

"내 생각엔 정현 씨부터 녹음을 다시 해야 한다고 생각하지만, 그건 사장님의 고유 권한이니 어쩔 수 없겠네요. 그렇다면 조금은 차이가 있는 거로 승부를 보는 게 어떨까요?"

"다른 거로?"

"처음엔 강했다면 두 번째는 특색 있는 거로 가는 거죠. 목소리에 효과를 입혀서 차별성을 두는 거예요. 세솔 씨 목소리가 정현 씨 목소리보다 소리를 입히기가 좀 더 좋은 톤이라 그게 좋을 것 같아요."

"아, 알겠습니다!"

강윤의 말에 김세솔은 걱정이 풀렸는지 웃으며 자리를 떠나갔다.

쉬는 시간이 끝나고, 다시 녹음시간이 되었다. 이우성 사장은 장비를 조작하며 다시 녹음을 시작했다.

강윤의 조언 덕인지 녹음은 순조로웠다. 이우성 사장이 피곤해하는 게 눈에 보였지만 강윤은 조언을 멈추지 않았다. 노래에서 나오는 빛이 조금이라도 흔들린다 싶으면 강윤은 서슴없이 이야기했다.

"세솔아. 네 차례야."

그렇게 녹음이 진행되다 보니 어느새 김세솔의 차례가 되었다. 그녀는 부스에 들어가 마이크를 잡았다.

─내 맘 알고 있다면~ 말을 해줘요~ 후루루~

김세솔의 노래가 끝나고, 이우성 사장이 마이크를 잡았다.

"세솔아. 좀 약한데?"

─좀 더 강하게 갈까요?

그때, 강윤이 이야기했다.

"1절이 강한데 2절도 강하면 재미없지 않을까요? 톤도 좋은데 그냥 믹싱을 하는 게 나을 것 같습니다."

"크흠. 그렇습니까?"

"네. 세솔 씨가 정현 씨보다 성량이 모자란 것 같지만, 톤은 맑고 좋네요. 믹싱을 잘해서 편곡만 조금 하면 더 좋은 멜로디가 나올 것 같네요."

"……그렇다면야."

이우성 사장은 뚱한 얼굴로 고개를 끄덕였다. 그리고 강윤

의 말대로 간단하게 효과 몇 개를 합쳐 소리를 만들어보았
다. 그리고 재생시켰다.

－내 맘 알고 있다면~

"……!"

이우성 사장은 소스라치게 놀랐다. 강윤의 말대로 몇 가지
섞지도 않았는데 1절과 느낌이 판이하게 달랐다. 입에 착 감
기게 할 수 있을 것 같은 멜로디, 그런 느낌이 확 와 닿았다.

"허……."

더는 부정할 수 없었다. 이건 진짜였다. 그는 말할 것도
없이 부스 안과 스튜디오 전체에 방금 믹싱한 음악을 재생해
주었다.

"우와……."

음악을 들은 티앤티 멤버 전체가 눈을 크게 떴다. 목소리
의 주인인 김세솔마저 자신의 목소리가 맞는지 의심할 지경
이었다. 뭔가가 착 감기는 느낌이 계속 듣고 싶게 만들었다.

"작곡가님, 감사합니다!"

이우성 사장은 진심으로 강윤에게 고개를 숙였다. 강윤은
그저 어깨를 으쓱할 뿐이었다.

금요일에서 토요일로 넘어가는 12시.

모처럼 방송국에서 데뷔 방송을 마치고 귀가한 티앤티 멤버들은 모두 컴퓨터 앞에 몰려와 앉았다.

"야야. 아직이야?"

진세아가 묻자 김효린이 시계 좀 보라며 타박했다. 성질이 급한 건 어쩔 수 없다며 진세아는 입술을 쭉 내밀었다.

"어어? 나온다!"

12시 5분이 지났을 때. 저 밑에 '좋은 느낌'이라는 음원이 보이기 시작했다. 순위는 98위. 밑이었다.

"야야! 틀어, 틀어!"

순위를 올리기 위해 멤버들 모두가 휴대전화 스트리밍에 컴퓨터까지 자신들의 음악 전부를 재생하고 난리도 아니었다.

"컴퓨터를 더 샀어야 했어."

"우리가 돈이 어디 있냐."

주정현의 말에 이민이 일침을 놓고, 다른 멤버들은 순위가 오른다 내린다, 난리도 아니었다.

그렇게 새벽 1시, 2시…… 4시.

아무도 잠 못 드는 새벽.

"이씨, 밤이라 그런가. 안 오르네."

김세솔이 투덜거렸다. 순위를 보니 91위였다.

"에이. 새벽에 괜히 설레발쳤나. 내일 스케줄도 있으니까 일단 자자……."

결국, 리더 김효린의 말과 함께 모두가 각자 방으로 들어가 잠을 청했다. 일어나서 보면 순위가 꽤 올라가 있겠지, 있겠지 하면서 말이다.

그리고 다음 날.

"……뭐야."

이미이 일어나자마자 눈을 비비며 확인해 보니 88위였나.

"다른 가수들은 음원 내기만 하면 1등 막 하던데."

"우리가 그런 가수냐?"

"그냥……. 그렇다고요."

주정현이 아쉬움을 드러내자 진세아가 한마디 했다. 모두가 아쉽긴 마찬가지였다.

그리고 며칠 후.

행사를 다니며 간간이 확인해 봤지만, 여전히 음원 순위는 80위, 70위, 60위 권이었다. 멤버들 모두가 이전보다 좋은 성과에 약간은 기뻐했다. 그러나 40위권은 진입할 수 있을 거라 생각했지만 예상보다 낮은 순위에 실망도 했다.

"하아. 이번은 평범한가."

행사장으로 가는 밴 안에서 휴대전화로 댓글 여부를 확인하던 김세솔이 한숨을 길게 내쉬었다. 다른 멤버들도 말은 하지 않았지만, 그녀와 심정적으로 크게 다르지 않았다.

음원이 출시된 지 일주일이 지났다.

김효린은 평상시와 다름없이 일찍 일어나 스트레칭을 하고 세수를 했다. 여느 날과 마찬가지로 컴퓨터를 켜고 음원 순위를 확인하는 것으로 하루를 시작했다.

그런데…….

"에에엑?!"

평소 리더로 차분하기 그지없는 그녀가 컴퓨터 화면을 보며 온 숙소가 떠나가라 소리를 질렀다.

"언니, 왜 그래요?!"

거실에서 난 소리에 진세아가 놀라 뛰어나왔다. 다른 멤버들도 평소와 다른 리더의 외침에 모두 뛰쳐나왔다.

"언니, 무슨 일이에요?"

"수…… 수…… 수……."

"수?"

김효린이 컴퓨터를 가리키며 손을 바르르 떨기만 하니 모두는 알 길이 없었다.

진세아가 고개를 갸웃거리며 컴퓨터를 들여다봤다.

—07 ↑ 47 좋은 느낌–T&T

"헉!"

모두에게서 헉 소리가 나왔다. 단번에 47계단이 뛰어올라 10위권 내에 들어버렸다. 이건 뭐…….

"이, 이게 뭐야!"

평소에 놀라는 일이 거의 없는 이민마저 입을 쩌억 벌렸다. 다른 멤버들은 말할 것도 없었다.

"빨리 사장님한테 연락해!"

모두의 호들갑 속에서 민효린은 휴대전화를 들고 이우성 사장에게 전화를 걸었다.

♪♪♩♩♪♪♪♪♪

"10위권 내에 들다니, 높이 올라갔네요."

실시간으로 모니터링을 하던 이현지는 감탄을 금치 못했다.

"그렇습니까."

강윤은 정혜진이 타준 커피를 마시며 엷게 웃었다.

"사장님 반응을 보니 당연하다는 생각인가 보네요."

"그렇게 보이나요?"

강윤은 어깨를 으쓱였다. 커피 향을 음미하며 그는 말을 이어갔다.

"라우렐 쪽의 프로듀싱이 아쉬웠습니다. 프로듀싱만 괜찮앉어도 더 반응이 좋았을 텐데."

"그 사람 실력이 그 모양인 걸 어쩌겠어요. 그나마 사장님이 몇 마디 해준 게 컸네요. 그래도 안무는 잘 짰나 보네요. 포인트 준 것도 제법이었고."

"리더가 센스가 있습니다. 경험도 많더군요. 아쉬운 친구죠."

처음 나온 뮤직비디오를 보고 강윤은 김효린의 춤에 많이 놀랐다. 그녀가 다른 멤버들에게 많이 맞춰준다는 생각도 들었다.

음원이 10위 안에 들었다는 이야기는 사람들이 이제 가수를 제대로 알고 있다는 말과 일맥상통했다. 전국의 수많은 사람이 그 곡을 찾고 있다는 말과도 같으니 말이다.

"이제 다음 일을 할 차례군요."

"그렇죠. 이젠 받을 일만 남았네요."

강윤에게 나오기 힘든 말에 이현지는 웃음을 터뜨렸다.

"가만 보면 사장님도 실리파예요. 이우성 그 사람 눈치 보느라 힘들었을 텐데. 이런 결과를 알고 그랬던 건가요?"

"그럴지도 모르죠. 우리 곡이 얼마나 잘될지 모르고 그런 계약을 했을 겁니다. 아마 처음에 그 사람은 핑계를 대고 곡을 쳐내려 했으니 그런 계약을 했겠죠."

"바보네요."

강윤은 계약 내용을 생각하며 어깨를 으쓱였다.

10위권 진입부터는 음원 수익을 비롯해 이 노래로 인해 생기는 수익의 일정 비율을 작곡가에게 지불해야 한다. 대신 곡 사용료를 매우 낮게 잡았다. 그 덕에 이현지 이사가 쉽게 계약을 할 수 있었다. 이우성 사장은 핑계를 대서 이 곡을 버리려 했지만, 도무지 버릴 핑계가 없었고 결국 이 사달이 났다.

"풉. 그럼 난 수금하러 가요."

"수금이라니요."

사채업자처럼 이야기하는 이현지에게 강윤은 가볍게 타박을 주었다. 그러나 지금까지 은근히 참아왔던 것들이 조금은 풀리는 기분에 강윤도 가볍게 미소를 지었다.

'그 오디션 프로그램 촬영이 이번 주라 했나?'

강윤은 이현지에게 받은 연락처로 전화를 걸었다. PD가 받더니 강윤에게 방송 일정을 말해주었다. 준비할 것이 있냐고 물으니 편안하게 몸만 오면 된다 했다. 대신 사람이 무척 많으니 체력적으로 부담될 수 있다며 주의를 주었다.

"……알겠습니다."

─촬영에 들어가기 전, 저희 작가와 인터뷰를 할 겁니다. 더 필요한 사항 있으신가요?

강윤은 회사 대표라는 말을 넣어 달라고 부탁했다. 회사 홍보를 위해 나가는 일이다. PD는 알았다며 긍정의 답을 보내왔다.

통화를 마치고, 강윤은 인터넷에서 그동안 했던 오디션 프로그램들을 다운 받아 모니터링을 했다.

'여러 가지 스타일이 있네?'

버럭 하며 오디션 보는 사람들을 윽박지르는 심사위원부터, 칭찬하며 떨어뜨리는 사람, 아무 말도 하지 않으며 점수만 채점하는 사람 등 여러 스타일이 있었다. 단연 화제는 버럭 하며 오디션 보는 사람을 바닥까지 모는 심사위원이었다. 그러나 그들에겐 반전의 매력도 함께했다. 그들이 잘되길 바란다면서 화를 낸다는 것이다. 이들의 이런 모습들은 사람들의 시선을 끌어냈고, 기사들도 만들어냈다.

'결국은 방송이네.'

그것은 방송을 위한 오디션이었다. 결국, 사람들이 보게 만들어야 했다. 그러기 위해서 심사위원도 여러 가지로 드라마를 쓰고 있었다. 강윤 자신도 저렇게 해야지, 그런 생각마저 들었다.

그런 고민을 할 때 전화가 왔다. 이현지의 전화였다. 그녀는 바로 용건을 이야기했다.

─계약서대로 다 끝냈어요. 오늘 내로 입금될 겁니다.

"수고하셨습니다. 고생하셨네요."

─아니에요. 아, 이우성 사장이 통화를 원하는데 바꿔드릴까요?

강윤이 알았다 하자 상대가 바뀌었다.

─작곡가님, 저 이우성입니다.

"네, 사장님, 축하합니다."

─감사합니다. 작곡가님 덕에 좋은 결과가 나왔습니다. 감사드립니다.

좋은 인사가 오갔다. 이우성 사장에게선 이전만큼의 불퉁한 소리는 전혀 나오지 않았다.

"아닙니다. 고생하셨습니다."

─아닙니다, 아니에요. 다 작곡가님 덕이죠.

저자세. 분명 바라는 게 있을 터였다. 분명 계약 조건의 완화일 터. 강윤은 그걸 잘 알았다. 물론 들어줄 생각은 없었다.

"아, 죄송합니다. 통화가 들어오고 있네요. 다음에 연락드리겠습니다."

─작곡가님, 작곡…….

강윤은 통화를 마쳤다. 다시 전화가 오는가 봤지만, 전화는 걸려오지 않았다.

"쌤통이다."

갑과 을이 뒤바뀐 순간이었다.

"……죄송해요. 아무래도 혼자서는 무리일 것 같아요."

이현아는 예랑엔터테인먼트의 스카우터에게 자기 생각을 털어놓았다.

"좋은 인연이 되길 바랐는데…… 알겠습니다. 다음에 연이 되면 만나기로 해요."

예랑엔터테인먼트의 스카우터는 아쉽다며 이현아에게 명함을 주고 갔다. 이현아도 그에게 받은 명함을 고이 받아들고는 가방에 잘 넣어두었다.

"에이. 그 오빠 말 따르다 괜한 기회 놓치는 거 아닌지 모르겠네."

카페에 혼자 남은 이현아는 남은 아메리카노를 단숨에 마셔버리며 툴툴거렸다. 그러나 표정에는 시원한 기색이 역력했다.

"아아. 바쁜 일도 끝났고, 명치나 한 방 먹여주러 가볼까나."

아메리카노를 단번에 다 마신 이현아는 자리에서 일어나 문을 나서려 했다. 그런데…….

"손님, 저……."

"네? 무슨 일 있나요?"

"계산을 안 하셨어요."

"네? 아까 여자 분이 계산하시지 않았나요?"

"아까 그분이 한 명분만 계산하셨거든요."

"……."

우리 인연은 여기까지라는 걸 말해주는 듯 철저한 더치페이에 이현아는 어이가 없어 한숨을 내쉬었다.

−우와! 오빠, 이 돈 다 뭐야?

희윤은 갑자기 통장에 들어온 많은 돈에 놀라 바로 강윤에게 전화를 걸었다.

"뭐긴. 이번 곡 수익이지. 음원 사용료는 얼마나 될지 모르지만, 기타 계약에서 두둑하게 받아냈어."

−오빠 능력자네.

"좋은 곡에 제값은 받아야지. 그 돈으로 맛있는 거 사먹고."

−응.

희윤에게 용돈도 두둑하게 주고, 강윤은 신이 났다. 정확하게 희윤에게 작사, 작곡료까지 넣어주려 했지만, 희윤은 회사 운영비로 쓰라며 강윤에게 돈을 맡겼다. 몇 년 만에 동생이 이렇게 성장한 게 강윤은 대견했다.

희윤과 통화를 마치고 강윤은 자리에서 일어났다. 오늘은 'ONE STAR' 촬영이 있는 날이었다. 강윤은 녹화가 있는 서울의 SBB 방송국으로 향했다.

"안녕하십니까?"

"네, 안녕하세요?"

강윤은 안내를 위해 나온 AD와 함께 방송국 안으로 들어갔다. 그는 강윤을 분장실로 안내했다. 그곳에서 머리를 만지고 옅게 화장을 했다.

'어색하군.'

방송국을 수도 없이 오갔지만 직접 출연을 하는 건 처음이었다. 특별 출연이라지만 감회가 새로웠다.

30분 정도 걸려 세팅이 완료되었다. 강윤은 출연자 대기실로 향했다. 그곳에는 오늘 심사를 위해 나온 중견가수 이재혁과 작곡가 문상재가 있었다. 강윤은 그들과 안면을 트고 준비를 했다.

곧 작가가 와서 한 명씩 인터뷰를 시작했다. 간단히 오늘 심사의 기준이 무엇인지, 어떤 가수를 지향하는지 등을 물어왔다. 강윤에게도 마지막으로 인터뷰했다.

"어떤 지원자를 선발하실 생각이신가요?"

작가의 물음에 강윤은 잠시 생각하다 답했다.

"실력과 자신만의 특징이 있는 지원자를 선발하고 싶습니다."

"혹시 오시면서 눈여겨본 지원자가 있었나요?"

"음……."

특별히 그런 사람은 없었다. 강윤은 고개를 흔들었다.

가볍게 인터뷰가 끝나고, 심사위원들이 자리를 잡았다. 그렇게 오디션이 시작되었다.

2차 오디션이었지만 지원자는 줄을 이었다. 1명당 5분도 채 되지 않는 시간을 할애했지만, 지원자가 끝이 없어 심사위원들도 지쳐갔다.

"저 하늘에~ 내 마음을~"

"잠깐잠깐. 아침 안 먹었나요? 너무 힘이 없는데요."

"죄…… 죄송합니다."

"이건 오디션이에요. 다시 해보세요."

가수 이재혁은 지원자들에게 호랑이 같았다. 가운데 앉은 그는 선글라스 뒤로 지원자들을 매섭게 바라보았다. 분상재는 간간이 그의 말에 힘을 보태며 지원자들을 잘라냈다.

강윤도 줄을 잇는 지원자들을 나름의 기준으로 심사하고 있었다. 그도 적당히 말을 더하며 지원자들에게서 나오는 빛을 보고 있었다. 그런데 문제가 있었다.

'다들 왜 이렇게 칙칙해?'

회색빛이 태반이었다. 이전보다 빛의 영향에 묶여 버린 강윤이었다. 회색들이 넘실대는 오디션장이 견디기 쉽지 않았다. 조금이라도 견뎌볼 요량으로 물을 벌컥벌컥 들이켜댔다. 그러나 칙칙한 기운은 쉽게 가시지 않았다.

그렇게 밥도 먹지 못하고 오디션을 볼 때였다.

"701번 들어갑니다."

AD의 안내와 함께 기타를 걸친 교복을 입은 소녀가 들어왔다.

"안녕하세요. 김지민입니다. 17살이고요. XX여고에 재학 중입니다. 잘 부탁해요."

심사위원들 모두가 김지민이라는 소녀가 등에 멘 기타를

주목했다. 먼저 질문을 던진 건 이재혁이었다.

"기타를 치나 봐요."

"네. 어릴 때부터 좋아했습니다."

"그래요? 호오."

그는 흥미가 동했는지 기타 연주를 권했다. 그러자 소녀는 준비된 의자에 앉아 연주를 시작했다. 그때, 이재혁이 싸늘하게 말했다.

"잠깐. 튜닝은 안 하나요?"

"아, 맞다. 튜닝……. 튜닝…….."

긴장이 가장 중요한 걸 잊게 만들었다. 김지민은 그제야 가방에서 튜닝기를 꺼내 들었지만, 심사위원들이 그런 걸 기다려 줄 리 만무했다.

"……기타는 됐고, 노래는 뭘 준비해 왔나요?"

"'낭만'이라는 곡을 준비했습니다."

"호오. 그거 어려운 곡인데. 해보세요."

중견 여가수의 음역대가 높은 노래였다. 이재혁은 흥미가 동했는지 눈에 이채를 띄었다. 강윤도 마찬가지였다. 김지민은 목을 간단히 풀곤 노래를 시작했다.

"내가 꿈꾸는 낭만은~"

조용하면서 부드럽게, 김지민의 목소리가 울려 퍼졌다. 이재혁과 문상재는 눈을 감고 그녀의 노래를 음미했다.

'강하다.'

강윤은 놀랐다. 보라색 음표들이 만들어낸 하얀빛은 노래가 진행될수록 점차 강해지기 시작했다. 그 영향력에 빠져들었는지 이재혁과 문상재도 허밍을 하고 있었다.

그러나······.

"천천히~ 가길~ 낭마······."

너무 긴장한 탓일까. 그녀의 목소리에서 이상한 소리가 삐져나왔다. 음이탈이었다. 그 바람에 노래에 젖어들었던 이재혁과 문상재의 눈이 번쩍 뜨였다. 그 반응에 놀랐는지 김지민은 노래를 멈춰 버렸다.

"아······."

"흠."

이재혁과 문상재는 아쉬운 듯, 고개를 저었다. 목소리는 무척 좋았다. 그러나 뭔가 미흡하다는 생각이 들었다. 먼저 이재혁이 평을 시작했다.

"목소리는 참 좋네요."

"감사합니다."

"하지만 너무 긴장하네. 먼저 긴장을 푸는 법부터 익혀야 할 것 같아요. 그리고 아직은 목소리만 좋은 단계네요. 좀 더 익히고 오는 것으로 합시다. 저는······."

그는 X표를 눌렀다. 불합격이었다.

"아······."

김지민은 고개를 푹 숙였다. 남은 건 2표였다.

"저도 이재혁 씨와 크게 다르지 않네요. 좋은 목소리긴 하지만 연습을 더 해서 봤으면 좋겠어요."

문상재도 연이어 X를 눌러 버렸다. 3명 중 2명이 X였다. 이렇게 되면 그냥 탈락이었다.

"……감사합니다. 다음에 다시 이 자리에서 뵈었으면 좋겠어요."

강윤의 결과는 보지도 않고, 김지민은 인사를 하며 밖으로 나갔다.

"많이 상심했나 보네요."

"아쉽네요. 목소리는 진짜 괜찮았는데."

이재혁과 문상재는 김지민에 관해 이야기를 나누었다. 소리는 좋다. 하지만 통과하기엔 아직 아니다. 그들의 의견은 그랬다.

하지만 강윤은 달랐다.

'긴장만 풀어주면 진짜 좋은 재목인데. 한번 다시 봐야겠어.'

목소리만 좋다? 강윤이 보기엔 전혀 그렇지 않았다. 강윤이 지금까지 봐온 연습생 중 이렇게까지 선명한 하얀빛을 낼수 있는 연습생은 드물었다. 뭔가 마음에 걸렸는지 그는 자리에서 일어났다.

"잠깐 쉬었다 해도 될까요?"

"흠……. 그럴까요? 마침 배도 고픈데."

강윤의 휴식 요청에 이재혁이 동의하자 휴식이 선언되었

다. 강윤은 바로 밖으로 나가 김지민을 찾아 나섰다.

'어디 있는 거야?'

그러나 로비에는 없었다. 로비를 지키는 직원에게 물으니 기타를 맨 소녀가 조금 전 로비를 나섰다는 말을 듣고 곧 달려 나갔다.

다행히 로비에서 멀지 않은 오솔길에서 터덜터덜 걷고 있는 교복 입은 소녀를 발견할 수 있었다. 강윤은 달렸다.

"잠깐만!"

"예?"

강윤의 부름에 소녀가 돌아보았다.

"심사위원님?"

"헉헉……."

소녀의 의아한 얼굴을 보며 강윤은 밝은 표정을 지었다.

"후우. 찾아다녔어."

"저를요?"

소녀, 김지민은 의아한 눈으로 강윤과 눈을 마주쳤다.

2화
월드의 프린세스

"잠깐 앉을까?"

강윤은 김지민에게 한쪽에 마련된 벤치에 앉기를 권했다. 그녀가 앉자 강윤은 자판기에서 캔커피를 뽑아 그녀에게 내밀었다.

"감사합니다."

온기가 도는 따뜻한 커피에 김지민은 감사를 표했다. 봄이 되었지만 아직은 찬바람이 불어왔기에 온기는 귀했다. 강윤은 따뜻한 캔커피에 손을 녹이며 본론을 꺼냈다.

"네 노래를 오래 듣지 못한 게 아쉬워서."

"네?"

김지민은 전혀 예상하지 못한 말에 당황했다.

"내 평가는 들어보지도 않고 나갔잖아."

"그건······."

남은 강윤의 평가가 어떻든, 이미 다음은 없었다. 더 있어 봐야 상처만 될 뿐이었다. 그래서 더 머무르고 싶지 않았다. 그런데 이 사람, 뭔가 이상했다.

"난 앞의 두 사람하고 조금 다른 생각이었는데."

"······그래도 어차피 떨어진 거예요. 더 있어 봐야 소용없었어요."

김지민은 풀이 죽었다. 수없이 도전한 오디션이다. 하지만 탈락의 고배는 언제나 쓰디썼다.

"오디션은 떨어졌지만, 나한테는 기회일지 모르지."

"네?"

강윤은 지갑에서 뭔가를 꺼내 김지민에게 주었다.

작은 카드 같은 하얀 것. 명함이었다.

"월드······ 엔터테인먼트, 이강윤? 대표님이세요?"

"생각 있으면 오디션 보러 와. 거기 연락처하고 주소도 있으니까 보고 오면 돼."

강윤은 바로 자리에서 일어났다. 촬영을 위해서 빨리 들어가 봐야 했다.

"자, 잠깐만요!"

김지민이 얼떨떨한 표정으로 강윤을 붙잡았다.

"왜 그러니?"

"이게, 저······. 그러니까······."

김지민은 당황스러웠다. 나락에 있다가 갑자기 구원이라도 받은 기분이었다. 지금까지 계속 버려져 있다 선택받은 기분은 말로 쉽게 표현하기 힘들었다. 처음 보는 사람이었지만 방송 오디션 심사위원으로 나왔다는 게 신뢰를 더했다.

"학교도 나가야 할 테니 이번 주 토요일에 오도록 해. 시간은 2시가 좋겠다. 곡은 아무거나. 오늘같이 실수해도 괜찮으니까 편안한 마음으로 준비해서 와. 많이 보여줘야 할 테니까."

"네! 꼭 갈게요!"

돌아서는 강윤에게 김지민은 희망에 찬 목소리로 외쳤다. 지금까지 자신을 알아준 사람은 그가 처음이었다.

"이크. 늦겠다!"

강윤은 김지민을 뒤로하고 방송국을 향해 뛰어갔다.

"월드엔터테인먼트? 뭐, 크든 작든…… 좋아!"

그녀는 주먹을 불끈 쥐었다. 이번에야말로 반드시 합격하고 말겠다며 마음을 굳게 다졌다.

티앤티의 이번 타이틀곡, '좋은 느낌'은 날로 승승장구했다. 한 음원 사이트에서 7위를 한 건 시작에 불과했다. 타 음원 사이트에서도 연달아 6위, 8위를 한데 이어 각종 행사에서도 유명세를 타며 SNS 등에서도 입에 오르내리기 시작했다. 사람들의 입에 오르내리며 기사를 양산했고 그런 화제는 방송가의 호출이라는 결과를 낳았다.

"……우리 지금 어디 가는 거야?"

"촬영 가지, 어디 가겠어?"

"……누가 그걸 몰라. 감격해서 그러지."

주정현의 말에 이민이 딱딱하게 답했다. 두 사람은 이내 흥분된 얼굴로 투닥거렸다.

2년간 활동하면서 거의 없던 주말 7시 예능방송 촬영에 티앤티 5명 전원이 나가게 되었다. 요즘처럼 걸그룹 홍수시대에 티앤티가 주말 예능촬영에 나간다는 건 대단한 일이었다. 특히 그녀들같이 무명의 그룹에겐 말이다.

"흑……."

"효린 언니 또 운다."

진세아가 감격에 젖어 있는 김효린을 놀려댔다. 그러자 아니라며 그룹 최강자전이 벌어졌다.

곡이 잘되니 모두가 즐거웠다. 일정은 빡빡했지만, 마음이 즐거웠다.

"그런데 사장님은 표정이 안 좋던데……."

김세솔이 뭔가 생각이 났는지 중얼거렸다.

"곡에 돈을 너무 많이 쓰셨대요. 그래서 요즘 표정 안 좋은 거래요."

"아, 그래? 그런데 이렇게 잘됐으면 된 거 아냐?"

주정현의 대답에 김세솔은 여전히 갸우뚱했다. 그러자 김효린이 눈가를 닦으며 답해주었다.

"비서 언니한테 들은 이야긴데, 돈이 아주 많이 나갔데. 사장님 비상금까지 탈탈 털었다던데?"

"비상금까지요?"

"응. 계약이 어쩌고 하던데? 나도 자세한 건 몰라. 어차피 우린 행사 많이 돌고 돈만 잘 벌면 되잖아?"

"맞아요, 맞아."

김효린의 말에 모두가 한마음으로 답을 했다.

신뢰를 잃은 사장이 어떻게 되든 말든 이미 그녀들의 관심에선 멀어져 있었다.

♪ ♪♩♪♩♫♩♪

"오디션이요?"

이현지는 자신의 귀를 의심했다. 요 며칠, 영업 다니느라 내내 외근을 하다가 모처럼 회사에 나왔는데 강윤에게 놀라운 소식을 듣게 되었다.

"오후에 지망생이 하나 올 겁니다. 같이 봐주세요."

"네. 사장님이 눈여겨본 지망생이라니 궁금해지네요."

이현지는 흥미가 일었다. 강윤이 사람과 곡을 보는 눈이 좋다는 건 이미 알고 있었다. 그러나 MG엔터테인먼트에서는 이미 뽑혀 있는 대상만을 상대했을 뿐이었다. 한정된 대상이 아닌, 모든 사람을 본 강윤이 과연 어떤 보석을 가져왔을지 그녀는 흥미가 일었다.

이현지와 점심을 먹고 오니 1시가 되었다. 강윤은 양치하고, 오디션을 위해 지하로 향했다. 지하에는 작은 스튜디오가 있었다. 그는 불을 켜고 전원을 넣었다.

"괜히 중고로 샀나."

강윤은 괜히 믹서와 스피커들을 보며 투덜거렸다. 좋은 장비들은 들이고 싶고, 자금은 부족하니 어쩔 수 없이 발품을 팔아 중고를 구입했다. 덕분에 매우 싸게 좋은 장비를 들여오긴 했지만 아쉬움은 계속 남았다.

보통 오디션은 무반주 노래로 하는 법이지만 강윤은 여러 가지로 테스트를 해볼 생각이었다. 이를 위해 마이크 세팅과 악기 연주를 위한 라인을 까는 등 여러 가지를 준비했다.

준비가 거의 끝날 무렵, 스튜디오 문이 열렸다.

"이사님, 무슨 일……."

"이강윤!"

그런데 강윤에게 뭔가가 달려들었다. 그리고 묵직한 통증이 강윤의 몸을 강타했다.

"크헉!"

통렬한 바디어택이었다. 외마디 비명과 함께 강윤은 뒤로 넘어갈 뻔했지만, 다행히 버텨냈다.

"뭐야?! 어? 현아?"

"……쳇. 키만 큰 줄 알았는데 힘도 세네. 콱 넘겨 버리려고 했는데. 오랜만이네요?"

긴 머리칼에 귀여운 외모, 늘씬하고 키가 큰 이현아였다. 그런 그녀의 뒤에서 이현지와 이현아와 함께 활동하는 밴드, '강적들'이 킥킥거리고 있었다.

"이게 뭐하는 거야?"

"복수."

"하아."

강윤은 당혹스러웠다. 이런 통렬한 바디어택을 받을 줄은 생각하지도 못했다.

"……뭐, 이번엔 이 정도로 봐줄게요."

"…….."

이현아는 짧게 말하고 돌아서며 손을 내밀었다.

"반가워요, 오빠. 오랜만이에요."

"그, 그래. 근데 너…… 묵직하구나."

"싸우자는 거예요?"

불의의 기습을 당했지만, 강윤 역시 한마디도 지지 않았다.

반가운 재회를 하고 모두가 스튜디오에 마련된 소파와 의자에 앉았다. 근황과 그동안의 해후를 나누는 반가운 자리였다. 한참 해후를 나누는데 정혜진이 안으로 들어왔다. 그녀의 뒤에는 교복을 입은 김지민이 함께하고 있었다.

"어서 와."

"안녕하세요?"

김지민은 처음 보는 스튜디오와 많은 사람을 보며 헉 소리를 냈다. 조심스러운 눈길로 여기저기를 둘러보는 김지민에게 강윤은 자리를 권했다.

강윤은 이현아에게 나중에 이야기하자고 하고는 김지민에게 시선을 돌렸다.

"준비는 많이 해왔어?"

"열심히 해왔어요."

"그래? 그럼 한번 볼까?"

김지민이 기타를 꺼내려 하자 강윤은 손을 들어 제지했다.

"먼저 노래부터 해보자. 오늘 해볼 게 많아. 서두르지 말고 차분하게 하면 돼. 알았지?"

"네."

이전 오디션들은 짧으면 3분, 길면 5분밖에 안 되는 짧은 시간이었다. 그런데 이 사람은 뭔가 달랐다. 김지민은 의아하면서도 목을 풀며 노래를 준비했다.

곧 김지민은 눈을 감으며 조금은 허스키한 소리를 내기 시작했다.

"……cause you~ hold me~"

김지민의 음성은 낮을 때는 맑았고, 커지면 약간은 허스키해지는 것이 사람을 끄는 무언가가 있었다. 게다가 성량이 풍부했다. 아무 수단도 거치지 않은 순수한 소리가 온 스튜디오를 가득 메웠다.

'역시.'

그녀에게서 나오는 노란 음표는 매우 또렷했다. 하얀빛은 말할 것도 없었다. 1분 정도 그녀의 노래를 들어본 강윤은 곧 그녀를 제지했다.

"그만."

김지민이 걱정과 의문이 담긴 눈길을 보내자 강윤은 말없이 기타를 가리켰다. 그러자 김지민은 기타를 꺼내 들었다. 김지민이 노래를 시작하려 하자 강윤이 말했다.

"같은 노래로 해볼래?"

"네? 아, 네."

이유는 몰랐지만, 그녀는 알았다며 기타의 음을 튕기기 시작했다. 조용히 기타를 뜯으니 파란 음표와 그녀의 목소리가 만들어내는 노란 음표가 섞이며 하얀빛을 만들어내고 있었다. 그러나 아까의 하얀빛보다는 조금 약했다.

'기타 실력은 좀 더 키워야겠네.'

두 가지를 같이 하면 집중력이 떨어지는지 파란 음표가 좀 더 흐릿했다. 강윤이 보기에 기타의 효과가 노래를 충분히 받혀주지는 못하고 있었다.

강윤은 지금 노래 역시 1절만 마치고 중지시켰다.

"이번엔 저 안에서 해보자."

강윤은 스튜디오 부스를 가리켰다. 그러자 김지민은 긴장된 발걸음으로 안으로 향했다.

"우와. 강윤 오빠 철저한데요?"

뒤에서 지켜보던 이현아는 조용히 속삭였다. 그러자 옆의 이현지도 한마디 했다.

"첫 연습생 후보라는데 오죽하겠어요?"

"첫 후보라고요? 아……."

그 말에 이현아는 좀 더 자세히 관찰하기 시작했다.

뒤에서 어떤 대화가 오가는지 알 턱이 없는 강윤은 믹서를 켜고 마이크를 표준에 세팅한 후 김지민에게 기타에 라인을 연결하라고 했다. 라인이 연결되고, 기타 소리와 그녀의 목소리가 스튜디오에 울려 퍼졌다.

"아까 했던 곡 다시 해볼까?"

준비가 끝나자 강윤의 지시에 맞춰 김지민은 노래를 시작했다. 스피커에서 음표들이 나오며 하얀빛을 만들어내기 시작했다. 그런데 전보다 좀 더 강한 빛을 만들고 있었다.

'마이크를 타면 소리가 더 좋아지네. 타고났어.'

강윤은 확신했다. 자신의 눈이 틀리지 않았다.

이번에도 1절에서 끝날 줄 알았지만, 강윤은 끝까지 해보라며 수신호를 주었다. 그러자 그녀는 노래를 완창했고 잠시 후 기타를 세워두고 밖으로 나왔다.

"수고했어."

"후아."

부스 안에서 노래를 한 건 처음이었다. 긴장도 되었지만 재미있었다. 김지민의 표정에서 활기가 느껴지자 강윤도 씨익 웃었다.

"앞으로 잘 부탁해."

"네, 사장님."

"품. 그냥 선생님이라 불러."

"네."

더 말이 필요 없었다. 강윤은 김지민의 재능을 알아보았고, 김지민은 그런 강윤의 손을 꽉 붙잡았다.

그렇게 김지민은 월드엔터테인먼트의 첫 연습생이 되었다.

김지민은 이현지와 정혜진 등 월드엔터테인먼트 사람들과 인사를 나누었다. 강윤은 앞으로 한식구라며 모두에게 잘해 줄 것을 당부했다. 이현지는 당연하다며 김지민에게 언니같이 다가갔고, 정혜진은 교복 입은 모습이 귀엽다며 동생같이 챙기겠다며 안심하라 했다.

'고양이한테 생선 맡기는 거 아냐?'

그녀들의 위험(?)한 발언에 강윤은 조금 땀이 났다.

"지민 양. 그럼 우린 따로 가볼까요?"

이현지는 김지민을 데리고 계약에 관해 이야기하러 사무실로 향했다. 스튜디오에는 이현아와 밴드원들이 남았다.

"저 애 노래 잘하네요."

"이제 시작이지. 원석인걸."

이현아의 말에 강윤은 고개를 저었다. 그는 이제 시작이라고 판단했다. 많이 다듬어서 제대로 내놓을 생각이었다.

강윤은 스튜디오를 정리했다. 전원을 끄고 선을 정리했다. 그런 강윤에게 이현아가 다가왔다. 이제 본격적인 용건을 말하기 위해서였다. 강윤은 선을 정리하다 허리를 폈다.

"오빠. 우리도 받아줄 수 있나요?"

"밴드 전부 말이야?"

"……네."

조심스럽게 이야기하는 이현아를 보며 강윤은 조용히 선을 내려놓았다. 그녀가 계속 여기 머물러 있는 것을 보며 짐작은 했다. 강윤은 이야기가 길어질 거라는 생각에 그녀와 밴드원 모두에게 자리를 권했다.

"지난번에 예랑에서 연락이 왔다는 건 들었어."

"그건 확실하게 거절했어요. 팀원들하고 떨어지고 싶지 않아서요."

이현아의 의지는 확고했다. 팀원들은 그런 그녀에게 미안함이 가득했는지 착잡한 모습이었다. 강윤은 모두를 한번 살피며 차분히 이야기했다.

"여기에 오고 싶은 이유가 있어?"

"오빠하고 친한 것도 있지만……. 오빠가 MG에서 꽤 유명한 사람이었다는 거?"

"유명하다니?"

"에디오스 기획자잖아요."

어떻게 알았는지, 이현아는 그런 정보도 알고 있었다. 강윤이 어깨를 으쓱일 때 그녀는 본론을 이야기했다.

"오빠. 저희를 받아주세요."

그녀뿐만 아니라 모두에게서 간절함이 느껴졌다. 그러나 강윤은 쉽사리 고개를 끄덕이진 못했다. 밴드라는 컨셉으로 한국에서 성공하기란 쉽지 않았다. 단순한 친분으로 승낙할 문제가 결코 아니었다.

"밴드가 왜 메이저에서 어려운지 알아?"

"아뇨."

이현아가 그런 세세한 걸 알 리가 없었다. 강윤은 차분히 이유를 이야기했다.

"요즘 가수의 주 수익은 음원이 아니야. 행사지. 예를 들어 네가 행사 한번 나가면 천만 원을 번다 해보자. 그런데 같은 가격의 댄스 가수가 있어. 그런데 너희 밴드를 부르려면 천만 원에 장비대여료까지 주최자가 부담해야 해. 차라리 같은 가격이면 댄스가수를 부르는 게 낫지 않을까?"

"······."

"외국이면 오히려 나을 수도 있어. 하지만 여긴 한국이야. 여기에 맞는 전략이 필요해. 예랑이 너만 스카우트하겠다고 한 이유가 거기에 있는 거야."

이현아는 할 말이 없었다. 논리적으로 나오니 도무지 명분이 없었다. 맞는 말이었지만 3년 만에 만났기에 시운함이 진했다.

'어렵긴 해도 성공만 하면 대박이긴 한데······.'

이현아를 보며 강윤은 고민에 휩싸였다.

♪ ♩ ♪ ♩ ♪ ♩ ♪ ♪

토요일 저녁이었지만 강윤과 이현지는 퇴근하지 않고 계속 회사에 남아 있었다. 사원과 주인의 무게는 다른 법. 평사원인 정혜진은 퇴근했지만, 그들은 김지민과의 계약 정리를 비롯해 해야 할 일들이 많았다.

쓰디쓴 커피를 마시며 강윤은 서류들에 시선을 돌렸다.

"할머니와 둘이 산다고요?"

강윤은 이현지에게 김지민의 가족사항에 듣고 당혹스러움을 감추지 못했다. 주소를 보니 강윤의 옛집에서 멀지 않은 곳이었다. 강윤은 혀를 내둘렀다.

"그 동네 화장실도 공동으로 쓰는 곳인데······."

"네? 아직도 그런 데가 있어요?"

"옛날 제가 살던 윗동네입니다. 화장실도 몇 개 없어서 공동으로 쓰죠. 아직도 사람이 사나……."

"……그것보다 사장님이 그런 동네에 있었다는 게 더 놀랍네요."

"그러고 보니 수도에서 온수 받아본 지도 그렇게 오래되진 않았군요."

이현지야말로 강윤에게 놀랐다. 강윤의 이력서는 본 적이 있었지만 그런 동네에서 갖은 고생을 다했을 줄은 몰랐다.

강윤은 우선 김지민의 생활안정이 이루어져야 한다고 생각했다. 배가 고파야 진짜 노래가 나온다는 말도 있지만, 지금 같은 시대에는 통하지 않는 말이었다. 하지만 문제가 있었다. 돈이었다.

"……작은 집은 구할 수 있어요. 당장 그런 판잣집보단 훨씬 낫죠."

다행히 이현지에게서 긍정적인 답이 나왔다. 그녀도 첫 연습생이 판잣집에서 거주하는 건 정말 아니라고 생각했다. 하지만 문제는 있었다.

"돈이야 사장님이 잘 벌어올 거 아니까 걱정하지 않지만, 이게 헛된 투자가 되진 않겠죠?"

그녀의 걱정은 김지민에게 있었다. 아무리 제대로 된 연습생을 구했다지만 세상일이란 알 수 없는 법이다.

강윤은 그녀의 걱정에 동의하면서도 그런 일이 없게 하겠다며 안심시켰다.

"최선을 다해야죠. 이제부터는 같이 가는 우리 식구입니다."

"그렇네요. 하긴, 사장님은 그런 의리가 있었죠. 그 의리에 반한 사람이 한둘이 아니었죠."

"하하하."

강윤은 어깨를 으쓱이고 말았다. 결국, 두 사람은 김지민이 할머니와 같이 살 숙소를 구해주기로 의견을 모았다. 그리고 학교를 마치고 매일 연습하게 하기로 했다. 이현지는 보컬 강습을 위해 강사들을 수배해 보겠다고 했고, 강윤은 알았다며 의견을 맞춰나갔다.

그렇게 김지민에 대한 안은 끝이 났다. 다음은 이현아였다.

"……이현아가 여기를요?"

강윤에게 이야기를 들은 이현지는 팔을 괴었다. 밴드가 성공하는 게 쉬울까? 그녀는 쉽지 않다는 입장이었다.

"답은 어떻게 주셨나요?"

"일단 생각해 보겠다 했습니다. 밴드는 성공하기 어려운 아이템입니다. 친분만으로 쉽게 받아들이기에는 무리가 있죠."

"서운했겠네요. 나름 하이패스라고 생각하고 왔을지도 모르는데."

"일은 일이니까요."

강윤의 말에 이현지는 고개를 끄덕였다. 회사는 장난이 아니다. 한 그룹을 들여온다는 건 친분만으로 결정하기에는 힘든 사안이었다.

"사장님이 보시기에 이현아와 밴드가 성공할 가능성이 있나요?"

강윤은 쉽사리 의견을 내지 않았다. 이현아는 확실히 매력이 있었다. 언더에서도 확실히 자리를 잡아 홍대여신이라는 타이틀을 넘어서려는 단계였다. 게다가 작곡도 했다. 개인만 보면 뛰어난 싱어송라이터였다. 문제는 밴드였다. 밴드 개개인의 스타로서의 성공 여부, 밴드로 놓고 봤을 때 메이저에서의 성공 여부였다.

이 모든 걸 따지고 봤을 때, 강윤은 쉽사리 결정을 내리기 힘들었다. 이현지도 그런 그의 고민을 알았는지 말을 덧붙였다.

"밴드가 어렵긴 하죠. 과거에 밴드컨셉으로 여럿 나왔다가 대부분 망했으니까요. 게다가 여자와 남자 혼성이니 팬층을 특화하기도 쉽지 않겠네요."

강윤은 그녀의 말에 동의했다. 하지만 마음에 뭔가 얹힌 듯, 자꾸 걸리는 게 있었다.

'밴드, 밴드라……. 결국 공연으로 수익을 내는 건데…….'

깔끔하게 포기하면 그만이었다. 그런데 뭔가가 아쉬웠다.

강윤의 고민은 쉽게 끝나지 않았다.

김지민은 지금 일어나는 모든 일이 꿈만 같았다.

이현지가 학교에 찾아와 앞으로 연예인 연습생 생활을 하게 되어 오전 수업만 하게 될 거라며 조퇴사유서를 제출했다. 보호자의 동의서와 회사에 관련된 서류 모든 것을 제출하니 학교에서도 크게 따지지 않고 수락했다. 작은 회사라서 아쉬워하는 모습은 조금 있었다.

"지민아! 진짜 연습생 된 거? 대박!"

"우리 친구 연예인?!"

소문이 퍼지자 김지민은 친구들 사이에서 엄청난 화제가 되었다. 그래도 그녀는 크게 변하지 않은 태도로 좋은 교우 관계를 유지했다.

다음 변화는 숙소였다. 평생을 판잣집에서 살아온 김지민은 지금 자신의 눈앞에 있는 작은 투룸이 믿기지 않았다.

"……우와…….."

평수는 넓지 않았지만 깔끔한 투룸에 들어가 방을 살피는데, 모든 게 꿈만 같았다. 침대에 컴퓨터에 웬만한 건 다 있었다.

"아이고, 사장님. 이거 감사해서 어쩌지요."

김지민의 할머니는 강윤의 손을 꼭 잡았다. 손녀가 연습생인지 뭔지가 되었다고는 들었지만 이런 집까지 덜커덕 구해

올 거라고는 상상하지도 못했다. 강윤도 그녀의 손을 부드럽게 잡아주었다.

"지민이가 앞으로 더 좋은 집으로 모실 겁니다. 저희에게도 더 큰 걸 줄 테니 이건 아무것도 아닙니다."

"아이고, 감사합니다."

김지민의 할머니는 그저 감사할 따름이었다.

학교와 집 문제를 처리하니 김지민의 주변 정리가 대충 끝이 났다. 이제 남은 건 본격적인 트레이닝이었다. 그리고 그 역사적인 첫 트레이닝 날이 되었다.

"안녕하세요?"

김지민은 학교에서 오전 수업만 마치고 월드엔터테인먼트로 출근했다. 그녀는 회사 사무실을 지키고 있는 정혜진에게 인사를 하고 지하 스튜디오로 향했다.

"어서 와."

스튜디오에는 강윤과 최찬양 교수가 그녀를 기다리고 있었다. 김지민은 처음 보는 최찬양 교수를 보며 긴장 어린 모습으로 인사를 했다.

간단하게 소개를 마친 세 사람은 자리에 앉아 본격적으로 이야기를 시작했다.

"지민아. 오늘부터 교수님이 네 보컬 트레이닝을 담당해주실 거야. 앞으로 배울 게 많지만 노래는 기본 중의 기본이니 열심히 배워야 한다?"

"네. 열심히 하겠습니다."

김지민의 눈에는 의욕이 넘쳤다. 최찬양 교수는 만족했는지 미소를 지었다.

"아냐. 나도 잘 부탁해. 나도 보컬 트레이닝은 처음이거든."

그 말에 김지민의 눈이 흔들렸다. 그때 강윤이 나섰다.

"한려예술대하 교수님이셔. 보컬 트레이닝은 치음이지만 작곡으로 학생들을 가르치는 교수님이셔. 이런 기회는 흔하지 않을 거야. 그리고 네가 배울 발성법이 아무 곳에서나 배울 수 있는 게 아니니까 열심히 해."

"교…… 교수님, 힉."

김지민은 긴장감에 침을 꼴깍 삼켰다. 그러자 최찬양 교수가 웃으며 그녀의 긴장을 풀어주었다.

그녀가 조금은 진정이 된 듯하자 강윤은 설명을 이어갔다.

"SLS 발성법이라고, 성악 발성에서 나왔는데 대중가요나 클래식 모든 장르를 소화할 수 있는 발성법이지."

그런 마법 같은 발성법이 있는가 싶었지만, 김지민은 강윤의 말을 신뢰했다. 그녀의 눈이 초롱초롱하자 강윤은 말을 더했다.

"이미 발성법을 배운 사람에게는 크게 효과를 보기 힘들어. 그래도 넌 발성을 따로 익히진 않아서 배울 수 있을 거라 판단했지. 이게 발성 버릇이 없는 사람에게 효과가 크거든. 이 발성법은 인증서 없는 사람은 가르치지도 못하는 발성법이야. 그러니까 잘 배워봐."

"네."

강윤은 더 길게 이야기하지 않았다. 스튜디오의 테이블들을 밀어놓고 김지민은 자리를 잡았다.

"자, 따라 해 볼래? 아~"

"아~"

최찬양 교수는 기본 발성부터 시작했다. 김지민은 평상시에 하던 대로 목소리를 냈다. 그러자 최찬양 교수는 고개를 흔들었다.

"자연스럽게 한다는 느낌으로 가는 거야. 들어봐. 아아아~"

강윤은 자리에 앉아 유심히 둘의 발성에 귀를 기울였다. 최찬양 교수는 두 번 같은 '아' 소리를 반복했다. 전자는 긁히는 소리가 섞여났고 후자는 편안하게 '아~' 소리가 울려 퍼졌다.

"두 소리의 차이가 뭘까?"

"전 소리가 더 힘들게 낸 것 같아요. 뒤의 소리는 편안했고."

"맞아. 귀가 좋네."

칭찬은 김지민을 춤추게 하지는 못했지만 기쁘게 했다.

"SLS 발성의 요점은 여기에 있어. 편안하고 깔끔하게. 이 발성을 완벽하게 소화하면 아무리 높은 고음도 편안하게 쭉쭉 뻗어 나가게 할 수 있어."

"아아…….."

그제야 김지민에게서 감탄사가 터져 나왔다. 생각지도 못한 이야기였다.

"이제 해보자. 아아~"

"아아아~"

"소리가 어눌하지? 후두가 내려가서 그래. 적절한 후두 위치를 찾는 게 관건이야. 다시. 아아아~"

"아아아~"

기본 발성을 시작으로, 김지민의 보컬 연습이 시작되었다. 연습에 천천히 불이 붙는 것을 보고 강윤은 조용히 문을 나섰다.

사무실로 가니 이현지가 머리를 싸매고 일에 매달리고 있었다. 강윤은 방해되지 않게 조용히 자리에 앉았다.

'밴드, 밴드를 어떻게 해야 하나?'

밴드 문제는 정말 어려웠다. 어떻게 소득을 창출하는가, 이것은 큰 문제였다. 유닛으로 활동한다 해도 멤버들 간의 수익 배분 문제가 발목을 잡을 게 뻔했다. 괜히 예랑엔터테인먼트가 이현아만 원한 게 아니었다.

'하지만 지금까지 아무도 하지 않았어. 첫 성공이라는 메리트는 분명히 있다. 게다가 실력도 보증됐어. 지금 하는 공연을 늘리고 마케팅만 제대로 한다면 확실한 카드가 될 수도 있다.'

제대로 포장을 해서 내놓을 수 있다면 분명히 메리트는 있다. 게다가 홍대에서 쌓아놓은 기반도 있다. 음악적인 색깔을 대중적으로 전환하면서 기존의 음악색을 유지할 수 있다면 분명히 좋은 반응을 기대할 수 있다.

'받아들인다면 수익을 내는 방법이 중요하겠군. 그렇다고 이현아가 연기나 예능에 재주가 있을 리도 없고, 다른 사람들도 그런 게 있을 리가 없어. 결국은 음악인데⋯⋯. 음악, 음악이라. 음악⋯⋯ 아.'

그때, 강윤의 머리에 스쳐 가는 생각이 있었다.

'밴드의 주 수입은 콘서트다. 이현아의 기반은 인디밴드. 내가 왜 대형 콘서트 수익만 생각했지? 100명 이하도 콘서트는 콘서트지. 하하하.'

생각해 보니 이현아는 이미 인디 활동으로 돈을 벌고 있었다. 하지만 회사를 통하는 것과 개인이 무대를 여는 것에는 차이가 확연했다. 게다가 온전히 곡에만 집중할 수 있어 퀄리티 향상까지 기대할 수 있었다.

'내가 밴드를 데리고 있으면서 언더 무대를 돌면서 수익을 얻고, 방송에서도 인지도를 쌓아나간다. 그리고 팬들을 확보하고 대형 콘서트로 확? 이렇다면 행사비 수익까지는 몰라도 꽤 많은 이익을 얻을 수 있지 않을까?'

놓치고 있던 부분이 생각났다. 이들은 일반 연예인이 아니었다. 인디 출신의 가수였다. 인디 출신 가수의 장점은 마니아들이 있다는 점이었다. 이들, 특정 팬들을 위한 팬서비스를 전문적으로 제공하고, 숫자를 늘려간다면 무시무시한 팬덤이 형성된다. 그리고 수익도······.

"좋아!"

강윤은 저도 모르게 소리쳤다. 옆에서 일에 집중하던 이현지가 깜짝 놀라 돌아보았다.

"무슨 일 있어요?"

"아······."

이현지의 알 수 없다는 표정에 강윤은 순간 민망해졌다.

쇠뿔도 단김에 빼라고 강윤은 이현아를 호출했다. 그녀는 강윤의 부름에 빠르게 월드의 사무실로 직행했다.

정혜진이 내주는 커피를 마시며 이현아가 물었다.

"무슨 일로 부르셨어요?"

이현아의 물음에는 기대감과 불안이 함께 있었다. 전에 그는 명확한 답을 주지 않았었다. 하지만 그녀의 마음에는 강윤이라면 분명 뭔가 다를 거라며 묘한 기대를 하고 있었다.

그 마음을 아는지 모르는지 강윤은 이야기를 시작했다.

"우리 소속사에 들어오고 싶다 그랬잖아. 밴드 전원이 말이야."

"네."

"그거에 대해서 할 말이 있어서. 조건이 까다로울 거야. 괜찮겠어?"

역시. 강윤의 이야기에는 희망이 있었다. 그녀는 눈망울을 반짝이며 당연하다는 듯 고개를 끄덕였다.

"네, 네! 역시, 오빠는……."

"끝까지 듣고 판단해. 조건이 쉽지 않을 테니까. 네가 많은 부분을 희생해야 할 테니까."

"희생이요?"

희생이라는 말에 이현아는 멈칫했다. 하지만 이미 예랑에 가지 않은 것부터 희생이라 생각하고 있었다.

"괜찮아요. 그게 무서웠으면 진작에 예랑으로 갔을 거예요."

"알았어. 그럼 가장 어려운 것부터 이야기할게."

강윤은 수익 배분에 관해 이야기했다. 이현아, 개인이 번 돈에 대한 배분 이야기였다. 강윤은 그 돈도 일정 부분을 멤버들에게 나누어야 할 것이라 이야기했다. 그 말에 그녀의 눈이 확 뜨였다.

"아니, 제가 번 돈을요?"

"물론 다른 멤버들이 번 돈도 마찬가지로 똑같은 비율로 나눌 거야. 하지만 냉정하게 봐서 네가 제일 수익이 높을 게 분명해. 너로선 손해지."

강윤이 직접 돈에 대해 말해주니 그녀도 고민하기 시작했다. 막연히 모두와 함께해야 한다는 것과 돈이 걸린 현실은 쉽지 않은 문제였다.

이현아는 잠시 고민하더니 눈에 강하게 힘을 주었다.

"……알았어요. 그럼 배분 같은 거 다 내가 희생하면 여기에 들어올 수 있는 거예요?"

이현아는 돌직구를 던졌다. 그러나 강윤은 아직이라며 선을 그었다.

"좀 더 남았어. 들어보고 결정해. 솔직히 난 네가 들어오면 좋은 입장이야. 우리 소속사는 이제 출발단계라 네게 뭔가를 해준다기보다, 네게 군식구가 늘어난 느낌이 강할지도 몰라. 그래서……."

"하지만 오빠가 날 내버려 둘 것도 아니잖아요."

"그, 그렇긴 하지."

"어떻게든 날 써서 이익을 낼 거잖아요. 내가 여기 들어온다면."

맞는 말이었다. 그녀는 말 그만 돌리고 제대로 말하라는 듯 강윤을 보챘다.

"……정리할게. 네가 여기 오면 고생 엄청나게 할 거야. 당분간 인디 생활했던 것보다 돈도 적을지도 몰라. 하지만……."

"하지만?"

이 부분에서 그녀의 눈이 빛났다.

"확실히 이건 보장할게. 먼저 지금보다 공연하는 횟수는 늘어날 거야. 하지만 진짜 목적은……."

"목적은?"

"1만 명. 대형 콘서트."

그 말에 그녀의 눈이 화등잔만 해졌다.

"1만 명이요?!"

말이 1만 명이지 그게 말처럼 쉬운 일이 아니었다. 이곳에 들어오기를 바랐던 그녀조차도 그 말에 신빙성이 있는지 의심스러웠다. 그러나 강윤은 차분히 말을 이어갔다.

"지금까지의 네 팬들, 그리고 방송에서 만들어질 팬들, 앞으로 만들어갈 네 이미지. 모두 결합하면 2년을 예상하고 있어. 우리 소속사도 그때는 1만 명 정도의 대형 콘서트는 할 수 있을 만큼 여력을 갖춰놔야지. 네게 개인 사비를 요구하는 무례한 짓은 절대 안 할 테니 걱정하지 말고."

"아……. 하하하하."

이현아는 어설프게 웃었다. 1만 명. 지금 소속사의 규모나 이현아의 밴드 팬덤으로나 말도 안 되는 소리였다. 하지만 강윤이 한 말이다. 거짓이라고는 생각이 들지 않았다. 밴드 전부에 이런 대우라면 더 생각해 볼 것도 없었다.

"저, 여기로 올게요. 다른 애들은 말할 것도 없을 거예요."

"초반에 고생을 엄청나게 할 거야. 말도 할 수 없을 만큼. 날 원망할지도 몰라."

"괜찮아요, 괜찮아. 1만 명, 1만 명……."

대형 콘서트의 유혹에 넘어갔는지 그녀는 해롱거렸다. 밴드에게 대형 콘서트란 엄청난 마력을 지닌 유혹이었다.

그렇게 이현아의 밴드, 강적들은 월드에 둥지를 틀게 되었다.

"사장님, 방송에서 크게 말이 없었네요?"

오디션 프로그램의 방영일. 모니터링을 하며 이현지는 장난스럽게 타박을 했다.

"앞에서 다 해쳐 먹는 바람에 할 말이 없더군요."

"풋. 없는 말도 만들어야죠. 이재혁 봐요. 없는 말도 지어내잖아요. 저 지원자 보니까 노래도 말끔히 잘하는데 말이죠."

이현지가 말하는 대로 209번 지원자는 노래도 깔끔했고 주눅이 들지도 않았다. 그러나 이재혁은 뭔가가 부족하다며 계속 지원자를 타박했다. 그리고 그 분량은 방송으로 만들어졌다. 이후 이재혁은 속마음 인터뷰에서 저 지원자가 마음에 들었다며, 좀 더 잘할 것 같은 바람 때문에 몰아붙일 수밖에 없어 안쓰러웠다는 말을 했다.

"저 두 사람에 비하면 사장님은 많이 비치지는 않네요. 아직 인지도가 없어서 그런가?"

이현지가 장난스럽게 묻자 강윤은 고개를 흔들었다.

"모래알 속에서 진짜 옥석 찾기가 쉽지는 않더군요. 목소리 좋은 사람은 많아도 진짜 재목을 찾는 건 만만한 일은 아니었습니다. 저 사람들도 방송 만들려고 그랬을 거예요."

"그럴까요. 내 생각엔 사장님 기준이 너무 높아서 그랬다고 보는데……."

"그럴지도 모르죠."

강윤은 어깨를 으쓱하고 말았다. 나름 첫 출연이었는데 크게 임팩트를 보이지 못해서 아쉽기도 했다. 하지만 인재가 보이지 않은 것도 사실이었다. 게다가 김지민은 편집돼서 나오지도 않았다. 진짜 인재는 여기 있었는데 말이다.

"네, 여보세요. 아, PD님."

강윤이 흥미 없는 표정으로 모니터링을 하고 있을 때, 이현지는 PD에게 걸려온 전화를 톤을 높여가며 받았다. 그녀는 사회생활 능력을 반영하듯, 전화기에서는 내내 웃음소리가 끊이질 않았다.

통화가 끝나자 그녀는 긴 한숨을 내쉬며 이야기했다.

"사장님, ONE STAR 피디에게 온 전화네요. 일입니다."

"일이요?"

"네. 10인의 지원자 중 한 명의 곡을 편곡해 달라 하네요."

"편곡이요?"

"네. 비용은 당연히 방송국에서 다 낼 겁니다. 티앤티 건으로 몸값이 오르셨잖아요. 이번에 한 건 보여주셔야죠?"

강윤은 알았다며 씨익 미소 지었다.

3화
심폐소생의 신화

[코리아 ONE STAR TOP 10 제이 한, 가장 먼저 탈락할 것 같은 후보 1위로 꼽혀]

코리아 ONE STAR TOP10 제이 한(본명 한상호)이 가장 먼저 탈락할 것 같은 후보 1위로 선정되어 눈길을 끌었다.

25일 방송된 코리아 ONE STAR에서 TOP10 멤버들의 선발과정과 합숙훈련이 전파를 탔다. 제이 한은 선발에서 좋은 목소리와 훈훈한 외모로 멤버들의 칭찬과 관심을 받았으나 심사를 맡은 이재혁에게 발음과 선곡에 대한 지적을 받으며 심사위원들에게 최하점을 받았다. 이후 계속된 미션에서 불안한 모습을 보이며 시청자들을 안타깝게 했다.

방송이 끝나고 인터넷을 통해 진행된 설문조사에서 제이 한은 가장 먼저 탈락할 것 같은 후보로 선정되면서 SNS에서…….

"……Shit……."

익숙하지 않은 한글 기사를 꾹꾹 눌러보며 제이 한은 이를 갈았다. TOP10에 선정되면서 언론의 관심이 집중되었고 어느새 인터넷에서 자신의 이름이 오르내리기 시작했다. 그리고…….

–제이 한 얼굴빨임ㅋㅋㅋㅋㅋㅋㅋㅋ

–발음 조낸 웃김. 얼굴로 뽑힌 거임.

–면상으로 뽑힌 거임. 노래는 별로……

"아아아악!"

기사와 트위터에 올라온 댓글들을 보며, 결국 제이 한은 소리를 지르고 말았다. 사전 설문조사라니, 저런 걸 왜 해서 기사를 양산하는 건지!

여론은 좋지 않았다. 합숙을 하면서 친해진 사람들에게 연락해 보려 했지만 그들도 지금은 자신의 무대를 준비하느라 정신이 없을 터. 그는 철저하게 혼자였다.

"MOTHER FUCKER……."

그의 입에서 거친 욕들이 마구 쏟아져 나왔다. 감정 컨트롤이 쉽게 되지 않았다.

이현지는 강윤의 자신감에 만족하며 편곡을 의뢰받은 가수에 대해 얘기했다.

"이름은 제이 한. 한국 이름은 한상호. 이 친구 잘생기지 않았나요?"

이현지는 사진을 보며 황홀한 듯 눈을 빛냈다. 짧은 머리에 큰 눈 하며 긴 다리까지, 사진 속 남자는 잘생긴 모델을 연상케 했다. 강윤은 어깨를 으쓱이며 답했다.

"잘생겼군요. 그런데 전체 시청자 지지도는 제일 낮네요. 사전조사 결과에서 가장 빨리 떨어질 것 같다라……. 노래는 잘하는데 발음이 좋지 않네요. 아무리 목소리가 좋아도 웅얼거리면 옹알이밖에 안 되는 법이니까요. 그런데 가수가 발음에 유리한 영어권 노래는 안 하고 한국 노래만 고집해요. 어린애가 맞지도 않는 엄마 옷을 입는 격이랄까."

"가능하면 발음하기 쉬운 곡을 고르는 게 관건이겠군요."

이현지가 턱에 팔을 괴었다. 가수의 고집도 고집이지만 탈락 위기다. 얼굴값을 못한다는 표현은 여기서 쓰는 게 맞을 듯했다.

다음 날, 강윤은 사무실에 찾아온 제이 한을 만났다. 정혜진과 이현지는 그의 긴 다리와 외모가 좋다며 난리도 아니었다. 하지만 강윤은 조금 다른 걸 느꼈다.

'표정이 안 좋네. 무슨 일이 있었나?'

무대를 앞둔 긴장감 때문일까? 아니면 다른 불안요소일까? 이런저런 생각을 하며 강윤은 제이 한과 본격적으로 이야기를 시작했다. 제이 한은 자신이 골라온 곡이라며 핸드폰에서 곡을 재생해 들려주었다.

"'너 없는 하늘 아래'네요? 가사가 어렵지 않겠어요?"

강윤은 곡을 들으며 고개를 흔들었다. 그것은 99년에 나온 곡으로 가사가 시적이고 아름다웠다. 하지만 발음이 어려워 전달하기가 쉽지 않았다. 제이 한이 발음에 문제가 있다는 걸 알고 있는 강윤으로선 추천하고 싶지 않았다.

그러나 제이 한은 완강했다.

"이 곡이 좋아요. 한국 정서를 표현할 수 있어서 좋아요."

강윤은 의아했다. 외국에서 교육을 받은 사람들은 한국의 논리에 맞지 않는 표현들에 공감하지 못하는 게 보통이다. 그런데 그는 오히려 이런 걸 좋아하다니…….

하지만 강윤은 고개를 흔들었다.

"옛이야기의~ 뿌연 창틀에~ 먼지같이~ 이 가사를 느낌을 살려 제대로 표현해야 합니다. 괜찮겠어요?"

"네."

그는 자신 있었는지 어깨를 폈다. 지금도 혀 짧은 소리가 조금씩 나는데, 이런 근거 없는 자신감은 어디서 나오는지…… 강윤은 고개를 흔들었다.

'한번 제대로 알려줘야겠네.'

"알겠습니다. 그럼 얼마나 괜찮은지 한번 봐야 하니까 불러 볼까요?"

마음을 먹은 강윤은 제이 한을 부스 안으로 들어가게 했다. 그리고 MR을 준비했다. MR이 준비되자 그는 마이크를 대고 부스 안에 전달했다.

"가사는 기억하고 있죠?"

—네.

"마이크는 대충 맞춰놨으니까 한번 불러봅시다."

강윤의 말과 함께 MR이 재생되었다. 반주가 끝나고 곧 제이 한의 노래가 흐르기 시작했다.

—옌니야기의~ 쁘연 찬틀에~ 먼지같이~ 오~ 내 가슴에 머러진 그대의

"픕……."

강윤은 순간 웃음이 나왔다. 감미로운 목소리에 저런 발음이라니. 언밸런스도 이런 언밸런스가 없었다. 강윤 뒤에서 지켜보고 있던 두 여인도 그가 보여주는 놀라운 반전에 눈을 껌뻑였다. 밖에서 어떤 반응을 보이는지 모르는 제이 한은 열심히 노래를 불렀다.

강윤은 결국, 1절만 녹음하고 제이 한을 밖으로 나오게 했다. 그는 다른 말없이 녹음한 곡을 들려주었다.

"아……."

조금 전의 어눌한 곡이 재생되었다. 제이 한도 귀가 있었

다. 원곡하고는 비교도 할 수 없는 말도 안 되는 발음에 그는 쥐구멍이라도 숨고 싶어졌다. 뒤에서 억지로 웃음을 참고 있는 두 여인을 보니 부끄러움은 배가되었다. 꽉 쥔 주먹이 부들부들 떨려왔다.

강윤은 손짓으로 뒤의 두 사람을 나가게 하고는 이야기했다.

"지금까지는 목소리와 외모로 살아남았지만, 앞으로도 이런 식이면 힘듭니다."

"……."

강윤의 말에 절대적으로 공감한 듯, 제이 한은 계속 고개를 끄덕였다. 그는 강윤의 말에 현실을 절감했다. 그리고 각오를 단단히 했다.

이후 두 사람은 곡을 선곡하기 시작했다.

제이 한은 큰 굴욕을 맛본 이후 강윤에게 토를 달지 않았다. 녹음사태는 그의 인생에서 손에 꼽을 만한 굴욕이었다. 기사들에는 오기가 치솟았지만 이렇게 눈으로 자신의 상황을 알고 나니 쥐구멍이라도 숨고 싶어졌다. 거기에 여인들을 내보내고 자존심을 지켜준 강윤의 배려도 잊지 않았다.

"한국 노래를 한다면 발음하기 쉬운 노래를 추천하고 싶네요."

강윤의 말에 제이 한은 수긍했다. TV 모니터링과 이런 현장 모니터링의 차이는 극명했다.

제이 한은 신중하게 곡을 선택했다. 한 곡밖에 생각하고 오지 않았기에 시간이 오래 걸렸다. 스튜디오에 있는 LP와 CD, MP3 파일 등 모든 음악을 재생하며 음악을 찾았지만, 마음에 드는 노래는 쉽게 찾기가 어려웠다.

제이 한이 선곡하는 동안 강윤은 스튜디오 뒤에서 출근한 김지민을 가르치고 있었다.

"······이게 완전 5도. 3도에 샵이 붙으면?"

"장?"

"좋아. 이게 기본이야. 빨리 익히네. 지금까지는 기타도 카피해서 익혀왔지만, 앞으로는 화성학을 기초로 익혀야 해. 알았지?"

"네."

김지민은 강윤에게 화성학을 배우며 오선지에 음표를 그렸다. 그녀는 지금까지 곁눈질로 배우거나 거의 듣지 못했던 이론을 알아가는 재미에 푹 빠져들었다.

강윤에게 이론 수업을 받던 중, 김지민이 물었다.

"선생님, 저분, 그 ONE STAR에 나오는 사람 아니에요?"

"맞아. 이번에 편곡 의뢰를 받아서 선곡 중이야."

"우와."

김지민은 강윤을 우러러보았다. 10대 고등학생에게 이런 눈길을 받으니 강윤은 괜히 으쓱해졌다. 김지민을 가르치는 강윤의 목소리에 힘이 더 들어갔다.

그렇게 한참을 화성학에 열을 올리는데, 제이 한이 강윤을 불렀다.

"골랐나요?"

"네. 이걸로 하겠습니다."

강윤은 그가 고른 엘피판을 들었다. '그대'라는 곡이었다.

"무딘 내 머리엔~ 어느 하나 느껴지지 않고~ 마른 내 입술에~ 아무 말 할 수 없지만~"

제이 한은 시키지도 않았는데 편안하게 노래를 부르기 시작했다. 조금 전의 어눌한 발음은 없었다. 강윤은 유심히 듣다가 한마디 했다.

"좋네요. 곡이 오래되긴 했지만……."

"편곡은 작곡가님 몫 아니겠습니까."

이번에는 제이 한이 씨익 웃었다. 강윤은 알겠다며 손을 내밀었다.

"그 믿음에 답하도록 하죠."

제이 한도 강윤의 손을 꽉 붙잡았다.

'우와.'

김지민에겐 TV에서나 보던 광경이 눈앞에서 펼쳐지니 신기할 따름이었다.

"안녕하세요?"

이현아는 밴드원들과 함께 월드 사무실로 출근했다. 첫 정식 출근이었다. 밴드 멤버들은 이현지와 함께 정식으로 계약서를 체결하러 올라가고 이현아는 강윤과 함께 1층 창고로 향했다. 강윤이 보여줄 게 있다고 했기 때문이었다.

"여기가 연습…… 실이라고요?"

아무것도 없는 텅 빈 공간을 보며 이현아는 허탈하게 중얼거렸다. 흡음재는커녕 계란판 같은 것도 없는, 말 그대로 비어 있는 공간이었다.

하지만 강윤은 걱정하지 말라며 태연히 이야기했다.

"설마 여기에 그냥 버려두겠어? 너희 모두 개인 장비는 있다고 했으니까 믹서, 스피커에 벽에 계란판이나 흡음재만 붙이면 돼. 여기가 천장이 낮지는 않아서 소리가 생각만큼 많이 울리진 않을 거야. 이전 연습실보다 더 좋게 만들어 줄 테니까 걱정하지 마."

"우……. 지하가 좋은데……."

"그럼 스튜디오를 지민이랑 같이 쓸래?"

"그건 아닌 것 같네요."

이현아는 이내 고개를 저었다. 여럿이서 좋은 길 쓰느니 조금 안 좋더라도 개인 공간이 있는 게 나았다. 조금 툴툴대긴 했지만, 강윤이 여러 가지로 신경 써주는 게 느껴져 고마웠다.

"흡음재 붙이는 건 알지?"

"네에?!"

물론, 흡음재를 붙이라는 마지막 반전에 소리를 확 질렀지만 말이다.

"설마 혼자 하라고 하겠어? 같이 할 거야."

"놀랐잖아요."

강윤의 농담에 이현아는 가슴을 쓸어내렸다. 연습실이 열악한 인디밴드들에게 흡음재 붙이는 일은 자주 있는 일이었지만, 힘든 일이었다.

강윤은 계약을 마치고 내려온 밴드원들에게도 같은 내용을 이야기해 주었다. 그들도 연습실에 대해 고민이 많았는지 강윤의 말에 오히려 반기는 모습이었다.

뒤이어 이현지도 내려와 새로 마련될 연습실을 보았다. 밴드원들과 이현아가 즐겁게 재잘거리는 모습에 그녀는 걱정스럽게 말했다.

"직접 시공해야 한다고 이야기했나요?"

"네. 돈은 아껴야 하니까요."

"저도 밴드 애들에겐 말해놨어요. 당연한 일이라며 수긍하더군요. 애들은 다 착한 듯하네요. 그래도 이런 고생은 하게 하고 싶지 않은데…….""

이현지가 쓴웃음을 지었다. 그래도 연습실은 필수였다. 강윤은 자재를 비싼 걸 사고 인건비를 줄이고자 했고, 거기에 이현지도 동의했다. 친환경 소재에 흡음이 잘되는 소재를 써야 오래 연습해도 건강에 이상이 오지 않는다. 사람을 불러 계란판을 이어 붙이는 것보다 백배 나았다.

그렇게 연습실 공사에 대한 이야기가 일단락되자, 강윤은 다음 화제를 꺼냈다.

"매니저를 구해야 할 것 같습니다."

"매니저요? 아, 하긴. 우리가 매번 애들을 커버하는 것도 안 될 말이죠."

이현지는 공감했다. 강윤이나 그녀나 할 일이 너무 많은 사람이다. 정혜진은 회사에서 예산을 비롯한 여러 가지를 처리해야 했다. 현장에서 케어 할 전문인력이 필요했다.

"어떤 사람을 원하세요?"

"2년 정도의 경력자면 됩니다. 우리 애들을 아껴줄 수 있고 적당한 센스가 있는 사람이면 될 것 같네요."

"제가 한번 알아볼게요. 급여는……."

"이 바닥이 급여가 짜죠. 다른 곳보다 좀 더 쳐주세요. 매니저들 생활도 어려운데."

"적자 운영이 한동안 계속되겠네요."

"어차피 한동안은 각오했잖습니까."

이현지가 다른 회사 수준으로 맞추자고 했지만, 강윤은 고개를 저었다.

"직원이 안정되면 더 열심히 하지 않겠습니까. 먼저 대우를 해주는 게 낫습니다."

"……알겠어요. 당분간은 우리가 더 열심히 뛰어야겠네요."

"안정되면 저들도 소속감이 생길 겁니다."

결국, 이현지는 강윤의 말에 고개를 끄덕였다. 예산을 관리하는 입장에서 인건비는 가장 큰 지출이었다. 그것을 늘리라 하니 마음이 쓰리긴 했다. 그러나 강윤은 더 큰 걸 보고 있었다.

그날 저녁부터 강윤은 편곡에 들어갔다. 스튜디오에서 원곡 '그대'를 수없이 반복해서 들으며 제이 한의 목소리를 생각했다.

'고음을 잘 강조할 수 있도록 편곡을 해보자. R&B 스타일로 그루브를 살리는 게 좋겠어.'

강윤은 신디사이저를 조작해 드럼 리듬을 만들었다. 드럼의 기본 박자인 8비트를 변형해 강약을 주고 그 위에 '그대'의 기본 멜로디를 입혀보았다. 그리고 재생시켰더니 회색빛이 재생되었다.

'윽…….'

강윤은 이마를 찌푸렸다. 아직 멜로디 라인을 편집하지 않은 탓에 재앙을 맞았다. 그는 얼른 음악을 끄고 멜로디 라인의 편곡에 들어갔다.

'제이 한의 목소리가 깊은 편이었지? 미성이었고.'

강윤은 그의 목소리를 기억하며 편곡에 들어갔다. 리듬감을 살려 목소리를 살리고 싶었는데 곡 자체가 워낙 옛날 곡이라 살리기가 쉽지 않았다.

'리듬부터 다시 해야겠네.'

기본 리듬을 여러 개 만들고는 가장 느낌이 오는 걸 선택했다. 그 결과 기본 8비트의 변형이 선택되었다. 거기에 베이스 라인을 입히기 시작하니 훌륭한 뼈대가 완성되었다.

'볼까?'

16마디 정도 완성된 뼈대를 재생해 보았다. 그러자 약한 하얀빛이 흘러나왔다. 강윤은 발을 구르며 리듬이 괜찮은지 살폈다. 느낌은 나쁘지 않았다.

'이제 본 라인이군.'

강윤은 본격적으로 뼈대에 옷을 입혔다. 제이 한의 목소리를 생각하며 옷을 입히는 게 만만한 작업은 아니었다. 그의 목소리를 최대한 살리기 위해서는 화려한 반주보다 심플하면서도 느낌이 있어야 했다. 강윤은 같은 작업을 반복하며 느낌을 살리기 위해 노력했다.

"우와……."

스튜디오 한편에서 화성학 공부에 여념이 없던 김지민은 강윤의 편곡작업을 보며 눈을 빛냈다. 옛날 노래가 점점 요즘 노래로 바뀌어 가는 모습은 흔히 하기 어려운 구경이었다. 그녀는 조용히 강윤의 뒤로 다가갔다. 호기심이 일었다.

"앉아."

강윤은 그녀의 인기척을 느끼곤 자리를 내주었다. 그리고 작업을 계속해나갔다.

"여기는, 이렇게……."

김지민이 오니 강윤은 소리를 올렸다. 그녀에게도 편곡 과
정을 보여줄 생각이었다. 믹서와 신디사이저, 컴퓨터를 오가
며 강윤의 손은 바삐 움직였다.

'이게 편곡이구나.'

김지민은 단순한 음표들이 점점 화려해지는 것을 보며 눈
을 빛냈다. 음표 위의 코드들과 낮은음자리표의 음표들까지
모든 게 신기하게만 느껴졌다. 퍼즐 조각이 맞춰지며 하나의
노래를 만들어가는 것. 여러 가지 단편적인 악기들을 하나로
합쳐 작품을 만든다. 이것이 편곡이었다.

그녀는 묻고 싶은 게 많았지만 입을 열지는 않았다. 이미
강윤은 땀을 흘리면서 집중을 하고 있었다.

'멋있다. 나도 꼭…….'

김지민은 강윤의 모습에서 자신의 미래를 보았다.

음을 조율하며 뭔가를 만들어가는 강윤의 모습은 말할 수
없는 멋이 있었다.

이현지의 일 처리 속도는 무척 빨랐다.

이현아 멤버들을 위한 흡음재 구입도 이틀 만에 끝냈고,

매니저 구인도 금방 끝을 냈다.

강윤은 매니저를 구한다고 말한 지 며칠 지나지 않아 이현지에게서 1차 면접에서 합격자를 선발했다는 소식을 들었다.

"……빠르네요."

"1차니까요. 후보는 3명이에요."

"몇 명 중에서 뽑은 건가요?"

"12명입니다. 우리 회사가 매니저 급여가 좋은 편이라 지원자가 꽤 많았어요. 오늘 다 올 테니까 면접 부탁해요."

점심시간이 지나 2시가 조금 안 되었을 무렵, 지원자들이 속속 도착했다. 정혜진은 그들에게 커피를 내주었고 강윤과 이현지는 면접을 시작했다.

강윤은 면접을 길게 끌지 않았다. 누구를 담당했었느냐부터 앞으로 연예계가 어떻게 돌아갈 것인지에 대한 생각 등 실무적인 것들을 주로 물었다. 편안한 차림으로 오라고 했기에 지원자들은 정장이 아닌 말끔한 복장으로 면접에 임했다.

전 면접자가 인사를 하고 나갔을 때, 강윤은 고개를 도리도리 흔들었다.

"사장님, 왜 그러세요?"

"탐탁지 않네요. 경력은 많은데 다들 휩쓸릴 것 같군요."

"휩쓸려요?"

이현지가 이해 못 하겠다는 반응을 보이자 강윤이 설명해 주었다.

"연예인을 관리하려면 본인의 주관도 뚜렷하게 있어야 한다고 생각합니다. 회사의 입장, 연예인의 입장을 잘 고려하며 매니저는 재량껏 조율을 해줘야 하죠. 그런데 지금까지의 지원자들은 조율자보다는 앵무새 같은 느낌이 강하네요."

"선배 매니저님의 말씀인가요?"

"후······. 그럴지도 모르겠네요."

강윤은 한숨을 쉬었다. 그리고 마지막 지원자를 들여보내라 이야기하자 정혜진이 밖에서 마지막 지원자를 안내해 면접장으로 들어왔다.

지원자는 큰 키에 제법 덩치가 있었다. 순박하게 생긴 인상에 눈빛이 살아 있었다. 강윤은 그와 인사하고는 자기소개서로 눈을 돌렸다.

"김대현 씨, 서른 살이군요. 경력은 2년. 한 연예인을 오래 담당하셨군요. 전효진이라, 일류 배우군요. 이 배우가 까다롭기로 소문났는데 2년이나. 대단하시네요."

"감사합니다."

"왜 여기로 지원하셨나요?"

강윤은 면접자들이 가장 어려워하면서 짜증내는 질문을 던졌다.

"가장 큰 이유는 급여 때문입니다."

"급여라······."

"전 회사가 2년 동안 있으면서 급여가 동결되었습니다."

"저런."

강윤은 혀를 찼다. 모름지기 돈 문제는 가장 어려운 문제
다. 혹여 능력이 없어 급여가 동결되었을 수도 있었지만 면전
에 대고 그런 질문을 하지는 않았다. 그게 예의라 생각했다.

"우리 회사가 급여가 높아서 지원하셨군요."

"그것도 있고, 신생회사라는 게 마음에 들었습니다."

"그래요? 신생회사는 원래 불안하다고 피하지 않나요?"

"전에 있던 회사는 큰 기업이라 여러 가지 규칙들이 있었
습니다. 안정되었고 시스템들이 갖추어져 있죠. 하지만 위로
올라가는 게 만만치 않습니다. 하지만 이제 시작하는 단계라
면 제가 능력을 발휘함에 따라 더 규모를 키울 수 있을 거라
생각했습니다."

지원자는 도전적이었다. 말하는 게 괜찮았다.

강윤은 그 외 여러 가지를 물었다. 실무에 대한 질문들이
주를 이루었다. 연예인이 특정 상황에 부닥쳤을 때의 대처법
이라든가 영업방법 등을 묻고 결과를 기록해 갔다.

마지막 면접에 강윤은 꽤 많은 시간을 할애했다. 이전 면
접자들과는 차이가 있었다. 그에게는 궁금한 게 많았다.

그렇게 모든 궁금증을 해소한 강윤은 면접을 끝냈다. 마지
막 지원자를 보내고 나니 모든 면접이 끝이 났다.

"휴우, 끝났네요."

이현지가 기지개를 켰다. 사람을 판단하는 일도 만만한 게

아니었다. 강윤은 그녀에게서 면접결과를 받아들고는 자신의 결과와 비교해 보았다.

"이사님도 마지막 지원자가 마음에 드시는 모양이군요."

"솔직한 게 마음에 끌리더군요. 사람도 순박해 보이고. 지원동기가 돈이라니. 풉. 그건 좀 웃겼네요."

"대현 씨였나요? 먼저 그 사람 전 회사에 연락해서 어떻게 근무했었는지부터 알아봐야겠네요."

"제가 할게요. 사장님은 편곡 마무리해야 하지 않나요?"

"아, 그렇지."

강윤은 바로 자리에서 일어나 지하 스튜디오로 향했다. 어제 마무리 짓지 못한 편곡을 오늘은 마무리 지을 생각이었다. 그런데 지하로 내려가는 길에 1층의 연습실 문이 열려 있는 게 보였다. 강윤은 호기심이 일어 들어가 보았다.

"거기, 좀 더 옆으로, 옆에 붙여! 아, 진짜! 삐뚤어졌잖아!"

이현아의 외침이 쩌렁쩌렁 울리는 연습실은 방음공사가 한창이었다. 김진대는 묵직한 차음재(음을 차단하는 것)를 들어 문과 문 옆의 벽에 붙였고 이차희와 정찬규는 방음재를 나머지 벽들에 붙여나갔다. 이현아는 사다리를 타고 올라가 방음재를 붙였다.

'대단하네.'

티셔츠 밑단을 질끈 묶고 복부를 드러낸 이현아는 이마에 땀이 송골송골 맺혀 있었다. 그녀는 가는 허리를 드러낸 채

일에 몰입 중이었다.

"어? 사장님, 안녕하세요."

김진대가 가장 먼저 강윤을 발견하고 인사했다. 그제야 밴드원들 모두가 일을 멈추고 강윤에게 다가왔다. 사다리에 있던 이현아도 조심스럽게 내려왔다.

"너도 대단하다. 사다리도 타니?"

"언더 3년 차에 이 정도야 기본이죠."

처음 봤을 때는 직접 만든 곡을 내놓지도 못하는 소심함을 보였던 이현아가 어느새 이렇게 당당해지다니. 강윤은 대견했다.

"밥은 먹었어?"

"아직……"

이현아는 말끝을 흐렸다. 이건 밥 먹자는 신호였다. 강윤은 별말 없이 카드를 꺼내 내밀었다.

"짜장면 사 먹어."

"사장님 만세!"

강윤은 카드를 주고 바로 돌아섰다. 편곡을 위해 지하로 내려가 봐야 했다.

밴드원들 모두가 기뻐 날뛸 때, 이현아는 그의 뒷모습에 뾰로통해졌다.

'쳇. 같이 밥 먹자는 거였는데.'

"야야. 현아야! 뭐 먹을래?"

"쟁반짜장! 젤 비싼 거로."

김진대의 주문 요청에 이현아가 이렇게 답하긴 했지만 결국 짜장과 짬뽕으로 주문은 통일되었다. 초장부터 사장에게 찍히면 곤란하다는 이차희의 의견이 모두를 설복시켰기 때문이었다. 이현아는 투덜대며 배달온 짜장면을 우걱우걱 집어넣었다.

"너 그러다 돼지 된다."

"반사."

이현아는 김진대의 말에 콧방귀를 끼고는 그의 짬뽕 국물마저 반이나 들이켜 버리는 위엄을 보여주었다.

"다 됐다!"

편곡의 마지막, 밸런스 맞추는 작업이 끝나자 강윤은 기쁨의 비명을 질렀다. 그 소리에 놀라 뒤에서 화성학 공부를 하고 있던 김지민이 다가왔다.

"끝난 거예요?"

"응. 한번 들어볼래?"

"네."

강윤은 완성된 노래를 재생했다. 목소리는 넣지 않은 순수한 MR이었다. 스튜디오에 설치된 여러 대의 스피커에 다양한 색상의 음표들이 흘러나오기 시작했다. 그리고 음표들이 하나의 조화를 이루어 빛을 만들었다. 새하얀, 아주 새하얀 빛이었다. 후렴으로, 절정으로 흘러갈수록 빛은 점점 더 밝아졌다.

"노래 좋다……."

김지민은 순수하게 감탄했다. 강윤과 마찬가지로 오른발을 구르며 박자도 맞춰보았다. 허밍도 하는 게 그를 흉내 내고 있었다.

"노래 괜찮지?"

"네. 완전 좋아요. 느낌 있어요."

"다행이네. 다음에는 표현을 좀 더 풍부하게 해봐. 네 표현력도 함께 늘어날 거야."

"네."

김지민은 곧 뒤로 물러나 책을 잡았다. 그녀는 화성학 공부에 기타도 함께 연주하며 몰입해 갔다.

강윤은 강윤대로 노래를 USB에 저장했다. 그리고 제이 한에게 연락했다. 그는 바로 월드 사무실로 오겠다는 말을 남기고는 전화를 끊었다. 많이 급했는지 그의 목소리에는 다급함이 묻어 있었다.

1시간도 지나지 않아 정혜진의 안내를 받은 제이 한이 스튜디오 안으로 들어섰다. 강윤은 그에게 인사하곤 바로 곡을 들려주었다. 제이 한은 악보를 받아들고 가사를 곱씹으며 곡을 들었다. 리듬감이 살아 있는 R&B 곡은 그의 마음을 단번에 사로잡았다. 하지만 마음속에 TOP10 중 가장 먼저 탈락할 것 같다는 불안감이 그의 발목을 잡았다.

"노래 괜찮네요. 그런데……."

제이 한은 뜸을 들였다. 강윤이 의아해하자 그는 말을 이었다.

"이게 제 목소리에 맞는지 모르겠네요. R&B를 좋아하기는 하지만……."

"그럼 모니터링을 해보는 게 어떨까요?"

"그래도 되겠습니까?"

강윤의 말을 제이 한은 바로 받아들였다. 강윤은 제이 한에게 노래를 익힐 시간을 주고는 녹음을 준비했다. 제이 한은 김지민에게 기타를 빌려 연주를 하며 편곡된 노래를 익혔다. 김지민은 이 광경을 신기하게 바라보았다.

30분 정도가 지나가 제이 한이 노래를 다 익혔다며 알려왔다. 강윤은 그를 부스에 들어가게 했고 곧 장비들을 켰다. 마이크를 간단하게 그의 목소리에 맞춰 세팅한 후 본격적으로 모니터링을 위한 녹음을 시작했다.

－감은 두 눈~ 나만 바라보며~

드럼 비트와 베이스라인이 어우러지며 제이 한의 깊이 있는 목소리가 스튜디오를 울리기 시작했다. 그에게서 나오는 파란 음표들이 MR에서 나오는 음표들과 합쳐져 하얀빛을 만들어내고 있었다.

'어우러진다.'

아직 완벽한 발음은 아니었지만, 노래에서 강한 하얀빛이 비치고 있었다. 최대한 어렵지 않은 가사를 선택한 게 주효했다. 아직 발음의 세기와 목소리의 억양에 문제가 있는 게 보였지만, 이건 연습을 통해 보완하면 될 것으로 생각했다.

1절을 마치고 제이 한은 부스를 나섰다. 서둘러 자신의 소리를 들어보고 싶었다.

"오……."

MR에 어우러지는 자신의 목소리에 그는 감격해 눈을 감았다. 마치 잘 맞는 옷을 입은 것처럼 그는 기뻐했다. 하지만 강윤은 아직은 기뻐할 때가 아니라며 고개를 저었다.

"발음 연습을 좀 더 해야 합니다. 쉬운 곡을 골랐지만 아직은 부족하네요."

"네. 연습 많이 할게요. 정말…… 감사합니다!"

제이 한의 목소리에는 감사의 감정이 듬뿍 담겨 있었다. 지금까지 계속 외모발이라고, 발음이 문제라고 시달리며 여론의 뭇매를 맞고 있었다. 그런데 이 노래라면 그런 말들을 단번에 물리쳐 줄 것이라는 확신이 들었다.

강윤에게서 악보와 USB를 받아들고 제이 한은 월드엔터테인먼트를 나섰다. 그는 가면서도 계속 고맙다는 말을 연발했다. 강윤은 괜찮다며 본 무대에서 좋은 모습을 보여 줄 것을 부탁했다.

모처럼 만의 휴일이었다.

휴일이었지만 이현지는 집에서 쉬지 못했다. 그녀는 과일 바구니를 들고 서울에서 가장 크다는 S병원으로 향했다. 그 곳에서 간단한 절차를 거치고 상층부에 있는 특실로 향했다. 정장 입은 사람들과 의사 가운을 입은 사람 여럿을 지나니 넓은 상층부에 문 하나가 덩그러니 놓여 있었다.

그녀는 조심스럽게 문을 열고 안으로 들어갔다. 안에는 소 파, 벽걸이 TV 등 화려하게 꾸며진 병실이 있었다. 병실 침 대가 없었다면 호텔 특실이라고 착각이 들 정도였다.

"아니, 이게 누군가? 현지 양 아닌가?"

"오랜만입니다, 회장님."

그 침대 위에 오늘 그녀가 만나고자 하는 이가 있었다. MG엔터테인먼트의 원진문 회장이었다. 그는 이전과는 전혀 다른 핏기 없는 얼굴로 그녀를 맞았다. 반갑다며 목소리를 높였지만, 이전만큼의 힘은 없었다. 인중에 붙어 있는 고무 관이 그의 병색이 더 완연하게 보이게 만들었다.

"허허……. 이게 얼마만인가? 1년은 더 된 것 같은데."

"1년 안 됐습니다. 제가 회사를 나가고도 자주 뵀던 걸요."

"그랬나."

안 좋은 기억이 떠올랐는지 그는 씁쓸히 웃었다.

"그때가 좋았어. 강윤이가 있고, 자네가 있던 때 말이야. 무슨 일을 해도 승승장구하던 그때가 그립구만. 그놈의 세력 균형이 뭔지. 내가 욕심이 과했지. 두 쪽 다 성장시켜 보려는 욕심에 그리 했던 건데…… 에휴. 차라리 한쪽에 확 힘을 실어줬으면 강윤이도 남아 지금쯤 이사 정도는 거뜬히 하고 있었을 것 아닌가. 자네도 이인자로 확실히 자리 잡았을 테고. 그랬으면 지금 같은 사달은 안 났을 텐데."

"회장님……."

이현지가 안타까운 표정으로 바라보자 원진문 회장은 괜찮다며 웃어 보였다. 그러나 힘없는 미소였다.

"아아. 괜찮아, 괜찮아. 지금 그림이 워낙 거지같아서 하는 푸념이야. 진표 녀석이 날 대리하고 있지만, 이사들 등살이 만만치 않을 테니…… 에잉. 멍청한 인간들. 에디오스는 미국으로 보내버리고, 진서는 중국에서 활동하게 한다는 게 말이 되나? 이유도 거창해. 에디오스는 국내 기반이 탄탄하다, 언제 돌아와도 괜찮다. 진서도 미래를 위해서는 좀 더 큰 시장에서 놀아봐야 한다. 결국, 지들 성과싸움에 희생시키는 거 아닌가? 허…… 지금 국내에서 계속 신인들이 나온다는 건 생각도 안하는 게지. 왜 자꾸 무리수를 두냔 말이지."

원진문 회장은 이현지에게 푸념을 늘어놓았다. 그녀는 사과를 깎으며 그의 이야기를 묵묵히 들어주었다.

"미국에 중국이라. 애들이 고생이 많겠네요."

"어렵지, 어려워. 현지 양은 어떻게 생각하나?"

"저라면 쌍수를 들고 반대하겠죠. 주아도 미국에서 실패했잖습니까."

"후. 저것들이 주아도 말아먹었지. 그런데도 정신을 못 차렸어. 얼마나 더 손해를 봐야 정신을…… 콜록콜록."

감정이 넘쳐 흥분했는지 원진문 회장은 약한 기침을 했다. 이현지가 놀라 벨을 누르려 했지만 원진문 회장은 괜찮다며 그녀를 제지했다. 다행히 원진문 회장은 금방 진정되었다.

"괜찮으십니까?"

"괜찮아, 괜찮아. 내 몸만 예전 같았어도 뭐라도 해보는데. 자네도 조심해. 나처럼 한방에 훅 가는 수가 있어."

"회장님도 참."

"다음에는 강윤이도 같이 왔으면 싶네. 쉬는 날도 없이 일한다는 건 알고 있지만 한번 보고 싶군."

"알겠습니다."

이현지는 알겠다며 고개를 끄덕였다.

이후 그녀는 과일도 깎고, 휠체어를 끌고 산책하러 나가는 등 종일 그의 병수발을 들어주었다. 한때는 엔터테인먼트계의 대부였던 그의 이런 모습을 보니 그녀의 마음은 씁쓸했다.

"안녕하십니까? 코리아 ONE STAR의 사회를 맡은······."

금요일 밤.

코리아 ONE STAR의 생방송이 시작되었다. 오늘이 지나면 TOP10이 TOP8으로 줄어들게 된다. 시청자들과 심사위원, 방청객들은 방송이 시작되자 기대감과 긴장감에 가슴이 두근거렸다.

그러나 가장 가슴이 두근거리는 사람은 무대 뒤에서 대기하고 있는 TOP10의 일원들이었다.

"후우, 후우······."

그중 한 명인 양지원은 심호흡하며 긴장을 풀어내고 있었다. 다른 참가자들도 자신만의 방법으로 긴장을 풀어냈다.

"어? 오빠 뭐해요?"

그때 강영주가 제이 한의 모습을 보며 신기한 듯 물었다.

"여으하고 이어(연습하고 있어)."

"입에 볼펜 빼고 말해도 되는데······."

제이 한은 막바지 발음 연습에 한창이었다. 강윤의 말대로 정확한 발음을 구사하기 위해서 연기자들이나 성우들이 연습한다는 발음연습을 꾸준히 해왔다.

강영주는 제이 한이 신기한지 계속 보다가 별 반응이 없자 곧 다른 곳으로 가버렸다. 그러거나 말거나 제이 한은 계속 연습에 집중했다.

대기시간은 순식간에 지나갔다. 숙소생활의 편집본이 나가고 TOP10들이 한 명 한 명, 무대로 불려나갔다.

"화이팅!"

"언니, 잘해요!"

"오빠도 파이팅!"

TOP10들은 서로를 응원하며 분위기를 다졌다. 그러나 속으로는 자기는 떨어지지 않아야 한다며 경계도 늦추지 않았다. 대기실은 소리 없는 전쟁터였다.

－널~ 사랑해~ 내 모든 걸~

화려한 바이브레이션을 선보이며, 제이 한의 전 순서인 남자 참가자의 무대가 펼쳐졌다. 심사위원들은 저마다의 기준으로 점수를 채점했고 그를 응원하는 시청자들은 문자를 넣으며 그를 지원했다.

노래가 끝나고, 지원자는 심사위원 앞에 섰다. 가장 왼쪽에 있던 여자 심사위원, 작곡가 홍세연이 먼저 평을 시작했다.

"수고하셨습니다. 노래 잘 들었습니다. 자칫하면 처질 수 있는 곡인데 느낌을 잘 살렸어요. 그런데 뒷부분하고 밸런스가 안 맞았던 게 아쉬움으로 남네요. 살짝 힘 조절을 해줬으면 노래가 더 맛깔날 것 같았는데 말이죠. 좋은 노래였습니다."

"감사합니다."

"제 점수는요."

홍세연 작곡가의 앞에 있던 점수판이 주욱 올라가기 시작했다. 점수는 92점이었다. 높지도 낮지도 않은 점수였다.

이어지는 문상재의 경우는 94점을 주었다. 문제는 이재혁이었다.

"고생하셨습니다. 저는 앞에 있던 분들하고 다른 생각을 가지고 있어요. 이 인연이라는 노래는 힘 조절이 생명입니다. 게다가 편곡에서도 강약 조절에 포인트를 주고 있었네요. 여기가 부족해서 전체적으로 힘을 받지 못했어요. 아쉽네요. 처음에 이 곡을 부른다 했을 때 말렸던 이유가 들을 때와 부를 때의 느낌 차이가 크기 때문인데……. 수고하셨습니다. 제 점수는요."

이재혁 앞의 점수판이 주욱 올라갔다. 그가 준 점수는 86점이었다. 오늘따라 이재혁이 주는 점수가 상대적으로 낮았다. 그는 TOP10의 실력에 실망했는지 표정이 좋지 않았다.

92, 94, 86. 지원자가 받은 점수였다.

"감사합니다."

그는 아쉬운 마음을 달래며 무대 뒤로 들어갔다.

"제이 한 씨! 준비 되셨나요?"

"네."

FD가 부르는 소리에 제이 한은 물고 있던 볼펜을 놓았다. 이젠 진짜로 보여줘야 할 때가 되었다. 그는 FD를 따라 무대로 발걸음을 옮겼다.

-제가 이번에 부를 곡은 이형찬 선생님의 '그대'라는 곡입니다.

제이 한이 무대를 나오는 동안, 시청자들과 관객들은 한 영상을 보고 있었다. 영상에서 제이 한은 곡 소개를 했다. 그리고 인터뷰에서 왜 이 노래를 선택했는지, 그리고 어떻게 부를 것인지에 대한 이야기도 했다.

-이 노래는 저한테 너무나도 중요한 곡입니다. 그동안 가사 전달이 부족하다며 많은 질타를 받았는데, 이번 노래를 통해서 저의 감정과 가사전달에 대해 제대로 보여드리고 싶어요.

짧은 인터뷰 영상이 끝나고 무대에 조명이 들어왔다. 그리고 곡의 처음을 장식하는 드럼과 베이스가 흐르기 시작했다.

"후우우우우~"

제이 한의 감미로운 허밍이 반주를 장식하자 플래카드를 든 관객들이 환호하기 시작했다. 그러나 아직은 극히 일부였다. 많은 관객들은 그의 노래에 뚱했다.

제이 한은 눈을 감고 노래를 본격적으로 시작했다.

"이젠 그댈 보려 해도 볼 수 없지만~ 눈을 감고 그댈~"

느리지만 처지지 않게, 그는 발로 박자를 맞춰갔다. 제이 한 특유의 깊이 있는 목소리가 노래에 힘을 더했다. 발음, 발음, 발음에 유의하며 그는 노래를 흘려보냈다.

"이젠 어느 하나 보이지 않고~ 아무 말도 할 수가 없지만~"

기에서 승으로, 노래가 흘러갔다. 관객들은 이전에 보여오던 가사의 어눌함이 느껴지지 않자 그가 들려주는 목소리의 감미로움을 훨씬 잘 느낄 수 있었다.

"노래 좋다."

"좋아……."

조금씩, 그의 노래에 사람들이 빠져들기 시작했다.

그걸 아는지 모르는지, 제이 한은 눈을 뜨지 않고 노래에 집중했다.

'빛이 보이질 않아서 답답하긴 하네.'

강윤은 회사에서 TV로 제이 한의 무대를 시청하고 있었다. 매체를 타면 음표와 빛은 보이지 않았다. 자세한 걸 볼 수가 없어 답답하긴 했지만, 제이 한의 노래에서 어눌함이 느껴지지 않는 건 확실히 알 수 있었다.

"저분 노래 진짜 잘하네요. 멋있다……."

강윤 옆에서 방송을 시청하던 김지민은 어느덧 절정의 고음을 올리는 제이 한에게 넋을 놓았다. 처음의 덤덤했던 관객들은 그의 노래가 절정으로 치닫자 열혈관객으로 변해 있었다. 김지민은 카메라로 얼핏 보이는 관객들의 반응에 매우 놀랐다.

"선생님, 현장이 장난 아닌 것 같아요. 가서 봤으면 좋았 겠다…….."

"현장 표를 구해볼걸 그랬나. 생각을 못했네."

많이 아쉬워하는 김지민을 보며 강윤은 쓴웃음을 지었다. 편곡은 끝났지만, 사장으로서 할 일이 무척 많아 현장까지 갈 생각을 하지 못한 게 아쉬웠다.

－난~ 영원히~ 그댈~ 사랑해~

어느덧 절정에 절정, 노래는 화려하게 마지막을 장식하며 마무리되었다. 무대 뒤 코러스들의 원음과 달리 제이 한은 세 음을 더 높인 고음을 보여주었다. 감미로운 노래가 열창 으로 마무리되자 여성 심사위원, 홍세연 작곡가는 기립했고 일부 팬들도 일어나서 소리치며 환호했다.

제이 한은 긴장이 풀렸는지 엷은 미소와 함께 이마에 땀을 닦으며 심사평을 기다렸다.

아직도 노래의 흥분이 안 가셨는지 홍세연 작곡가는 상기 된 표정으로 마음을 추스르며 자리에 앉았다.

－수고하셨습니다! 호우! 첫 본선 무대인데 이 정도 노래 를 들을 거라곤 생각도 못 했어요. R&B 특유의 리듬이 살아 있고 후렴부 '볼 수 없지만' 부분에서 일방적으로 내지르지 않고 한번 되새겨서 소리를 내는 부분이 포인트를 더 살려주 었다고 생각합니다. 그리고 후렴을 넘어 절정. 여긴 말이 필 요 없네요. 노래가 정말 오래된 곡이라 편곡하고, 연습하기

도 쉽지 않았을 텐데. 감정도, 전달도 모두 최고였습니다. 제 점수는요.

홍세연 작곡가 앞의 점수가 올라가기 시작했다. 50점대를 넘어 60, 70을 넘어 80점대에 이르렀다. 그리고 90점을 돌파하자 사람들이 환호를 내질렀다. 앞자리가 9에서 멈추고, 뒷자리가 계속 돌아가니 사람들 모두가 손에 땀을 쥐었다. 7, 8, 9, 0, 1, 2……. 숫자는 평소보다 더 오래 돌았다.

그리고 점수는 8에서 멈췄다. 98점이었다.

─우와아!

관객들이 결과에 환호했다. 예선에서 거의 보기 힘든 점수였다. 벌써 만점을 줄 수는 없고, 노래는 좋았고……. 고민의 흔적이 엿보이는 점수였다.

이어지는 문상재의 점수도 크게 다르지 않았다. 97점이었다. 두 명 다 95점 이상을 넘겨 버리자 환호성은 더더욱 높아졌다.

이제 시선은 마지막 심사위원 가수 이재혁에게로 옮겨졌다. 그는 감았던 눈을 뜨며 차분히 이야기했다.

─처음 이 노래를 부른다고 들었을 때 반신반의했어요. 확실히 이 노래는 발음하기는 쉬운데 곡이 워낙 오래돼서 요즘 트렌드에 맞게 편곡하기가 쉽지 않을 거라 생각했거든요. 그런데 오늘 들어보고 아, 진짜 곡이 잘 빠졌다는 생각이 들었어요. 제이 한의 목소리가 미성 티도 나면서 깊이도 있어 들

기 좋은데 여기에 맞는 곡을 찾기가 쉽지 않았을 거예요. 좋은 곡에 좋은 목소리. 멋진 궁합을 맞춰 나왔네요. 아쉬웠던 건 계속 말하지만, 호흡, 숨소리에 주의해야 한다는 거예요. 절정으로 올라가기 바로 전, 조금 끊어지는 느낌이 아쉬웠어요. 거기만 조금 보완했으면 합니다. 좋은 노래였어요. 제 점수는요.

긴 평과 함께 이재혁의 점수도 올라가기 시작했다. 관객, 시청자 모두가 그가 얼마나 점수를 줄 것인지에 주목했다. 이전 심사위원들보다 그는 점수가 짜기로 유명했다. 95점은 커녕 90점도 잘 주지 않는 심사위원이었다. 그만큼 기대치가 높은 사람이었다.

그런데…….

-우와!

앞자리가 9로 고정되자 사람들 모두에게서 환호가 터져 나왔다. 당사자인 제이 한도 동공이 확대되었다. 이전보다 숫자가 더 빠르게 돌아가고 있었다.

"60초 후에 공개된다고 하기만 해봐."

김지민마저 손을 부르르 떨며 그의 점수에 주목했다. 강윤도 결과가 궁금해 TV에서 시선을 떼지 못했다.

-98! 98점입니다!

이윽고, 사회자가 흥분한 목소리가 TV를 통해 흘러나왔다. 제이 한이 기뻐하며 뛰는 모습과 관객들의 환호, 그리고 심사위원들이 흐뭇하게 미소 짓는 모습까지 모든 것이 카메라에 잡혔다.

'잘됐네.'

가수에게 좋은 노래가 돌아간 것 같아 강윤은 흐뭇한 미소를 지었다.

코리아 ONE STAR 생방송이 나간 이후, 음원차트에 그날 TOP10이 부른 음원들이 모두 공개되었다. 새벽을 거치며 다음 날 아침이 되니 대부분의 노래가 10계단 가라앉는 기염을 토했다. 최근 오디션 프로그램의 인기가 차트에도 그대로 드러나고 있었다.

"'그대'가 1위네요. 어제 심사위원 점수부터 심상치 않더라니."

가장 이용자가 많은 음원 사이트의 순위를 보며 이현지는 대단하다며 강윤에게 박수를 쳤다. 강윤은 어깨를 으쓱였다.

"잘돼서 다행이네요."

"이럴 땐 기뻐해도 돼요. 이렇게."

이현지는 강윤의 손을 들어 하이파이브했다. 강윤도 그녀의 함박웃음에 마주 웃었다. 사실 기뻤다.

"지난번부터 알아보기는 했지만, 사장님 편곡 실력이 엄청나네요. 희윤 씨의 작곡에 사장님의 이런 편곡이라니. 당분간 돈 걱정은 없겠는데요?"

"그런가요."

"당연하죠."

강윤의 덤덤한 반응이 마땅치 않았는지 이현지는 자리에서 일어나 큰 소리로 말했다.

"한 번도 아니고 두 번이에요. 게다가 이번에는 1위까지. 이번에도 편곡자를 뮤즈라는 이름으로 내보냈죠?"

"네. 네임벨류를 위해서 그렇게 했습니다."

"이젠 반신반의했던 가수들이나 회사들도 적극적으로 나올 거예요. 지난번에는 어중이떠중이들이 많았지만, 지금부턴 다를 겁니다."

이현지는 희망에 차 있었다. 그녀는 자기만 믿으라며 주먹을 불끈 쥐었다.

"많이 바빠지겠네요. 후후훗. 좋은 일 많이 잡아올게요."

"어디 가나요?"

이현지가 외투를 들고 자리를 나서자 강윤이 의아해하며 물었다. 그녀는 웃으며 답했다.

"영업하러 가야죠, 영업. 이런 기회를 놓치면 안 되잖아요. 다녀오겠습니다."

그녀는 신이 났는지 폴짝폴짝 뛰며 사무실을 나섰다.

"저러다 넘어지면 다치는데."

소녀같이 즐거워하는 그녀의 뒷모습에 강윤은 피식 웃어 버렸다.

강윤은 사무실에서 나와 1층의 밴드 연습실로 향했다.

"공사는 거의 끝났네."

이현지 이사가 사온 흡음재와 차음재들이 바닥에 거의 없었다. 강윤은 연습실로 들어갔다.

"어? 안녕하세요?"

밴드 강적들 멤버들과 새로 온 매니저 김대현이 하던 일을 멈추고 그에게 인사를 건넸다. 강윤은 손을 들어 인사를 받았다.

"공사는 거의 끝나가는구나."

"네. 천장만 붙이면 끝납니다."

김진대가 강윤의 말에 답했다.

사다리에는 이현아가 올라갔다. 그녀는 마지막 흡음재를 붙였고, 그 사다리를 이차희가 붙잡았다. 두 남자 멤버는 바닥을 정리하며 흡음재를 붙인 벽에 틈이 없는지 살피고 있었다.

'남녀 구별이 없어서 좋군.'

힘든 일에도 남녀 구별 없이 나서는 모습에서 강윤은 좋은 인상을 받았다. 여자는 약하니 존중받아야 한다는 생각은 여기에 없는 듯했다. 이현아가 티셔츠를 질끈 동여매고 구슬땀을 흘리는 모습이 강하게 다가왔다.

"아, 끝끄으……. 어? 오셨어요?"

흡음재를 모두 붙인 이현아가 그때서야 강윤을 내려다봤다. 강윤이 손을 들어 답하자 그녀는 천천히 사다리에서 내려왔다. 남자 멤버들이 사다리를 접으며 마무리 정리를 했다.

"아아. 아아~ 자세한 테스트는 해봐야겠지만 일단 잔향은 안 들리네."

"네. 잘 된 것 같아요. 먹먹하지도 않고. 자재 수도 딱 맞았어요."

"아슬아슬했네. 악기들은 가져왔지?"

"네. 정리하고 세팅할게요."

그들은 바닥을 쓸고 남은 쓰레기들을 치웠다. 플라스틱 통이나 물 등 바닥에 어지러이 널려 있던 것들을 정리해가니 어느덧 어엿한 연습실의 풍경이 갖추어졌다.

강윤도 그들과 함께 연습실을 정리했다. 모두가 말렸지만, 강윤은 고개를 저었다.

"공사도 같이 못 했는데 이거라도 해야지."

편곡에 바빠 공사에 신경 쓰지 못한 게 마음에 걸렸다. 그래도 김지민은 자신의 눈앞에 두며 챙기고 있었지만, 이들은 버려둔 느낌이라 미안했다.

"괜찮아요, 괜찮아. 오빠, 배고픈데 밥 좀……."

분위기가 조금 가라앉으려 하니 이현아가 나섰다. 그 말에 강윤은 피식 웃어버렸다. 말없이 카드를 꺼내자 모두가 환호했다.

"새로 이사도 했으니까 짜장면 괜찮지?"

"네에."

밴드원들의 말이 조금 늘어졌다. 아쉬움이 느껴지는 목소리였다. 강윤은 거기에 한마디를 추가했다.

"탕수육 추가."

"만세!"

짜장면에 탕수육은 진리였다.

♪ ♩ ♪♪ ♩ ♪♪ ♫ ♪

짜장면과 탕수육으로 호화로운 점심을 먹고, 강윤과 밴드원, 김대현 매니저는 세팅을 시작했다. 강윤은 중고로 구매한 스피커를 세팅했고 믹서에 연결했다.

"안으로 들어가면 밖으로 나온다고 생각하면 됩니다. 꼭 기억하세요. 들어오면 나간다. OK?"

"네. 스피커에서 아웃으로 나왔으니 믹서에는 IN으로 들어간다. 다른 것도 마찬가지입니까?"

"맞습니다. 모르면 또 물어보세요."

강윤은 김대현 매니저에게 세팅과 믹서에 대해 가르쳐 주며 연습실을 세팅해 갔다. 그는 처음 듣는 음향이론들을 필기까지 해가며 열심히 들었다. 밴드의 매니저라면 음향에 대해 알아야 한다. 강윤은 그렇게 생각했다.

김진대는 드럼을 옮기고, 드럼에 무지향성 마이크와 아크릴판을 세팅했다. 그리고 발 베이스에도 마이킹을 한 후 믹서에 마이크를 연결했다.

"그냥 연습실이 아닌데……?"

김진대는 세팅되는 마이크와 아크릴판을 보며 혀를 내둘렀다. 세팅의 정도가 엄청났다. 베이스타 일렉트릭 기타도 마찬가지였다. 그들도 라인을 뽑아 스피커로 연결했다. 이렇게까지 안 해도 된다며 그들이 고개를 저었지만 자기 소리만 듣지 말고 전체 소리를 들을 줄 알아야 한다는 강윤의 말에 수긍했다.

"오빠. 스피커 위치가 재밌네요. 앞이 아니라 뒤에 있어요."

문 쪽 양옆에 자리 잡은 스피커를 보며 이현아는 신기해했다.

"앞에 놓으면 소리가 다 뭉칠 테니까. 네 모니터는……."

"그냥 스피커로 들으면 되는 거죠?"

"익숙해지도록 해. 전체 소리를 다 듣는 버릇을 들이면 좋아."

이현아는 알았다며 라인들을 꽂았다.

세팅은 착착 진행되어 갔다. 라인들을 꽂아 선들을 가지런히 정리한 후, 드디어 사운드 체크에 들어갔다. 강윤은 김대현 매니저에게 믹서를 조작하는 법을 가르쳐 주며 소리를 맞쳐나갔다. 흡음재가 불필요한 소리를 흡수해 주니 좁은 공간에서도 적당한 볼륨이 났다.

마지막 밴드의 잼이 끝나자 드디어 최종 테스트가 끝이 났다.

"끝!"

이현아의 말과 함께 드디어 연습실 세팅이 완료되었다. 모두가 새로 마련된 연습실에 만족하며 만세를 불렀다. 규모는 작았지만, 오히려 소리는 전 연습실보다 훨씬 나았다.

모두가 녹초가 되어 바닥에 철퍼덕 주저앉았을 때, 강윤이 말했다.

"이제 마지막으로 할 일이 있어."

"에에?"

또 일이라니. 강윤의 말에 모두가 지친 기색을 역력히 드러냈다. 하지만 그는 일 이야기를 하지 않았다.

"밴드 이름을 바꾸는 게 어떨까?"

"이름을요?"

김진대가 반문했다. 3년간의 정 때문인지 쉽게 이름을 바꾸고 싶지 않은 눈치였다. 그러나 이차희는 달랐다.

"저는 찬성이에요. 지금 이름으로 방송에 나가면 웃길 테니까……."

의견은 반반으로 갈렸다. 김진대와 이현아는 반대, 이차희와 정찬규는 찬성이었다. 그들은 갑론을박하며 서로의 의견을 주장했다. 그때 강윤이 한마디 했다.

"음악캠프에 나갔다고 가정해 보자. 사회자가 너희를 소개해. 앞에 어쩌고저쩌고 미사여구를 넣고 마지막에, 소개합니다! 강적들! 이렇게……."

"바꿔요, 당장."

그 말에 이현아는 재빨리 의견을 바꿔버렸다. 생각도 하기 싫었는지 그녀는 뒤도 돌아보지 않았다.

"야, 이현아."

"오빠. 이건 아니야, 이건."

"……."

티격태격하다 그들은 이름을 개명하기로 의견을 모았다. 그리고 한참을 머리를 맞댄 끝에 이름을 정했다.

밴드의 이름은 '하얀달빛'이었다.

4화
강적들의 등장, 하얀달빛

―밴드곡? 아직 밴드곡은 느낌이 안 오는데.

"노래들 보내줄게. 들어보고 한번 만들어봐."

늦은 밤, 강윤은 희윤과 통화 중이었다. 그는 이현아와 밴드원들을 보내고 회사에 남았다. 그에겐 새로 들어온 일들이 상당히 많이 남아 있었다.

―알았어. 옛날에 소영이랑 같이 봤던 밴드 맞지?

"맞아. 어차피 거기 리더도 작곡할 줄 아니까 너무 부담 가지진 않아도 돼."

―부담 가지면서 할 거야. 누구 회산데 부담 없이 일하겠어.

"자식이."

강윤은 웃음이 새어 나왔다. 투정 어린 목소리에서 걱정도 함께 느껴졌다. 동생의 마음이 느껴지니 마음이 훈훈해졌다.

─시간이 좀 걸릴 거야. 밴드곡은 만들어 본 적 없어서 교수님들한테 물어보면서 하려고.

"무리는 하지 마. 알았지?"

─응. 오빠도 과로 같은 거 절대 하지 말고. 술도 적당히 마시고, 여자도…….

"알았어, 알았어. 여자는 또 뭐냐."

강윤은 희윤과의 통화를 마치고 그녀의 메일로 이현아의 음원 몇 개를 보내주었다. 그리고 정혜진이 올린 서류에 결재를 마치고 퇴근했다.

집으로 돌아오는 길, 강윤은 버스에 올랐다. 그는 버스에 앉아 조용히 흐르는 한강을 보며 생각에 잠겼다.

'강적들, 아니 하얀달빛이 메이저로 진입해야 하는데…….'

강윤은 창문을 조금 열었다. 차가운 바람이 그의 머리를 차갑게 식혀주었다.

'엄밀히 말하면 하얀달빛은 인디 2세대다. 자리도 잘 잡은 편이야. 이제 메이저로 가도 될까? 아니면…….'

강윤은 심각하게 고민했다. 자리를 잘 잡았다 하는 인디밴드가 메이저로 온 경우는 많았다. 하지만 성공한 케이스는 극히 드물었다. 물론 손익분기점을 넘겼고 계약한 회사에도 이익을 안겼지만, 사람들 뇌리에 확 각인될 만한 결과를 낳지는 못했다. 아이돌들이 주를 이루는 현 상황에서 인디들은 약간의 별식과도 같은 존재였다.

강윤은 자신의 가수가 별식이 되는 건 사양하고 싶었다. 그렇게 되지 않기 위해서는 원인을 찾아야 했다.

'가수의 스타일도 중요하지만 우선 대중의 선호에 맞춰야 해. 그리고 기본적인 외모도 갖추긴 해야 한다. 아니면 개성이 있든가. 사람들이 한 번이라도 돌아보게 만들어야 해. 그런데 애들이 준비됐나?'

여러 가지 고민에 강윤은 고개를 절레절레 흔들었다. 단번에 판단하기에는 쉽지 않은 문제였다.

어느덧 버스는 정류장에 도착했다. 강윤은 상념에 잠겨 있다가 내리는 곳을 놓칠 뻔했다. 그래도 다행히 버스가 떠나기 전, 내릴 수 있었다.

길을 걸으면서도 밴드에 대한 생각은 계속되었다. 하지만 전략이란 게 쉽게 떠오르지 않았다.

다음 날, 출근한 이후에도 강윤에게선 하얀달빛에 대한 생각이 떠나질 않았다. 앞으로의 방향성을 결정해야 하니 당연한 이야기였다.

"무슨 고민 있나요?"

이현지는 상념에 잠겨 있는 강윤에게 커피를 가져다주었다.

"아, 이사님."

"표정이 심각하네요. 어려운 일이 있나요?"

강윤은 하얀달빛의 앞으로의 전략에 관해 이야기를 했다. 이현지는 강윤의 고민을 들으며 커피를 입가에 가져갔다. 그녀는 쓰디쓴 커피를 천천히 넘기고는 차분히 입을 열었다.

"메이저 무대에 진출하려면 인지도가 우선이겠네요. 하지만 지금 확보된 팬들로는 조금 부족하겠어요."

"네. 음반을 낸다 해도 수익에서 아직은 위험한 편이죠. 확실한 지지기반도 약하고……. 하지만 과감하게 메이저로 도전장을 낼만할 것 같긴 합니다. 리스크가 크긴 하지만……."

강윤은 깊은 한숨을 내쉬었다. 기반을 쌓기 위해 메이저로 가는 걸 늦춘다면 당장에 수입이 적고, 과감하게 메이저로 도전장을 낸다면 큰 수입을 기대할 수 있지만 망한다면 리스크가 크다. 전자가 안전하지만, 후자의 유혹은 컸다.

이현지는 잠시 생각하다 차분히 이야기했다.

"사장님이라면 과감하게 메이저로 가도 무리는 없을 거로 생각해요."

"이사님, 잠깐……."

"하지만."

강윤이 말하기 전, 그녀는 자신의 말부터 들어보라며 강윤을 제지했다. 그는 알았다며 경청했다.

"앞으로 편곡이나 작곡에 관련된 의뢰도 받을 거잖아요. 그렇게 되면 아무리 사장님이라도 밴드에만 집중하긴 힘들 겁니다. 그렇게 되면 아무래도 힘이 떨어질 거라 봐요."

"흠……."

"지금은 사장님이 곡에서 얻는 수익들이 좀 돼요. 앞으로 계약될 곡들도 상당하고요. 밴드의 경우는 조금은 길게 보는 게 어떨까 하는 생각이 드네요."

강윤은 잠시 생각하더니 곧 그녀의 의견에 공감했다.

"알겠습니다. 제가 조금 서둘렀네요."

"급할 만해요. 회사 대부분의 수입이 사장님한테 달렸으니까요. 나머지는⋯⋯. 훗. 애들이네요. 사장님이 가장이네요, 가장."

"아이고."

이현지의 농담에 강윤은 고개를 내저었다.

그래도 전략이 정해지니 마음은 편안해졌다. 강윤은 전략들을 정리하고 하얀달빛이 연습하고 있는 연습실로 향했다.

♩ ♪♩♪♪ ♩♫ ♩ ♪

"제이! 요새 기세가 장난 아니야. 살살해."

방송국에서 PD를 만나기 위해 왔다가 함께 집으로 돌아가며 김세미가 제이 한의 어깨를 툭 두드렸다. 그녀도 TOP8 중 한 사람이었다.

"살살은 무슨. 저번은 운이라니까, 운."

"운은 무슨. 지금까지 내숭이었지?"

두 사람은 티격태격하며 로비로 향했다. 로비에는 직원뿐만 아니라 일반인들도 제법 있었다. 그들은 제이 한과 김세미를 보며 움찔하더니 저들끼리 이야기꽃을 피웠다.

김세미의 보챔에 제이 한은 로비에 있는 카페에서 커피를 샀다. 여직원은 두 사람을 보더니 순간 움찔했지만 그래도 익숙하게 주문을 받았다.

"10,500원입니다."

"여기요."

"감사합니다. 저기……."

제이 한이 계산하고 돌아서려는데, 직원이 그를 붙잡았다. 여직원은 잠시 우물쭈물하더니 종이와 펜을 내밀었다.

"아직 제대로 된 사인은 만들지 않았는데……. 그냥 사인이라도 괜찮을가요?"

"네, 네."

제이 한은 평상시에 쓰는 사인을 해주었다. 직원이 얼굴을 붉히며 감사하다며 인사하자 그는 괜찮다며 자리로 돌아갔다.

"이열. 제이! 인기 최고야? 저번 노래가 크긴 컸구나?"

"노래가 확실히 좋았지."

"나도 그 작곡가님 소개 좀 해주라. 뮤즈라고? 대체 누구야?"

"Secret이야."

"아잉. 이러지 말고. 응? 응?"

제이 한은 김세미의 애교 어린 부탁을 거절하느라 한참 애를 먹어야 했다.

강윤은 희윤에게서 메일로 악보와 노래 파일을 전송받았
다. 악보를 보며 파일을 재생해 보니 느린 박자의 발라드였
다. 멜로디는 화려함보다 심플했다. 하지만 점점 고조되는
맛이 있었다.

'가사는 없네. 작사와 편곡은 맡긴다는 거군.'

강윤은 희윤의 의도를 바로 파악했다. 그리고 곡 작업을
하려는데 그의 눈에 밟히는 것들이 있었다. 화면에 떠 있는
의뢰를 받은 곡들이었다.

'이것까지는 한 번에 못 하겠다.'

강윤은 희윤의 곡을 한곳에 재껴 두었다. 다른 업체에서
들어온 의뢰들에 이것까지 함께 작업하는 건 쉽지 않을 것
같았다. 강윤은 고민하다 이번 편곡은 이현아에게 직접 맡기
기로 마음먹었다.

그는 악보와 곡을 주기 위해 하얀달빛이 연습에 열을 올리
고 있는 연습실로 향했다. 문밖에서 아주 작게 연습 소리가
들려왔다. 차음재의 효과였다. 없었다면 사방이 쩌렁쩌렁하
게 악기 소리가 들려왔을 것이다.

"어? 사장님."

김재민이 연습실에 조용히 들어온 강윤을 제일 먼저 발견
하고 연습을 멈췄다. 드럼이 멈추니 다른 악기들도 흥이 죽

어버려 연주가 강제로 중단되었다. 곧 그들도 강윤에게 인사를 하곤 그의 앞에 모여 앉았다. 이현아는 가장 먼저 강윤에게 달려왔다.

"여기."

"이게 뭔가요?"

"이번에 새롭게 할 곡."

강윤은 긴 설명을 하지 않았다. 이현아는 곡을 받아들자마자 신디사이저에 앉더니 연주를 시작했다. 작곡을 공부해서인지 피아노 솜씨도 수준급이었다.

"곡 좋다. 멜로디가 애절해. 실연에 대한 곡 같은데."

정찬규는 곡에 대한 느낌을 이야기했다. 김진대도 그의 의견에 공감하는지 고개를 끄덕였다.

"사장님, 이거 직접 만드신 건가요?"

이차희의 물음에 강윤은 고개를 흔들었다.

"아니. 여기 전속 작곡가가 만든 거야."

"네? 여기 전속 작곡가가 있어요?"

이차희의 눈이 휘둥그레졌다. 이런 작은 소속사에 전속 작곡가라니 처음 듣는 이야기였다. 게다가 노래도 수준급을 넘어 매우 좋았다. 이런 노래라면 무조건 하고 싶었다.

"곡이 진짜 좋아요. 딱 우리 스타일이에요 가사가 없다는 게 아쉽지만……."

이현아는 곡이 마음에 들었는지 칭찬을 아끼지 않았다.

"작사는 직접 해야 해. 작곡가가 가수가 작사하는 게 나을 거라며 일부러 만들지 않았거든."

"아, 그래요? 편곡은……?"

편곡되지 않은 것에 대한 물음에 강윤은 그들을 가리켰다.

"어차피 밴드가 있으니까, 편곡은 네 사람이 함께 머리를 맞대는 게 나을 것 같아. 현아도 지금까지 작곡을 해왔고. 너희 스타일대로 맞춰 보는 게 더 나을 것 같아. 어때?"

"오빠, 그건……."

강윤의 편곡이 없다는 게 아쉬웠던 이현아가 뭐라 말을 하기 전, 정찬규가 끼어들었다.

"재밌겠다. 해보자."

"4명이면 더 좋은 게 나올 수도 있지 않을까?"

이차희도 나섰다. 조용히 있던 김진대도 동의하듯 고개를 끄덕였다. 은근히 곡에 대해 침해받기 싫은 눈치였던 이현아도 결국은 수긍했는지 승낙하고 말았다.

강윤은 노파심에 한마디를 덧붙였다.

"연습하면서 편곡도 같이한다고 생각하면 될 거야. 일부러 타보는 같이 만들지 않은 것 같아. 팀워크 맞춘다고 생각하고 해봤으면 좋겠어."

"네."

"녹음은 일주일 뒤에 하도록 하자. 그때 나도 함께 보면서 수정할 건 하도록 하자. 앞으로 일정은 대현 매니저 통해서 전달하도록 할게. 알겠죠, 대현 매니저님?"

어디서 구해왔는지 모를 음향 관련 책자를 보고 있던 김대현 매니저는 강윤의 말에 얼른 소리를 높였다. 강윤은 그의 일하는 태도에 만족하며 연습실을 나섰다.

"일단 곡부터 익히자. 모여봐."

강윤이 나가자 이현아는 신디사이저에 앉았다. 신디사이저를 피아노로 맞춘 그녀는 곡을 밴드원들과 함께 익혀갔다. 가사도 붙여야 했기에 할 일이 많았다.

들어온 편곡 의뢰들이 상당수 있었지만, 하얀달빛을 위한 일들도 제법 있었다. 강윤은 그들이 곡을 만들 동안 설 무대를 위해 이현지와 함께 언더그라운드의 성지인 홍대로 향했다.

"확실히 대학생들이 많네요. 좋을 때네요."

홍대 거리를 걸으며 이현지가 한마디 했다. 활기가 넘치는 학생들을 보니 괜히 부러워진 모양이었다. 강윤은 그저 웃어 넘길 뿐이었다.

두 사람은 홍대 곳곳의 공연장들을 찾아다니며 섭외에 나섰다. 그런데 문제가 있었다.

"알겠습니다. 의논해 보고 올게요."

이현지는 공연장 비용을 듣더니 고개를 흔들고 문을 나섰다. 강윤도 얼토당토않은 대관료에 기가 찼다. 두 사람은 다른 공연장으로 향하며 투덜거렸다.

"언더 무대 대관료가 뭐 이리 비싸요? 일반 공연장 **뺨** 때리겠네."

이현지는 화가 났는지 볼멘소리를 했다. 강윤도 그녀의 심정과 다르지 않았다. 인디가 인기를 얻으면서 홍대의 땅값이 올랐고 덩달아 공연 대관료도 뛴 후유증이었다. 사전에 정보를 알고 오기는 했지만 실제로 들으니 어이가 없었다.

"3개에서 4개까지 정기계약을 할 생각이었는데, 이런 비용이면 숫자를 줄이는 수밖에 없겠네요."

강윤도 심각했다. 여러 곳과 계약해서 많은 공연을 보일 생각이었는데 이렇게 되면 계획에 차질이 생긴다. 그래도 혹시 몰라 홍대 인근의 다른 공연장들을 모두 돌아봤다.

그러나······.

"담합이라도 한 모양이네요."

이현지는 실망의 기색을 감추지 못했다. 모든 공연장이 입을 맞췄는지 대관료가 엄청나게 비쌌다. 그녀는 고민이 되는지 머리를 잡았다.

"이제 어떻게 하죠? 한 곳이라도 계약을 할까요?"

강윤도 쉽게 말을 하지 못했다. 공연은 반드시 필요했다. 하지만 이런 대관료에 계약한다면 손해가 막심했다. 지금은 수입, 팬 모두가 필요한 시점. 이런 계약을 하는 건 무리수였다.

그때 문득 스치는 생각이 있었다.

"여기 옆 동네가 연남동이었나요?"

"네. 왜 그러나요?"

"그쪽도 클럽이 있는 거로 알고 있는데."

"조금씩 생겨나는 분위기죠. 하지만 큰 공연들은 아직 홍대에서 이루어져요. 사람들이 다리품을 팔려고 할까요?"

이현지는 걱정 어린 목소리로 물었다.

홍대 옆, 연남동. 홍대 근방의 집값이 올라가면서 인디무대를 여는 클럽들이 조금씩 밀려나는 추세였다. 대관료 상승의 원인도 결국 집값이었다. 하지만 조금만 이동하면 되는 연남동은 이야기가 달랐다. 환경의 압박이 있었지만……

강윤은 잠깐 생각하더니 생각을 굳혔는지 확신에 찬 목소리로 이야기했다.

"계약은 1개만 합시다."

"1개만이요? 그러면 홍보에 부족하지 않을까요?"

"단기로 하죠. 대신 남은 돈과 수입을 합쳐……"

강윤은 한 허름한 건물을 가리켰다. 연남동에 있는 한 허름한 건물이었다. 그런데 주변에 카페가 형성되어 있었고 사람들도 조금씩 늘어나는 듯했다. 분위기 있는 거리가 조성되고 있었다.

"이런 대관료를 들일 바에야, 우리가 만듭시다. 공연장."

"네에?"

이현지는 강윤의 엄청난 계획에 입을 쩌억 벌렸다.

"이거 배보다 배꼽이 더 커지는 거 아닐까요? 공연장을 만든다니……."

이현지는 회의적이었다.

먼지 낀 스피커 하나도 최소 가격이 백만 단위였다.

지금 상태에서 건물을 대여해서 내부를 개조하고 장비를 모두 채워 넣는다면 비상금까지 모조리 털어 넣게 된다. 쉽게 결정할 일이 아니었다.

"벌써부터 부채를 쌓는 건 사양하고 싶군요. 지금 몇 안되는 장점 중 하나가 부채가 없다는 건데……."

돈 문제는 역시 쉽지 않았다. 하지만 강윤은 설득을 이어갔다.

"좋은 공연장을 만들어 대관료를 받으면 됩니다. 홍보도 확실히 해야겠죠. 보니까 인디밴드들은 높은 공연료에 시달리고 있더군요. 좀 더 싸게 운영을 한다면 이익도 낼 수 있을 겁니다."

"괜찮은 생각이긴 하지만, 그렇게 되면 기존에 있던 사람들이 난리를 칠 겁니다."

"담합을 하는 놈들이 나쁜 놈이지 우리가 나쁜 게 아니지 않습니까."

강윤의 말이 맞았다. 인디밴드의 없는 돈도 갈취하다시피 하는 공연장 주들이 나쁜 거지 공연장을 만들어 싸게 대여하겠다는 그가 나쁜 게 아니었다. 이현지는 잠깐 생각하다 어깨를 으쓱해 버렸다.

"풋. 하여간 사장님도 막무가내인 면이 있어요. 맞네요. 성공한다면 나중에 이미지 재고에도 좋고, 우린 전용 공연장을 값싸게 구입한 셈이 되네요. 그런데 당장이 걱정이네요. 그 치들이 분명 우리를 견제하며 담합을 해올 텐데 어떡하죠? 그럼 우리가 힘들어질 텐데요."

"그 사람들이 당장 값을 담합하지는 않을 겁니다. 그쪽도 이해관계가 얽혀 있을 테니까요. 그리고 그때쯤이면 공연장은 하나의 사회활동을 하는 개념이 될 겁니다. 우린 이 공연장에 매여 있을 필요는 없습니다. 이런 일들, 나중에 다 마케팅에 사용할 수 있겠죠?"

"하하하하하!"

이현지는 크게 웃음을 터뜨렸다.

"좋아요, 좋아. 이런 미담 포장하는 거야 내 주특기죠. 이거 우리 인디 밴드들의 우상이 될지도 모르겠는데요?"

"그럼 좋은 일이죠. 여기 관리는 대현 매니저에게 맡길 생각이니 일단 음향부터 빨리 배우도록 해야겠네요."

"대현 매니저도 고생이 많네요. 이러다 기술자 다 되겠어요."

"아이돌 매니저는 가수 대신해서 춤도 춥니다. 이 정도야 쉬운 일이죠."

"그래요? 요즘 매니저들은 정말 다재다능하군요."

사람 잡는 이야기를 하며, 두 사람은 홍대에서 가장 핫하다는 공연장과 계약을 했다. 지금은 사람들에게 선보일 수 있는 공연장이 반드시 필요하다는 결론에서 나온 결정이었다.

계약서를 작성하며 강윤은 속이 부글부글 끓었다.

'비싸긴 정말 비싸다……'

하지만 그만큼 공연장을 세우겠다는 의지는 더더욱 강해졌다. 이런 대관, 오래지 않아서 끝낼 것이라고 그는 단단히 결심했다.

SLS 발성법을 가르치기 위해 최찬양 교수는 월드엔터테인먼트로 향했다. 새롭게 생긴 제자, 김지민은 나이는 어렸지만, 똑똑해서 그의 가르침을 스펀지같이 빨아들였다. 가르치는 맛이 났다.

"루루루~"

콧노래를 부르며 사무실 문을 여는데, 강윤과 이현지는 없었다. 사무실 직원 정혜진이 그를 맞아주었다.

"어? 교수님, 안녕하세요?"

"안녕하세요? 다들 어디 갔나 보네요."

"사장님은 곡 때문에 나가셨고, 이사님은 영업 가셨어요. 커피 한잔 드릴까요?"

"부탁해요."

정혜진이 내온 커피는 달달 하면서 향이 진했다. 까다로운 최찬양 교수의 입맛에 딱 맞았다.

"커피가 맛있네요."

"감사해요."

정혜진은 할 일이 많았지만, 최찬양 교수 앞에 앉아 그의 말동무가 되어주었다. 최찬양 교수는 엄밀히 말해 손님이었다. 그가 혼자 심심하지 않도록 최신 유머도 섞어가며 강윤과 이현지의 이야기도 하니 최찬양 교수는 그녀의 말에 빠져들었다.

"……우와. 교수님 완전 동안이세요. 40대셨어요?"

"혜진 씨도 미인이세요."

"그런 말 많이 들어요. 하하하."

두 사람은 어느새 친해졌다. 나이 차이가 상당했지만, 대화 코드가 잘 맞았는지 화제가 끊이질 않았다. 정혜진은 끊임없이 이야깃거리를 꺼냈고 최찬양 교수는 그 화제에 맞춰 여러 가지를 답해주었다. 그의 박식함에 정혜진은 눈을 빛냈다.

한참이 지나 교복을 입은 김지민이 출근했다. 그녀는 문을 열고 출근 카드를 찍으며 즐겁게 이야기를 나누는 두 사람을 발견했다.

"교수님, 안녕하세요. 일찍 오셨네요?"

"응. 일찍 일어나서. 그럼 전 내려가 볼게요."

"네. 다음에 또 커피 한잔해요."

정혜진은 커피잔을 치우며 즐겁게 그를 보내주었다.

김지민은 최찬양 교수와 계단을 내려가며 이상한 느낌이 들어 물었다.

"혜진 언니와 친하셨어요?"

"오늘 친해졌지. 왜?"

"혹시…… 썸?"

"나이 차이가 얼만데 썸이겠니?"

최찬양 교수는 김지민의 등을 떠밀었다. 그도 싫지는 않았는지 말투에 웃음기가 새어나왔다.

♩ ♪ ♫ ♩ ♫ ♪ ♩ ♪

"그냥 여기 길 위에서 조용히 잠들고……. 잠들고? 잠? 아, 어려워."

이현아는 연습과 함께 작사를 해나갔다.

편곡은 멤버들이 코드와 음표를 각자 생각하는 대로 해석해 표현하면 이현아가 거기에 자신의 의견을 더하는 식으로 진행했다. 때론 멤버들 사이에 의견이 충돌해 힘들기도 했지만, 생각을 맞춰가는 과정이 재미있었다.

그러나 진행은 더뎠다. 벌써 4일째, 1절도 마무리하지 못했다.

"쉬자, 쉬어, 쉬어. 쉬다 해!"

아침부터 계속된 연습에 결국 이현아는 가장 먼저 항복을 선언했다. 리더가 이러니 다른 멤버들은 말할 것도 없었다.

"배고파……."

"밥 먹고 하자."

정찬규가 중얼거리자 이차희가 이현아에게 건의했다. 이현아도 그녀의 말에 동의했다.

김대현 매니저가 주문을 받았고, 곧 음식이 배달되었다. 수저를 드는 모두에게선 지친 기색이 역력했다. 김진대의 머리에선 기름기가 흘러내렸고 이차희는 파우더조차 바르지 않았다. 정찬규의 얼굴도 번지르르한 게 기름기가 흐르고 있었다. 모두 씻기도 귀찮을 만큼 지쳐 있었다. 그나마 리더인 이현아는 말끔했다. 옅은 화장에 옷차림도 깔끔했다.

"좀 쉬었다 하는 게 낫지 않아?"

밥을 먹으며 김대현 매니저가 물었지만, 이현아는 고개를 저었다.

"한 게 별로 없어요. 내일까지는 끝내야죠."

"다들 보니까 지쳐 보이는데."

그러나 이현아의 고집은 만만치 않았다. 다른 멤버들은 죽을상이었다.

식사가 끝나고, 김대현 매니저가 자신이 치우겠다며 나섰다. 다른 멤버들은 고마움을 표하곤 잠시 휴식을 취했다. 모두가 잠이 부족했는지 연습실 바닥에 누워 눈을 감았다.

김대현 매니저는 빈 그릇을 사무실 밖에 가져다 놓았다. 문 앞에 그릇들을 놓는데 강윤이 사무실로 걸어오고 있었다.

"매니저님."

"어? 사장님, 지금 오십니까?"

강윤은 계약 문제로 홍대에 다녀오는 길이었다. 계약들이 잘 해결됐는지 그는 여유 있는 모습이었다.

"네. 식사가 늦어졌나 보네요."

"네. 연습이 길어져서요."

"저런. 다음부터는 1시 이전에는 식사하게 해주세요."

"알겠습니다."

강윤은 그 외에도 음향에 대해 많이 배웠냐고 물었다. 김대현 매니저는 아직은 부족하다며 빨리 익히겠다고 답했다. 강윤의 말이 부담될 만도 했지만, 그는 특유의 넉살로 잘 넘겼다.

"연습실에 가십니까?"

"네. 얼마나 됐는지 궁금하네요."

강윤은 김대현 매니저와 함께 1층 연습실로 향했다. 그와 들어가니 식사를 마친 하얀달빛 밴드원들이 다시 연습에 매진하고 있었다.

'아직 완성이 안 돼서 그런가? 빛이 조금 약하군.'

그들에게서 나오는 빛은 약했다. 특히 베이스에서 나오는 음표가 일정하지 않았다. 베이스의 주법과 코드 진행 방식을 결정하지 못한 이유였다. 그래도 드럼의 주법과 협의를 해가며 점점 맞춰가니 음표가 점차 안정되어 갔다.

문제는 보컬이었다.

'락발라드로 편곡한 것 같은데, 보컬 힘이 약한 것 같네.'

시원하게 내질러 줘야 하는데, 이현아에게 그런 맛이 없었다. 물론 목소리는 아주 좋았다. 하지만 시원시원하게 뻗어가는 맛이 부족하게 느껴졌다. 그걸 반영하는지 음표가 섞이니 빛이 약해지고 있었다.

그러나 아직 편곡이 끝나지 않은 상황이다. 어떤 곡이 나올지 모른다. 그는 연습과 편곡 과정을 지켜보기만 할 뿐, 말을 아꼈다.

며칠 뒤.

강윤은 하얀달빛의 편곡이 끝났다는 이야기를 듣고 연습실로 향했다. 라이브를 듣고 괜찮다 싶으면 바로 스튜디오에서 녹음할 생각이었다.

이현아는 준비를 마쳤는지 의기양양하게 강윤에게 물었다.

"시작할까요?"

"응."

드럼이 여유 있게 네 박자를 맞추는 소리와 함께 연주가 시작되었다. 신디사이저에서 스트링이 흘러나오며 드럼이 스네어와 북으로 탐탐으로 반주를 시작했다. 작은 소리가 점점 커지며 이현아의 허밍이 흐르기 시작했다.

"아아아~ 아아아아~"

높은음의, 가느다란 소리였다. 스트링과 함께 깔리는 피아노 소리와 함께 드럼의 로우 탐이 어우러지며 서두를 장식했다. 그리고 두두두 소리와 함께 드럼의 로우 탐 소리가 웅장함을 더했다. 디스토션의 일렉트릭 기타가 화려하게 초반부를 장식했다. 그리고 소리가 점점 잦아들었다. 그와 함께 노래가 시작되었다.

"오늘도 어제처럼~ 같은 길을~ 걷고 또 걷네~"

이현아 특유의 저음이 처음을 장식했다. 마이크 스탠드에 마이크를 꽂아 넣고 눈을 감은 그녀는 그녀만의 저음을 묵직하게 구사했다.

스피커가 뒤에 있기에 강윤은 앞쪽, 소리를 가장 잘 들을 수 있는 믹서 근처로 이동했다. 강윤은 귀를 기울이며 음표들에 시선을 두었다. 베이스와 드럼, 기타와 신디사이저 소리가 어우러지며 하얀빛을 만들어냈다.

그런데…….

'회색? 뭐지?'

강윤은 자신의 눈을 의심했다. 분명 하얀빛이었다. 그런데
빛에서 회색이 감돌고 있었다. 귀에 들려오는 노래는 분명히
괜찮았다. 하지만 가슴에 느껴지는 칙칙한 느낌은 분명히 저
밑에 드는 색이 회색이라는 걸 일깨워 주고 있었다.

"차가운 바람에~ 우린 오늘도~ 어떻게 잠이 드는지~"

이현아의 음이 점점 높아지며 소리에 힘이 붙었다. 빛도
점점 강렬해졌다. 그러나 노래 전체에 끼어 있는 회색빛은
사라질 기미를 보이지 않았다. 마치 명품에 남아 있는 옥에
티같이, 강렬한 하얀빛에 회색빛이 살짝 섞여 있었다.

'이런 경우는 처음이군.'

강윤은 당혹스러웠다. 노래 전체에 회색이 끼어 있었다.
강윤은 음표들에 시선을 돌렸다. 모두가 일정했다. '이현아
에게 문제가 있는 게 아닐까' 하는 생각에 눈을 돌려 봤지만,
그녀도 딱히 이상이 없었다. 모든 음표는 일정했고, 노래에
도 크게 이상이 없었다.

절정에서 이현아는 연습실이 떠나갈 정도로 소리를 높였
다. 높은 고음이었다. 사람들이 좋아하는 그녀 특유의 소리
가 연습실 가득 울려 퍼졌다. 그러나 회색빛은 사라지지 않
았다.

강윤은 악보와 밴드원들을 번갈아 보며 고개를 갸웃거렸

다. 도무지 원인을 쉽게 찾을 수가 없었다.

'편곡이 잘못됐나? 아니면 창법? 아냐. 반주에서 조화는 나쁘지 않아. 보컬이다.'

다행히 이현아를 보니 원인을 발견할 수 있었다. 노래가 절정을 지나고 다시 후렴으로 들어갈 때, 짧은 반주가 있었다. 그때 회색빛이 약해졌다. 이현아의 보컬이 없는 타이밍이었다. 빛도 약해졌지만, 회색빛도 사그라졌다.

'보컬의 창법과 반주가 맞지 않는군. 하긴, 락발라드 곡인데 목소리에 힘이 안 받는 것 같긴 해. 처음 저음부는 좋지만 갈수록 힘을 못 받아.'

강윤은 결론을 내렸다. 그리고 그가 본 것을 수첩에 기록했다.

"어땠어요?"

노래가 끝나고, 이현아는 긴 숨을 내쉬며 강윤에게 물어왔다.

"한 번만 더 해보자."

"네? 한 번 더요?"

"뭔가 아리송해서. 미안한데 한 번만 더 해볼래?"

강윤은 혹시 몰라 한 번 더 연주를 부탁했다. 하얀달빛은 알았다며 강윤의 주문에 따랐다.

다시 노래가 시작됐지만, 결과는 전과 크게 다르지 않았다. 빨간 음표에 노래의 빛은 회색이 섞인 강한 하얀색이었다.

"오빠?"

"어? 아…….."

노래가 끝나고, 강윤이 아무 말도 없자 이현아가 마이크에 대고 강윤을 불렀다.

"미안. 생각할 게 있어서."

이현아는 강윤이 마음에 안 드는 것이 있다는 느낌이 들었다. 그녀는 바로 그에게 달려와 물었다.

"노래 많이 이상해요?"

"그렇다기보다 걸리는 게 있어서."

강윤은 강한 하얀빛에 감도는 회색빛이 계속 마음에 걸렸다. 회색이면 회색, 하얀색이면 하얀색, 딱 정해진 빛만 났다. 지금같이 색이 섞여 보이는 경우는 처음이었다.

'뭐가 문제일까?'

듣기에 문제는 전혀 없었다. 밴드원들도 이만하면 됐다고 생각했기에 강윤을 불렀을 것이다. 이현아도 마찬가지였다.

"어디가 이상한가요?"

"창법을 한번 바꿔 보는 게 어떨까?"

"창법을요?"

이현아는 고개를 갸웃했다. 강윤은 차분한 어조로 이유를 이야기했다.

"내 생각엔 반주는 힘이 있는데 보컬이 약하다는 생각이 들거든. 편곡은 정말 잘한 것 같은데."

"알았어요. 그로울링을 써볼까요?"

"아니. 저음은 잘되고 있잖아. 굳이 스크래치 내서 굵은 소릴 내야 할 이유는 없을 것 같아. 내 생각엔 고음부에 힘을 주는 게 좋을 것 같아. 샤우팅을 써보자."

"샤우팅은 거의 안 해봤는데……."

이현아는 걱정했다. 가수마다 고유의 창법이 있었다. 타고난 저음이 있었던 이현아는 그로울링같이 긁으며 내는 창법은 자유자재로 구사했지만, 샤우팅같이 시원하게 내지르는 창법은 부족했다. 그런데 강윤이 그걸 요구하니 망설여졌다.

"이번에 특기 하나 늘린다 생각해야지. 독학으로 뚫기 어려우면 트레이너도 붙여줄게."

"오올. 역시 오빠가 최고!"

그러나 이현아는 트레이너까지 붙여준다니 이내 반색했다. 강윤은 이 감정 충만한 아가씨가 귀엽게 느껴졌다.

"그렇게 봐주니 고맙네. 그럼 녹음 일정은 일주일만 더 미루자. 괜찮지?"

"네. 일단 해보고 안 되면 말씀드릴게요."

"알았어."

강윤은 할 말을 마치고 연습실을 나섰다. 그때, 생각난 게 있는지 이현아를 연습실 밖으로 불러냈다.

"하실 말씀 있으세요?"

"별건 아닌데, 호칭 때문에."

"호칭이요?"

이현아가 고개를 갸웃할 때, 강윤이 말했다.

"여긴 회사잖아. 서운하게 들릴지 모르지만, 이건 확실히 해야 할 것 같아서. 난 사장이고, 너는 소속 연예인이지. 지금처럼 계속 오빠라고 부르면 친하게 지내는 데는 무리가 없지만, 회사가 커지고 사람들이 늘어나면 권위가 서지 않을 거야. 주의해 줬으면 해서."

"아, 그렇지. 제가 생각을 못 했네요. 죄송해요."

"아냐. 앞으로 조심하면 되는 거지. 그럼 내가 말한 거 다 하면 말해줘."

"네."

강윤은 볼일을 마치고 스튜디오로 내려갔다. 연습 중인 김지민을 봐주기 위해서였다.

"일부러 그런 건데. 너무 세게 나갔나? 쳇."

계단을 내려가는 강윤의 뒷모습을 보며 이현아는 입술을 삐죽이며 투덜거렸다.

-정민아판타지아 : 우리 민아 미국에서 언제 올까여……ㅠㅠ

-꽃피는서유오면 : 한유 보고 싶어요ㅠㅠ

-내여자제니 : 구수한 사투리 듣고 싶다……

−한주연바라기 : 님들, 포기하세요. MG 미쳐서 에디오스 한국 안 온대요.

에디오스의 공식 팬카페 아리에스(Aries)에서 한창 채팅이 활성화되고 있었다. 팬들은 저마다 하고 싶은 말들을 하며 이야기꽃을 피웠다. 채팅창의 스크롤은 끝없이 올라가고 있었고 모두가 에디오스 멤버들에 대해 저마다의 의견을 자유롭게 풀어놓고 있었다.

−멍릴리만세 : 우리 에디들 한국 언제 오나요? 아시는 분⋯⋯.ㅠㅠ

−리스는린스 : 재계약할 때까지 안 와요. 절대로.

−민아야오빠다 : 설마. 다이아틴한테 한국 지분 다 뺏길라고요?

−닭둘기 : 요즘 MG라면 그러고도 남습니다. 다들 아시잖아요. 에디오스가 MG에서 어떤 대우를 받아왔는지.

−리스야사랑해 : 크흑. 아픈 추억을 떠올리게 하시는군요. 상대적으로 인지도 낮은 다이아틴도 단콘하는데 단콘 한번 제대로 안 해주고, 행사는 죽어라 돌리고⋯⋯ 그런데 이젠 미국에서 뺑뺑이. 대체 우리 애들 얼마나 돌리는겜미?

−서유야오빠꺼해 : 에디오스 버리는 카드임⋯⋯. 미국에서 실험용으로 쓰고 버리려는 거.

팬클럽은 최근 에디오스의 미국 장기 체류 문제로 말들이 많았다. 이미 1년 가까이 미국에서 활동하며 국내에 돌아오지도 않는 에디오스에 대한 그리움에 팬들의 숫자도 많이 줄었다며 모두가 한숨지었다.

-결혼하자릴리야 : 작년만 해도 팬카페 회원이 30만이었는데 지금은 15만도 안 돼요. 앞으로 더 줄어들 겁니다. 잊혀지는 거죠.

-영원해에디오스 : 아, 이건 아닌데…….

에디오스에 대한 걱정으로 채팅창의 스크롤은 계속 주욱 주욱 내려갔다. 하지만 마땅한 대책이 나오지 않았다. 그저 지금처럼 개인 멤버들의 SNS 소식을 퍼 나르며 팬심으로 기다리는 것 외에는 다른 방법이 없었다.

'현재 자금이…….'

강윤은 돈과 공연장 위치를 선정하며 고심했다. 연남동은 홍대에 비해 비싼 편은 아니었지만 그렇다고 무작정 낮다고 보기에도 무리는 있었다. 서울은 서울이었다. 게다가 설비도 갖춰놔야 하니 돈은 더 든다. 비상금을 거의 다 털어야 한다는 말이 빈말이 아니었다.

하지만 이번 투자는 필요했다. 단기적으로 힘들어질지 몰라도 장기적으로 이미지부터 자금 등 모든 게 좋아질 일이었다.

"마땅한 곳이 없네."

공인중개사들과 한바탕 씨름을 한 강윤은 자리에서 벌떡 일어나버렸다. 개인 간 거래도, 공인중개사들에게도 알아봤지만 좋은 매물은 쉽게 구하기 어려웠다. 가격이 좋다 싶으면 너무 외졌고 위치가 좋으면 값이 너무 비쌌다. 적당한 곳이 필요했다.

"그냥 여기 팔고 홍대 인근에 본사랑 같이 옮기는 게 어때요?"

이현지의 물음에 강윤은 고개를 저었다.

"공연장만 있으면 됩니다. 아직은 그렇게 큰 건물은 필요 없어요. 지금 수익으로 그런 건물을 유지하려면 낭비입니다."

"그것도 그렇네요. 아……. 힘들어."

이현지도 한숨이었다. 가정이나 회사나 집을 구하는 건 어려운 일이었다.

결국 강윤은 인터넷 창을 닫았다. 경매까지 뒤져봤지만 적당한 가격에 마땅한 장소가 나오지 않았다. 좀 더 시간을 가지고 봐야겠다고 생각하고는 다른 일을 시작했다.

그때 이현지가 용건이 있는지 강윤에게 말을 걸어왔다.

"우리 가수 하나 더 필요하지 않을까요?"

"가수 말입니까? 하긴, 하얀달빛만으로는 부족하긴 하죠. 생각은 하고 있었습니다. 그런데 하나를 더 육성할 여력이 될지 모르겠네요."

"당장 쓸 수 있는 전력이 어떨까요?"

"그만한 돈이 될까 걱정이네요."

강윤은 이현지의 말에 공감하면서도 걱정했다. 그러자면

재계약 시즌이 된 가수들과 계약을 해야 할 텐데, 그들은 분명 이전 소속사보다 나은 대우를 요구할 게 뻔했다. 당장 공연장을 비롯해 투자할 것들이 많은 지금 상황에서 적합한지 강윤은 의문이었다.

"찾으면 나오지 않겠어요, 사장님? 전 사장님을 믿어요."

"……."

이현지의 장난기 어린 말에 강윤은 어깨를 으쓱해 버렸다.

일을 마치고 강윤은 하얀달빛의 연습실로 향했다. 그가 연습실 문을 여니 이현아의 한층 시원해진 목소리가 강윤의 귓가를 울렸다. 그러나 강윤은 만족스럽지 않았다.

'아직도 회색이 있네.'

이전보다 조금은 옅어지긴 했지만, 회색빛은 여전히 감돌고 있었다. 이현아의 음표는 빨간색에서 파란색으로 바뀌어 있었다.

'음표가 고르지 않네. 아직 창법이 익숙하지 않아서 그런가?'

악기들의 음표가 고르고 선명한 데 비해 이현아의 음표는 고르지 않았다. 노래는 한층 시원해졌지만 아쉬운 게 많았다.

노래가 끝나고, 밴드원들의 인사에 강윤은 손을 들어 답해 주었다. 이현아가 강윤에게 바로 노래에 대해 물어왔다.

"좀 더 시원한 느낌이 들었으면 좋겠어. 보컬이 답답한 것 같아."

"그래요……."

이현아는 시무룩해졌다. 강윤이 이렇게 직설적으로 이야기하니 속상했다.

"그래도 이전보단 확실히 낫다. 조금만 더 연습해 보자."

"네."

다시 노래가 시작되었다. 이현아는 반주와 함께 허밍을 시작했다.

"아아아~ 아아아아~"

강윤은 눈에 날을 세웠다. 그런데 강윤의 눈에 다른 게 보이기 시작했다. 원래 하얀빛에 회색이 감돌았는데 회색이 점차 옅어지며 은빛이 눈에 들어왔다. 허밍에 힘이 더해지며 그 은빛은 점점 짙어졌다.

그러나 짧은 허밍이 끝나자 은빛은 사라져 버리고 노래가 시작되니 다시 하얀빛에 회색빛이 돌았다.

"잠깐."

강윤은 손을 들어 연습을 중단시켰다. 모두가 의아해하며 강윤을 바라보았다.

"왜 그러세요?"

"반주하고 허밍만 다시 해볼래?"

이현아는 알았다며 다시 신호를 보냈다. 드럼의 박자와 함께 다시 연주가 시작되었다.

"아아아~ 아아아아~"

"……!"

잘못 보지 않았다. 청량하면서 기분 좋은 느낌, 확실한 은빛이었다. 하얀빛에 감도는 은빛은 점차 확대되어 가려다 반주가 끝나고 노래가 시작되자 사그라졌다.

'여기야, 여기가 포인트였어.'

강윤은 노래를 멈추게 했다.

"뭐가 잘못됐나요?"

"여기 반주하고 처음 가사가 시작되는 부분 있잖아. 한번 수정해 보는 게 어떨까?"

"어떻게요?"

이현아는 바로 악보를 가져왔다. 강윤은 허밍을 2초 정도 늘리고 소리가 커지도록 크레센도를 추가했다. 거기에 드럼의 로우탐탐에 소리를 더욱 더하고 베이스 소리까지 저음으로 추가했다. 스트링도 웅장하도록 효과를 더했다.

"이거 처음에 너무 크지 않나요? 힘이 장난 아닌데요?"

"진짜 락이지. 처음 가사 들어갈 때도 힘을 더 줘야 할 거야."

이현아는 알았다며 조금 수정된 악보를 모두에게 나누어 주었다. 그리고 다시 연주가 시작되었다

"아아아~ 아아아아~"

크레센도가 더해지며 소리가 더더욱 웅장해졌다. 그와 더불어 하얀빛에 감돌던 은빛의 비중이 늘어 3분의 1을 차지했다. 이제 한눈에 확연히 알아볼 수 있을 정도였다. 로우탐탐

과 베이스 소리가 저음까지 받혀주니 초반부터 절정 직전까지 소리가 치달았다. 그리고 소리가 사그라졌다.

"오늘도 어제처럼~ 같은 길을~ 걷고 또 걷네~"

그러나 이전보다 사그라지는 정도가 작았다. 이현아의 목소리도 전보다 확연히 컸다. 전에는 사라졌었던 은빛도 이번에는 남아 아름다움을 더했다.

'이거다!'

강윤은 주먹을 불끈 쥐었다. 전체로 확산되지는 못해서 아쉬웠지만 이런 시원함은 만족스러움을 주었다.

노래가 절정에 치달으며 은빛은 3분의 1에서 2분의 1까지 올라섰다. 이현아의 목소리가 시원함을 더하는 까닭이었다. 은빛의 영향 때문인지 강윤은 시종일관 미소였다.

노래가 끝나고, 이현아는 계속 웃고 있는 강윤에게 물었다.

"오빠, 왜 그렇게 웃어요?"

"아, 그냥. 노래가 좋아서."

"풋. 그래요? 이 정도면 돼요?"

"좋아. 최고였어."

"만세!"

하얀달빛 모두가 만세를 불렀다. 의견을 맞추며 편곡하는 힘든 작업이 드디어 끝나는 순간이었다.

"자, 그럼 녹음하러 가자."

"지…… 지금요?"

이현아가 김빠진 목소리로 물었다. 이제 좀 쉬는가 싶었는데, 스파르타도 아니고…….

강윤은 그런 그들을 보며 웃을 뿐이었다.

♪♪♪♪

홍대에는 언더그라운드 공연의 성지라 불리는 7곳의 클럽이 있다. 데라스, 그린라이트, 라이브스타트, 스위트핀스, 스팟홀, 홍대박스, 스페어맨. 이 7개의 클럽은 인디밴드가 시작된 초창기부터 공연을 열어왔다.

그린라이트는 그 클럽 중 가장 먼저 문을 연 클럽이었다. 하얀달빛은 오늘, 그곳에 있었다.

"여기 클럽 중 제일 비싼 곳인데. 사장님도 화끈하시네."

리허설이 끝나고, 한쪽에 마련된 대기실에서 김진대는 드럼 패드를 두드렸다. 그는 손을 푸는 중이었다. 그의 옆에서는 이차희가 5현 베이스를 들고 크로메틱을 하며 하고 있었다.

"쓸 때는 확실하게 쓰는 것 같아. 소속사가 작아서 짜게 굴면 어떡하나 걱정했는데."

"나도. 이러다 망하는 거 아냐?"

"이사라는 분이나 사장님 보면 그럴 것 같진 않아. 두 분다 일을 엄청 잘하던데?"

김진대의 물음에 이차희는 고개를 저었다. 두 사람은 서로 손을 풀며 대화를 이어갔다.

"아아~ 아아아아아아~ 아아아아아아아~"

이현아는 그들 앞에서 목을 풀고 있었다. 저음에서 고음으로, 다시 저음으로 올라갔다 내려갔다 반복하며 목의 긴장을 풀어주었다. 정찬규 역시 그녀 옆에서 크로메틱을 하며 손가락을 풀었다.

그때, 대기실에 한 무리가 문을 열고 들어왔다. 이현아와 비슷한 키의 여자와 남자들이었다. 여자는 이현아를 보자 반가워하는 기색으로 말을 걸어왔다.

"현아야!"

"효지 언니?"

여자는 이현아의 손을 잡으며 반갑다며 난리였다. 이현아도 웃으며 그녀를 반겼다. 그런데 이현아 뒤의 밴드원들은 탐탁지 않은 모습이었다. 그들은 낮게 속삭이며 여자를 노려보았다.

"야. 장효지다. 저 불여우 같은 년."

"또 저년이야?"

김진대와 이차희가 장효지라는 여자를 보며 고개를 흔들었다. 그들은 장효지가 마음에 안 드는지 얼굴을 단단히 찌푸렸다.

"이번에 장효지 쟤, 밴드 해체시켜 버리고 예랑에 들어갔다며?"

"유명하지. 뒤도 안 돌아보고 갔다고 소문이 자자하던데?"

"대단해. 저렇게 착한 얼굴을 하고 어떻게 그러지?"

"진대 오빠. 정신 차려. 하여간, 남자들이란."

이차희는 김진대의 옆구리를 푹 찔렀다. 김진대는 순간 움찔했다.

"왜? 예쁜 건 맞잖아. 홍대 여신이라고, 여신."

"여신은 개뿔. 같은 여신이래도 현아가 훨씬 낫다."

이차희는 장효지가 꼴도 보기 싫은지 베이스에서 눈을 떼지 않았다. 크로메틱만 하던 그녀는 슬랩을 하며 스트레스를 풀기 시작했다. 엄지손가락으로 기타 넥을 치는 소리가 사방을 울렸지만, 그녀는 전혀 신경 쓰지 않았다.

"언니, 오늘 공연 있었어요?"

"응. 오늘이 여기서 마지막이거든. 섭섭하긴 하지만 소속사에서 방송에 집중하자고 하는데 어쩌겠니. 서운해도 할 수 없지."

"축하해요."

"고마워. 그래도 마지막 공연을 함께하니 기쁜걸? 현아 너하곤 자주 봤으면 좋겠는데. 아, 그러기 힘들겠구나. 방송에서 볼 수가 없을 테니."

"……."

은근한 무시였다. 이현아의 이마에 사거리가 새겨졌다.

"설마 그러겠어요. 우리 생각보다 안 작거든요."

"그래? 다행이다. 나, 걱정했거든. 현아 네가 너희 밴드 때문에 너무 작은 데로 간 게 아닌가 해서. 이번에 계약금도 꽤 돼서 언니가 여유가 돼. 나중에 밥이라도 같이 하자."

"잘됐네요."

이현아는 영혼 없는 목소리로 답했다. 그러나 장효지는 그걸 모르는지 신나서 자기 할 말을 했다.

"나중에 언니 도움 필요하면 연락해."

"걱정 안 해줘도 괜찮아요."

"새침하긴. 언니 갈게. 또 봐."

장효지는 눈웃음을 지으며 이현아를 끌어안고는 대기실을 나섰다.

"아, 짜증 나. 같이 고생했던 멤버들 생각은 안 나나? 면상을 그냥……."

이차희는 화가 치밀었는지 베이스도 내려놓고 자리에서 벌떡 일어났다. 쫓아가서 한 대 패줄 기세였다. 김진대가 놀라 씩씩대는 그녀를 말렸다.

"참아. 주름살 는다."

"나 주름살 없어."

"그냥 생긴다고."

둘은 또 티격태격하기 시작했다.

이현아는 몰래 한숨을 쉬었다. 자기 대신 예랑과 계약한

게 장효지라니. 그녀는 자신과 오랜 라이벌이었다. 홍대에
데뷔한 시기도 비슷했고 인기와 밴드까지 모든 게 비슷했다.
그런데 여기서부터 길이 달라졌다. 그녀는 홀로서기를 선택
했고 자신은 밴드를 선택했다.

'나, 잘한 거 맞지?'

선택할 때는 망설임이 없었다. 그러나 막상 장효지를 보니
마음이 흔들렸다. 그걸 아는지 모르는지 밴드원들은 장효지
를 깎아내리느라 바빴다.

그때, 대기실 문이 열리며 강윤이 들어왔다.

"준비는 잘되고 있어?"

"네."

밴드원들은 활기차게 답했다. 이현아도 곧 정신을 차리고
맞춰 답했다. 강윤은 그들의 답에 만족하곤 말을 이어갔다.

"좋아. 우리 순서가 마지막이라는 건 알지?"

"어? 마지막이에요? 4번째 아니었어요?"

김진대가 반문하자 강윤은 고개를 저으며 답해주었다.

"언더에서 너희가 최고라며? 그런데 없어 보이게 그러면
쓰겠어? 힘 좀 썼지."

"오오."

강윤의 능력에 반했는지 밴드원들 모두가 감탄했다. 강윤
은 손으로 답하고는 다음 말을 이어갔다.

"장효지? 그쪽이 말이 많긴 했는데 우린 신곡 들고 왔다고

했지. 관객이 어느 쪽을 더 기대하겠냐고 말했더니 공연 관계자가 이쪽 편을 들어줬어. 장효지가 첫 번째, 우린 마지막 순서. 이렇게 타협을 봤어."

"장효지가 박박 우기지 않았어요? 걔 마지막 디게 좋아하는데."

이현아가 묻자 강윤이 어이없는 표정으로 답했다.

"말도 마라. 자기 예랑 소속이라며 이러면 곤란하다는 식으로 이야기하는데 참 내……. 그 사람 말대로 예랑 관계자까지 와서 기 싸움을 좀 했지. 결과는 보다시피 우리가 이겼어. 그 여자, 혼자 예랑으로 간 거라며? 자기 밴드 버린 리스크 관리도 해야 할 텐데 이렇게 일을 만들면 어떻게 하느냐며 예랑 사람에게 조용히 한마디 해줬지."

"풉."

이현아의 얼굴이 환하게 밝아졌다. 다른 밴드원들도 뒤에서 킥킥댔다. 결국 장효지가 온 이유가 강윤 때문이었다. 종로에서 뺨 맞고 한강에서 화풀이한 격이었다.

"역시……."

"응?"

"오……. 오장님이 짱이에요, 짱!"

"오장님이 뭐냐. 사장님 원 플러스야?"

시원한 데를 알아서 척 긁어주는 강윤의 모습에 이현아는 앞으로 절대 월드엔터테인먼트를 선택한 것을 후회하지 않기로 마음먹었다.

'최고의 선택이었어.'

언짢았던 마음이 확 풀리면서 그녀는 밴드원들과 함께 신
나게 무대를 준비해 나갔다.

김지민은 이현지, 최찬양 교수와 함께 공연장 '그린라이
트'를 찾았다.

"우와……."

난생처음 보는 인디 공연장은 김지민에겐 신기함 그 자체
였다. 지하에 펼쳐진 공터에 무대, 조명까지 모든 게 신세계
였다.

"교수님, 현아 언니가 저기에서 공연하는 건가요?"

"응. 마지막 순서야."

"신기해요. 매일 연습실에서 보던 언니가 저런 곳에서 공
연하는 게……."

"풋."

김지민의 말에 이현지가 풋 하며 웃음소리를 냈다. 김지민
나이 때의 소녀들은 나뭇잎만 굴러가도 웃는다는 말이 딱 맞
았다.

"우리 지민이, 귀여워서 어쩔까?"

이현지는 김지민의 볼을 가볍게 꼬집었다.

"아하요(아파요)."

세 사람이 서서 공연을 기다리고 있을 때, 조명이 점차 어두워지기 시작했다. 공연 시작을 알리는 신호였다.

"시작하네요."

이현지의 말대로 무대의 조명이 밝아오며 남자 사회자가 앞으로 걸어 나왔다. 그는 공연장에 대한 간략한 소개와 함께 오늘 출연하는 가수에 대해 이야기들을 했다. 조명이 꺼지며 가수가 올라서는 발걸음 소리가 들려왔다. 그리고 무대에 불이 들어왔다.

"우와아아아~"

"안녕하세요? 장효지입니다."

사람들의 환호와 함께 장효지가 90도로 인사를 했다. 그리고 무대 뒤의 밴드가 가볍게 연주하며 사람들의 박수를 이끌었다.

"우오오오~!"

짧은 연주였지만 사람들의 분위기를 끌어내기는 충분했다. 이미 공연을 즐기러 온 사람들, 조금만 예열해 주면 이내 즐겁게 뛸 사람들이었다.

"오늘 분위기 좋은데요? 다시 한 번 가볼까요?"

장효지는 가벼운 브레이킹으로 분위기를 가열시켰다. 이미 놀 각오를 하고 온 사람들이었기에 모두가 한마음으로 뛰었다. 그리고 적당한 시기가 되었다 생각한 그녀는 드럼에 신호를 보냈다. 그러자 가벼웠던 음악에 박자를 주니 바로 베이스 슬라이드와 함께 본 반주가 시작되었다. 빠른 비트의 신나는 노래였다.

"지겨운 일상에~ 불을 지르고~어디로 떠날까~"

"우오오오오오!"

사람들의 마음을 대변해 주는 듯한 가사, 신나는 멜로디에 사람들은 신나게 뛰었다. 장효지의 묵직하면서 힘 있는 목소리는 관객들의 마음마저 시원하게 해주었다.

"와아아아~!"

김지민도 관객들과 마찬가지로 신나게 뛰었다. 그 옆에 있는 이현지도 마찬가지였다. 최찬양 교수는 손을 흔들며 나름대로 공연을 즐겼다.

노래는 점차 절정으로 흘러갔다.

"작은 것에도~ 행복해하던~ 옛날 그때의 나를 찾고 싶어~!"

장효지의 샤우팅이 터져나갔다. 사운드도 절정, 관객들도 절정을 찍었다. 모두가 하나가 되어 땅이 꺼져라 뛰었다. 모두의 반응은 말할 것도 없이 최고였다.

"감사합니다. 한 번 더?"

"와아아아~!"

이어지는 노래에서도 장효지는 16비트의 빠른 템포의 곡을 불렀고 관객들은 신나게 쿵쿵 소리를 내며 뛰었다.

"무대 매너는 확실히 좋군요."

예랑엔터테인먼트의 강시명 사장은 무대에서 관객들을 홀려 뛰게 하는 장효지의 무대를 관람하고 있었다. 그의 옆에는 섭외팀 과장 민중섭이 긴장 어린 표정으로 서 있었다.

"화, 확실히 실력이 좋습니다. 매너는 말할 것도 없죠."

"그런 듯하군요."

강시명 사장은 눈을 가늘게 뜨며 장효지의 무대를 끝까지 지켜보았다. 장효지는 공연이 끝날 때까지 사람들에게서 눈을 떼지 않았고 집중력도 좋았다. 유능한 가수였다. 그러나 그는 뭔가 아쉬운지 고개를 흔들었다.

"좋기는 한데 아쉽네요. 그 이현아라는 애보다 조금 부족해 보이네요. 밝기는 한데 빛나진 않아."

"그……. 하지만 이현아는 밴드하고 함께하지 않으면 오지 않겠다고 해서……."

"할 수 없죠. 수지타산이 안 맞으니……. 그리고 보니 이현아라는 애도 연예기획사와 계약했다고 들었는데."

"월드엔터테인먼트라 합니다."

"월드?"

강시명 사장으로선 처음 듣는 연예기획사였다. 그는 고개를 갸웃했다.

"생긴 지 얼마 안 된 신생 회사입니다. 가수도 이현아가 처음이라 합니다. 그래서인지 모든 밴드원들을 받아달라는 조건도 받아들였답니다."

"얼마 못 가서 망하겠네요. 사업을 정으로 하는 것도 아니고."

"그러게 말입니다."

이야기를 나누다 보니 어느새 공연이 끝이 났다. 장효지는 관객들의 환호를 받으며 안으로 들어갔다. 장효지가 준 분위기를 받아 다음 밴드의 공연이 이어졌지만, 그녀만큼의 분위기를 살리지는 못했다.

강시명 사장은 팔짱을 끼며 모든 무대를 지켜보았다.

"확실히 그중 낫군요."

4번째 밴드의 공연이 끝나고, 강시명 사장이 한 이야기에 민중섭 과장은 활짝 웃었다. 섭외의 성과를 인정받은 순간이었다.

"이 정도면 괜찮네요. 어디 보자, 마지막 순서가 하얀달빛? 원래 이름이 강적들 아니었나요?"

"네. 지난번에도 강적들이었는데 밴드 이름을 바꾼 것 같습니다."

"소속사에서 바꾸라고 했나 보죠. 이전보단 낫네요."

강시명 사장은 뚱한 모습으로 무대를 지켜보았다. 자신의 제의를 거부한 가수다. 좋은 감정은 그리 없었다.

무대는 조명이 꺼지고 마지막 준비에 한창이었다. 툭탁 소리와 함께 간간이 장비 조율하는 소리까지 들려오고 있었다. 작은 클럽의 묘미였다. 곧 조명이 천천히 들어오며 무대 중앙의 이현아를 비췄다.

"안녕하세요? 강적들, 그러니까 새롭게 이름을 바꾼 하얀 달빛의 이현아입니다."

"와아아아아아~"

홍대 여신으로 추앙받는 이현아의 인기를 반영하는지 관객들의 반응은 뜨거웠다. 이현아는 간단한 멘트와 함께 새롭게 곡을 선보이게 되어 두근거린다는 이야기를 했다. 신곡이라는 말에 사람들의 눈에는 기대가 어렸다.

"지금까지 열심히 뛰셨잖아요? 이번에는 잠깐 쉰다고 생각하시면서 들어주세요. 그럼 갈게요."

이현아가 드럼을 향해 손가락을 튕겼다. 그러자 김진대가 천천히 스틱을 치며 박자를 맞췄고 곧 탐탐을 두드리기 시작했다. 다른 악기들도 연주를 시작했다.

"아아아~ 아아아아~"

이현아의 허밍에 사람들이 손을 들었다. 지금까지 계속 뛰느라 관객들 모두가 지쳐 있었다. 그들은 느린 템포의 노래에 휴대전화를 켜서 번쩍 들고 흔들었다. 공연장은 이내 휴대전화가 물결쳤다.

"오늘도 어제처럼~ 같은 길을~ 걷고 또 걷네~"

웅장한 반주가 사그라지고, 이현아의 노래가 시작되었다. 시원시원한 창법이 노래에 맛을 더했다.

노래가 진행될수록 사람들은 그녀의 목소리에 빠져 들어갔다. 몇몇 사람은 감상에 젖어 눈을 감고 눈물을 짓기도 했다. 맨 앞에서 그런 모습이 비치더니 점점 그런 사람들은 늘어갔다.

작게 박자를 맞추던 드럼 소리가 점점 커져가고 베이스와 일렉트릭 기타가 볼륨을 높이며 분위기를 고조시켰다. 거기에 맞춰 이현아의 노래가 공연장을 시원하게 울렸다. 사람들은 손을 흔들며, 가사를 따라 하며 환호했다.

그리고 노래는 절정에 이르렀다.

"어떤 시간이 와도~ 어떤 곳에 있어도~"

가볍게 엇박자로 나가는 드럼, 베이스가 분위기를 점점 끌어올렸다. 디스토션이 묵직하게 주변을 장식하며 이현아의 목소리를 빛내주었다. 사람들의 반응이 더더욱 뜨거워졌다. 거기에 힘을 받았는지 이현아는 스탠드에서 마이크를 뽑아 들었다.

"다시 아름답게 꽃을 피워봐~ 아아아아~"

"와아아아아~!"

드럼이 스네어와 탐탐, 라이드 등을 전부 돌리며 절정을 화려하게 꽃피웠고 모든 악기가 각자 최고의 소리들을 뽐내며 사운드를 폭발시켰다. 지금까지 뛰었던 관객들이라고 믿기 힘들 만큼, 그들은 열정적으로 반응했다. 이미 그들의 목은 쉬어 있었지만 온 힘을 다해 소리 질렀고, 뛰었다. 이미 모두가 노래에 미쳐있다고 해도 과언이 아니었다.

이현아는 분위기를 살려 몇 번을 더 반복했다. 무대 위에서 신곡으로 이런 환호를 받을 줄은 그녀 자신도 몰랐다. 그러나 밑에서 받는 기운에 자신도 모르게 온 힘을 폭발시켰다.

그렇게 화려한 악기 돌림과 관객들의 환호성과 함께 신곡은 화려하게 세상에 나오게 되었다.

'허……. 허허.'

그 무대를 지켜보던 강시명 사장은 허탈함에 입꼬리를 부들부들 떨었다. 옆에서 그를 보좌하던 민중섭은 침을 꼴깍 삼키며 긴장을 늦추지 못했다.

MG엔터테인먼트의 전속 프로듀서인 오지완은 최근 기분이 좋지 않았다. 원진문 회장이 쓰러진 이후 이사협의체로 회사가 운영되면서 회사가 이상하게 돌아가고 있었다. 덕분에 이전에는 녹음에 전념했던 그도 관련 없는 연습생 관리

등 여러 가지 잡무에 시달려야 했다.

그래도 오늘은 그동안의 스트레스를 푸는 날이었다. 군대에서 갓 전역한 친한 동생과의 회포를 풀기 위해 강남의 한 술집에서 약속이 있었다. 그는 칼퇴근하고 바로 약속장소로 향했다.

"재훈아."

"형. 안녕하세요."

술집에 막 도착하니 평범한 인상의 까까머리를 한 남자가 그 앞을 서성이고 있었다. 오지완 프로듀서는 그와 반갑게 인사하곤 술집 안으로 들어갔다.

술집은 룸 형식이었다. 두 사람은 빠르게 주문을 하고 술을 받아 서로에게 따라주었다. 술잔이 오가자 본격적인 대화가 시작되었다.

"이여, 김재훈이. 이게 얼마만이야?"

"2년 만이죠. 군대 가기 직전에 만났으니까요."

"독한 놈. 어떻게 휴가 때도 연락 한 번 없었냐."

"죄송해요. 경황이 없었거든요."

김재훈이라는 남자는 미안하다며 술잔을 따라주었다. 순박한 인상의 그의 사과에 오지완 프로듀서는 됐다며 건배를 제의했다. 잔 부딪치는 소리와 함께 두 사람은 원샷을 했다.

오랜만에 만난 두 사람은 이야기로 꽃을 피웠다. 군대 이야기, 연예계 이야기 등 할 이야기는 무척 많았다.

술기운이 올랐는지 얼굴이 빨개진 오지완 프로듀서가 조심스럽게 물어왔다.

"재훈아. 소속사는 알아보고 있어?"

"아직이요. 쉽게 믿을 사람이 없어서요."

"하긴. 그런 나쁜 놈들을 만나면 그럴 만도 하지."

오지완 프로듀서는 기분이 나빠졌는지 얼굴을 찌푸렸다.

"천하의 나쁜 놈들. 해준 것도 없으면서 계약금의 세 배를 물으라니, 말이 돼?"

"녹음할 때나 편곡비, 공연수익금도 정산 안 해줬어요. 그런데도 일방적인 계약해지라니……."

"소송 결과는 어떻게 됐어?"

"……."

김재훈은 고개를 깊이 떨어트렸다. 결과가 좋지 않다는 의미였다. 오지완 프로듀서도 해 줄 수 있는 말이 없었다.

"그냥……. 아무 생각 없이 노래만 하고 싶어요, 노래만……."

김재훈은 진심으로 그러길 원했다. 소송으로 얼룩진 2년, 군대에서 2년. 4년을 가수로 무대에 서질 못했다. 게다가 오랜 소송의 결과는 참담했다. 그는 웃고 있었지만 속마음은 타들어 가고 있었다.

오지완 프로듀서도 그의 바람에 함부로 말을 해줄 수가 없었다. 과연 이런 그를 받아줄 연예기획사가 있을까? 물론 실력 하나는 최고였다. 하지만 소송과 군대로 4년이라는 공백이 있다. 게다가 돈 문제는 어떻게 할 것인가? 이런 리스크를 안고 그를 끌어줄 회사가 있을까?

자금이 받쳐주는 3대 기획사라면 가능할 듯싶었다.

"예랑 같은 곳은 연락해 봤어?"

"네."

"거기서 뭐래?"

김재훈은 고개를 흔들었다. 안 됐다는 의미였다.

'예랑이 안 된다 하면 우리 회사는, 에이. 요즘은 막장이야. 차라리 이현지 사장님이 간……. 아, 잠깐.'

순간 오지완 프로듀서에게 스치는 생각이 있었다. 이현지와 강윤이 세웠다는 신생 회사였다. 규모는 아주 작지만 그들이라면 왠지 괜찮을 것 같았다.

"재훈아. 연예기획사 규모는 상관없지?"

"소속사는 필요악이에요."

"그…… 그래. 아무튼, 하나 추천해줄 만한 곳이 있는데……."

오지완 프로듀서는 김재훈에게 월드엔터테인먼트에 관해 이야기를 시작했다.

♪ ♫ ♪ ♩ ♫♪ ♩ ♪

"오늘 완전 쩐다. 아, 강적들 짱이었어."

"하얀달빛이야. 이름 바꿨잖아."

"강적이나 달빛이나. 아무튼, 멋있어. 아, 현아 언니……."

모든 공연이 끝나고 관객들은 썰물같이 공연장을 빠져나갔다. 삽시간에 공연장은 텅 비었다. 그러나 공연의 열기가 남아 있는지 공연장은 온기가 남아 있었다.

텅 빈 공연장에서 강시명 사장은 조용히 서 있었다.

"아깝네, 아까워."

강시명 사장은 하얀달빛의 마지막 무대를 떠올렸다. 지쳐 있던 사람들마저 손을 들고 소리를 지르게 하는 무대는 수많은 공연을 경험하며 무덤덤해진 그마저 빠져들게 만들었다. 이현아를 영입하지 못한 게 못내 아쉬웠다.

그때, 무대 앞쪽에선 강윤이 무대를 돌아보고 있었다. 강시명 사장은 강윤에게 다가갔다.

"이강윤 씨."

"강시명 사장님?"

"기억하시는군요."

강시명 사장은 손을 내밀었다. 강윤은 그와 손을 잡고 가볍게 고개를 숙였다. 강윤은 여기서 강시명 사장을 보게 될 줄은 생각도 하지 못했다.

"귀한 얼굴을 뵙는군요. 여긴 어쩐 일이신가요?"

"소속사 연예인 때문에 왔습니다."

"아, 요새 이현지 사장과 사업한다는 이야기는 들었습니다. 그 일이군요."

"네."

강윤은 가볍게 답했다. 그러나 세세하게 이야기를 하진 않았다.

강시명 사장이 강윤에게 궁금한 걸 더 물으려 할 때 뒤에서 이현아와 밴드들이 나오고 있었다.

"오……. 장님! 준비 다 됐어요."

"그래 가자. 그럼 이만 가보겠습니다."

"이현아? 잠깐만요. 혹시 일이라는 게…… 잠깐."

강시명 사장의 표정이 묘해졌다. 이현아도 소속사가 있다고 들었다. 그녀가 강윤에게 무슨 장이라 했다. 결론은 간단했다. 이현아와 밴드를 강윤이 영입한 것이다.

"허……. 허허."

"전 이만 가보겠습니다."

"그, 그래요."

강윤은 눈에 띄게 당황하는 강시명 사장과 악수를 하고 하얀달빛과 함께 공연장을 나섰다.

"허허……. 허. 이강윤. 저 사람 역시, 재미있어."

공연장을 나서는 강윤을 보며 강시명 사장은 작게 중얼거렸다.

"민 과장."

"네, 사장님."

"아까 월드엔터테인먼트라 했나요?"

"네, 맞습니다."

"자료 조사해서 빠짐없이 가져오세요."

강시명 사장은 강윤이 나간 문을 노려보며 한쪽 눈꼬리를 바짝 들어 올렸다.

5화
꺾인 날개를 펴다

하얀달빛의 공연은 성황리에 막을 내렸다.

공연이 있던 날 자정.

음원 공개와 함께 앨범 예약에 들어갔다. 전국 CD 판매처에 앨범을 깔았고, 홈페이지에도 공연 영상을 공개하는 등 다방면으로 홍보했다.

이현지는 정혜진에게 받은 판매현황 자료들을 보며 안색을 굳혔다.

"확실히 공연장은 필요하겠네요."

이현지는 앨범 판매량과 공연 수익이 만족스럽지 않은지 투덜거렸다. 강윤도 그녀의 생각과 크게 다르지 않았는지 팔짱을 끼며 이야기했다.

"앨범 수익이 공연 수익과 비례해서 상승하는군요."

"네. 마니아들이 앨범도 구매하는 걸 보니 공연 횟수가 무척 중요한 것 같아요."

"결국은 노출이 얼마나 되느냐가 관건이군요. 클럽들도 이걸 잘 아는 모양입니다. 그러니 대관료가 그렇게 비싼 거죠."

상술을 부리려 해도 결국은 머리가 좋아야 했다. 강윤은 건물주들의 머리에 감탄하며 한숨지었다. 이현지는 서류를 내려놓으며 말을 이었다.

"일주일에 적어도 두 곳에서 공연을 해야 타산이 맞을 듯해요. 하지만 인디 밴드는 차고 넘치고 공연장은 부족하죠. 아마 다른 밴드들도 은연중 그걸 알고 있을 거라 봐요. 거리 공연을 하려고 해도 밴드의 경우는 신고를 해야 하고……. 여러모로 복잡하네요."

"결국, 답은 전용 공연장이군요."

"네. 그런데 아직도 마음에 드는 곳이 없나요?"

이현지의 물음에 강윤은 고개를 저었다.

"조금 마음이 안 가도 사는 게 좋을 것 같아요. 때를 놓치면 이도 저도 안 될 수 있으니까요."

"네. 다음이……."

그때, 이현지의 휴대전화에서 전화벨이 울렸다. 그녀는 미안하다며 전화를 받았다.

"아, 오 PD님, 오랜만이에요."

오지완 프로듀서에게 온 전화였다. 그녀는 모처럼 듣는 목소리에 반가움을 표했다. 잘 지냈느냐는 상투적인 이야기 이후, 통화 내내 그녀는 의문 어린 얼굴을 하다 통화를 마쳤다.

"무슨 일 있나요?"

"오 PD님이네요."

"그래요? 그런데 무슨 일이기에 그러십니까?"

이현지가 곤란해 하는 모습은 쉽게 보기 힘들었다. 강윤은 궁금해졌다.

"할 말이 있는 것 같은데 쉽게 말을 하지 못하네요. 뉘앙스가 뭔가 부탁할 게 있는 것 같은데……."

"부탁이라. 개인적인 건가요?"

"그런 것 같진 않았어요. 오 PD님이면 신세도 많이 졌으니, 일단 들어봐야죠."

강윤이 약속 시각을 물으니 내일 저녁이라 했다. 강윤은 회사와 관련된 일이라면 알려달라고 이야기하곤 자리로 돌아갔다.

그날 저녁.

김지민이 연습을 마치고 퇴근하고 나서야 강윤의 하루 일정이 끝이 났다. 강윤이 사무실 문을 닫고 회사를 나서려는데 입구에서 머지않은 곳에 익숙한 인영이 보였다.

"현아야."

"사…… 빠?"

"……그건 무슨 말이냐, 또?"

저번에 말한 것에 대한 원한이라도 있는 건지. 강윤은 실소했다. 밴드원들을 먼저 보낸 이현아는 약속이 있다고 했다.

"너무 늦게까진 놀지 말고."

"오빠도 같이 갈래요?"

강윤이 돌아서려 할 때, 이현아가 아쉬운 기색으로 그를 붙잡았다.

"내가? 에이, 됐어."

"소영이 만나거든요. 오빠도 친하잖아요."

희윤의 친구 박소영을 이르는 말이었다. 강윤이 모를 리 없었다.

"둘이 만나는 거야?"

"네. 잘됐네. 우리 맛있는 거 사주세요."

"……."

결국, 강윤은 이현아의 애교에 못 이겨 함께 박소영을 기다리게 되었다. 이번 공연 잘한 것에 대한 보답하는 의미도 있었다. 잠시 기다리니 박소영이 버스에서 내리자마자 달려왔다.

"언니!"

"소영아아~!"

두 사람은 뭐가 그리 좋은지 손을 잡고 뛰고 난리도 아니었다.

"언니, 완전완전 예뻐졌어요. 화장 완전 잘됐어요."

"너도너도. 틴트 뭐 바른 거야?"

"……"

여자들끼리의 칭찬세례에 강윤은 더 할 말이 없었다. 아무리 봐도 그 심리는 이해가 가지 않았다. 그걸 알 리 없는 두 사람이 강윤을 돌아보았고 박소영은 그를 보자 매우 반가워했다.

"오빠. 안녕하세요?"

"그래. 잘 지냈어?"

"네. 오빠 얼굴이 환해졌네요? 미국에서는 완전 까맸는데."

가벼운 장난에 강윤은 그녀의 어깨를 툭 두드렸다.

세 사람은 근처 바(Bar)로 향했다. 카페에 가고 싶었지만 늦은 시간이라 연 곳이 없었다. 은은한 분위기가 흐르는 바 한쪽 구석에 세 사람은 자리를 잡았다.

"희윤이는 잘 지내요?"

"응. 학교가 재미있나 봐. 맨날 사진 찍어서 보내주네."

강윤은 휴대폰을 들어 희윤이 보내준 사진들을 보여주었다. 희윤이 흑인 교수들과의 사진부터 동양인, 백인에 이르기까지 다양한 사람들과 어울려 찍은 사진들이 가득했다.

"부럽다. 나도 미국에서 공부하고 싶어……."

박소영의 눈에 반짝반짝 빛이 났다. 그녀는 동년배이면서 미국에서 기회를 잡은 희윤이 부러웠다. 몸도 약했던 희윤이 언젠가부터 승승장구하는 걸 보면 박소영은 자극을 받곤 했다.

희윤에 대해 이야기하다 곡 이야기가 나왔다. 박소영은 하얀달빛의 이번 타이틀곡 '길을 걸어'가 희윤이 작곡했다는 말을 듣고 경악했다.

"말도 안 돼……."

"뭐가?"

"희윤이 혹시 천재예요? 벌써 타이틀곡 작곡까지?"

"편곡은 현아가 했어. 그냥 멜로디 작곡만 해서 준 거야."

강윤이 아무렇지도 않게 말했지만, 박소영에겐 그렇게 들리지 않았다. 음악은 타고나야 한다는 말을 수도 없이 들었는데, 희윤이 딱 그런 듯했다. 희윤이 몸이 그렇게 약하더니 신은 공평하다는 생각도 들었다.

한참 동안 노래에 대해 이야기를 하다 강윤이 화장실에 다녀오겠다며 자리에서 일어났다.

"아, 난 뭐한 거죠."

강윤이 자리를 비우자 박소영은 의기소침해졌다. 친구는 저만치 앞에 가 있는데 자신은 겨우 이 정도라니. 위치 차이가 확연히 드러났다.

이현아는 후배를 위로해 주었다.

"그 오빠에 그 동생이겠지. 강윤 오빠가 동생 얼마나 애지중지했겠어. 이사님한테 잠깐 들었는데 두 사람 미국에서 고생 많이 했다며?"

"그건 그렇지만……. 고생해도 좋으니까 나도 희윤이처럼 되고 싶어요."

"그게 하루아침에 되겠어? 지금 하는 과제부터 열심히 하면 될 거야."

"그건 아는데……. 부럽긴 부럽네요. 희윤이가 천재라니!"

"사실, 나도 부러워. 천재 동생에 그걸 알아봐 주는 오빠라니. 아, 저런 오빠 있으면 얼마나 좋을까."

"완전 영화 아니에요? 오빠가 무슨 키다리 아저씨야. 희윤이는 시집가기 글렀네요."

"하하하. 왜? 눈이 너무 높아져서?"

박소영이 희윤에 대해 이런저런 이야기를 하고 있을 때, 강윤이 돌아왔다.

"왜 그래? 나 빼놓고 무슨 재미있는 이야기 하는 중이야?"

"글쎄요?"

강윤은 이현아의 장난 어린 말에 웃어버렸다.

가벼운 술자리가 끝나고 세 사람은 바를 나섰다. 너무 늦은 시간이라 여자들은 택시를 잡았다.

"그럼 들어가 볼게요."

"조심해서 가."

두 여자는 택시를 타고 집으로 향했다. 택시 안에서도 여자들의 수다는 멈추지 않았다.

"언니. 다음에 저도 노래 하나 가져와 볼까요?"

"그래, 알았어. 듣고 괜찮으면 내가 한번 써볼게."

"진짜죠? 약속했어요?"

박소영이 흥분할 때, 이현아가 한마디로 그걸 가라앉혀버렸다.

"대신 강윤 오빠 허락도 받아야 해."

"윽……. 강윤 오빠는 만만치 않을 것 같은데."

박소영의 자신 없는 모습에 이현아는 웃음을 터뜨렸다.

"여기 있습니다."

"수고했어요."

강시명 사장은 여비서가 가져온 자료들을 받았다. 서류 겉에는 '월드엔터테인먼트와 하얀달빛 현황'이라는 제목이 붙어 있었다. 그는 서류들을 한 장 한 장 넘기며 안경을 고쳐 썼다.

'본격적인 활동을 시작한 지 3개월 남짓 됐군. 주 수입은 뮤즈라는 작곡가의 곡수입이고…… 하긴, 요새 뮤즈에 대해 말이 많긴 했지.'

코리아 ONE STAR 방송 이후, 뮤즈라는 작곡가는 사람들에게도 이름이 알려지기 시작했다. 강시명 사장도 회의 때

종종 뮤즈라는 작곡가에 대해 들어왔다. 편곡이 좋다며 소속 가수들이 한번 같이 일해 보고 싶어 한다는 이야기가 많았다. 하지만 한번 뜬 걸로 평가하기는 어렵다며 그는 그 요구를 물리쳤었다.

'뮤즈가 소속 작곡가였군. 팀일까? 아니면 개인? 이강윤이 뮤즈? 그럴 리는 없겠지. 연습생 1명에 가수는 하얀달빛 하나. 이사가……. 이현지였군. 일 하나는 잘하겠네.'

강시명 사장은 커피를 마시며 서류를 계속 넘겼다. 작은 소속사답게 많은 자료가 있지는 않았다. 수입원, 소속 가수, 그리고 거의 없다시피 한 사생활 이야기가 전부였다.

"허, 참. 신기하군. 모두가 다 깨끗하니. 이현아나 거기 멤버들이나. 밥 먹고 노래만 한 가수였으니 그럴 만하기도 해. 그런데 이강윤 이 사람은 도대체……."

사장으로 이름을 올린 이강윤. 사실 가장 의문이 드는 건 그였다. 하얀달빛을 밴드째로 받아들인 게 아무래도 마음에 걸렸다. 단순히 이현아를 받아들이기 위한 술수였는지 모르지만 밴드원들은 별 불만 없이 회사에 잘 적응하고 있다 했다.

"분명히 장효지에게 방해가 될 텐데……."

언더그라운드에서 이현아와 장효지는 라이벌이었다. 분명 메이저로 와서도 그 구도는 크게 변하지 않을 게 분명했다. 이현아가 아쉽기는 했지만 소속 가수는 장효지였다. 장애물은 사전에 치우는 게 좋다.

"선공이 최선이지."

강시명 사장은 뭔가를 결정했는지 벨을 눌러 비서를 호출했다. 그리고 그에게 생각했던 것을 지시했다.

여느 때와 마찬가지로 강윤과 이현지는 정혜진이 타온 커피를 마시며 아침 회의를 시작했다. 하루 일과를 살피며 특이사항을 점검할 차례가 되었을 때, 이현지가 말했다.

"어제 오지완 PD에게 부탁받은 게 있었어요."

"부탁이요?"

"네. 가수를 소개해 주겠다더군요."

결국, 오디션을 보러 온다는 이야기였다. 때마침 가수가 필요한 시점이기도 했다. 강윤이 기대하는 기색을 드러내자 이현지는 고개를 저었다. 그 모습에 강윤이 물었다.

"어제 무슨 일 있었습니까?"

"무슨 일보다…… 소개받은 가수가 좀 당황스러워서요."

"당황스럽다라. 어떤 가수기에 그런가요?"

이현아는 목이 탔는지 남아 있는 커피를 모두 비우고 답했다.

"김재훈이라고 아세요?"

"김재훈이요? 압니다. 남자들 사이에선 신이라고까지 불리는 가수잖아요."

"네. 노래방의 신이라 불리는 가수죠. 오지완 PD가 그를 소개해 줬어요. 사장님이 보고 결정할 거라고, 일단 오라고는 이야기했어요."

강윤은 잠시 생각에 빠졌다. 김재훈이라면 모르는 사람이 드물 정도로 유명한 가수였다.

'김재훈이 벌써 전역했나? 군대 가기 전부터 이전 소속사와 갈등이 매우 심했다 들었는데. 계약 위반으로 계약금의 몇 배를 물어줘야 해서 한순간에 몰락했다는 이야기는 유명했지. 안타깝게도 패소한 이후에 두 번 다시 재기하지 못했지. 어떻게 됐는지도 모르고.'

강윤은 과거를 떠올렸다. 세디가 여자들이 좋아하는 가수라면, 김재훈은 남자들을 미쳐 버리게 하는 가수로 유명했다. 특유의 목소리와 창법은 쉬워 보이지만 누구도 흉내 내지 못해 많은 사랑을 받는 가수였다. 하지만 악덕 소속사와의 갈등으로 곡에 대한 권리와 돈까지 빼앗긴 비운의 가수이기도 했다.

"일단 보고 결정하는 게 좋겠군요."

"네. 하지만 저도 난감해요. 빚쟁이 가수를 부탁받다니. 오 PD의 부탁이라 오디션에는 오라 했지만, 우리 사정을 생각하면 거부하고 싶네요."

이현지 이사는 회의적이었다. 그래도 오지완 프로듀서의 부탁에 성의는 보여야 하니 이런 정성을 보이지만 그녀로선 김재훈을 받아들이는 건 아니라고 생각했다.

점심시간이 지난 지 얼마 되지 않아 모자를 쓰고 청바지를 입은 평범한 남자 한 명이 월드엔터테인먼트를 방문했다.

"안녕하세요."

"안녕하십니까. 김재훈이라 합니다."

강윤과 악수를 한 김재훈은 순박한 목소리에 평범한 인상을 가진 남자였다. 그들은 간단한 소개를 마치고 자리에 앉았다.

"오 PD님의 이야기는 잘 들었습니다."

"네. 형님께 사장님 이야기 많이 들었습니다."

"일단 노래부터 듣고 이야기하는 게 어떨까 합니다. 부탁해도 될까요?"

강윤의 직설적인 말에 김재훈은 조금 놀랐다. 그러나 이내 자리에서 일어나 목을 가다듬었다. 그는 잠시 목을 풀더니 준비해 온 노래를 시작했다.

"창가에~ 비가 내리는~ 그날~"

김재훈의 목소리에는 깊이가 있었다. 강윤은 그에게서 나오는 음표들이 만들어내는 하얀빛을 보며 감탄했다. 빛은 매우 강렬했다.

'군대에서도 열심히 연습했구나.'

강윤은 대번에 알 수 있었다. 군대에서의 공백, 소속사와의 갈등으로 인한 공백 등이 있었지만, 그의 목소리는 뭐라 트집 잡을 게 없었다.

그의 노래가 끝나자 강윤은 박수를 쳤다.

"훌륭하네요. 최고입니다."

"감사합니다."

김재훈은 긴장하며 자리에 앉았다. 노래가 좋았다 해도, 이후 무슨 말을 할지 몰랐다. 오디션을 본 소속사들은 대부분 그렇게 이야기했다. 눈앞에 있는 사장이라는 사람도 지금 무슨 말을 할지 몰라 초조했다.

그런데 눈앞의 남자는 김재훈의 생각과 다른 듯, 부드럽게 미소 지었다.

"길게 말할 필요 없겠죠. 계약할까요?"

"네?"

일이 너무 쉽게 진행되자 김재훈은 자신의 귀를 의심했다.

"지금, 바로…… 말입니까?"

김재훈은 너무도 쉽게 계약이라는 말이 나오자 경계부터 했다. 그동안 소속사 문제로 여러 곳에서 고충을 겪어왔던 그였다. 아무리 자신이 노래를 잘한다고 해도 한 번 듣고 계약을 논하니 쉽게 믿기가 어려웠다.

하지만 김재훈이 망설이는 모습에도 강윤은 그를 이해하는지 한 발자국 물러났다.

"아, 이런. 미안합니다. 좋은 노래를 들어서 제가 너무 흥분했네요. 실례했습니다."

"……아, 네."

"여기 명함 드릴 테니 충분히 생각해 보고 연락 주십시오."

강윤은 김재훈에게 명함을 주었다. 김재훈은 '월드엔터테인먼트 대표 이강윤'이라고 쓰여 있는 명함을 지갑 안에 넣었다. 김재훈은 더 말이 없는 강윤에게 조심스럽게 물었다.

"혹시 제 상황을 모르…… 십니까?"

이미 신문 문화면을 떠들썩하게 장식한 자신의 이야기를 모를까. 김재훈은 혹시나 하는 마음에 물어보았다. 강윤은 그 조심스러운 질문에 덤덤히 답을 주었다.

"쉽지 않은 문제가 엮여 있죠. 전 소속사와의 전속계약 파기 문제로 15억대의 위약금을 물게 돼서 은행에 빚을 졌으니까요. 군대에 다녀온 후에도……."

"그만!"

혹시나 하는 마음에 물어봤지만, 강윤은 너무도 잘 알고 있었다. 남에게 자신의 상황을 듣는 건 괴로웠다. 강윤은 말을 멈추고 그가 말하길 기다렸다.

"사장님 말씀대롭니다. 지금 제 상황은 최악이죠. 이 회사에 도움이 안 될 겁니다."

"제 기준은 많지 않습니다. 실력. 그리고 하고 싶은 마음. 재훈 씨는 그걸 가지고 있죠."

"……."

꿈꾸는 자와 같은 마음이었다. 그러나 김재훈은 30대였다. 게다가 세상에 데인 그런 30대. 그에게 강윤의 말은 공허한 울림 같았다. 그런데 생각해 보니 이 사람이 자신과 계약하고 남는 게 있을까 싶었다. 그는 문득 궁금해졌다.

"……만약에 저와 계약을 하려 한다면 돈이 많이 필요할 겁니다. 제가 빚을 갚으려고 많은 돈을 요구할 테니까요."

"그만큼 뽑을 테니 계약하려고 하지 않을까요?"

강윤의 태연함에 김재훈은 당황스러웠다. 장장 15억이다. 계약금이라면 그 이상을 요구할 수도 있었다. 그런데 이렇게 태연하니 궁금해졌다. 이 사람이 대체 자신에게 어떤 조건을 제시할지 듣고 싶어졌다.

그때 강윤이 물었다.

"지금 추심 때문에 힘들지 않습니까?"

"……."

김재훈은 침을 꿀꺽 삼켰다. 그는 이전에 전 소속사에 위약금을 변제하기 위해 은행에 빚을 졌다. 그러나 상환할 능력이 없었다. 그리고 지금까지 추심에 시달리고 있었다. 아침부터 저녁까지 하루에도 몇 번이나 빚을 변제하라는 독촉 전화에 시달려야 했고 우편함에는 독촉장, 그리고 일주일에 두 번 이상은 찾아오는 추심사원들까지. 강윤의 말이 딱 맞았다.

"매니지먼트를 해주는 사람도 없으니 이러지도 저러지도 못했을 겁니다. 처음엔 대형 기획사에 갔겠죠. 그곳에서는 분명히 재훈 씨에 대해 여러모로 쟀을 겁니다. 과연 그 돈을 투자할 만한 가치가 있는가, 아닌가. 그들은 아니라고 결론을 냈겠죠."

"그걸 어떻게 아시죠?"

"아니라면 재훈 씨가 여기 있지 않겠죠."

김재훈은 정곡을 찔러오자 몸을 파르르 떨었다. 이전 소속사에 크게 데인 경험 때문에 위험이 적은 큰 소속사에 가고 싶었다. 하지만 큰 소속사들은 그를 받아주지 않았다. 현재의 트렌드, 4년의 공백 등 여러 가지를 고려해 보면 15억 이상을 투자할 이유가 그들에게는 없었다.

확실히 강윤의 말에 신뢰가 갔다. 하지만 김재훈은 바로 계약을 하지 않았다. 한 번에 쉽게 결정하기에는 사안이 그리 간단치가 않았다.

"……후유. 조금만 생각해 보고 연락드리겠습니다."

"천천히 생각하고 나중에 연락주세요."

김재훈은 결국 고개를 도리도리 흔들곤 자리에서 일어났다. 강윤은 그를 회사 밖까지 배웅해 주었다.

"나중에 연락드리겠습니다."

김재훈은 강윤에게 인사하곤 떠나갔다. 강윤은 그를 배웅하고는 사무실로 돌아왔다.

"오디션은 어땠나요?"

사무실로 들어서니 이현지가 와 있었다. 그녀는 강윤의 자리에 서류를 놓으며 물었다.

"실력 하나는 명불허전이더군요. 최고였습니다."

"그래서 받아들일 건가요?"

"네."

"사장님."

그 말에 이현지가 기겁했다. 그녀는 말도 안 된다며 손을 내저었다.

"15억이에요, 15억. 그 돈이면 웬만한 지방 원룸건물도 매입이 가능한 금액이에요. 지금 돈도 간당간당한데……."

"그만한 가치가 있습니다."

"분명히 계약금으로 15억 이상은 요구할 거예요. 빚이 엄청나기 때문에……. 그러면 공연장은 포기해야 해요. 그러면 앞으로 계획에도 차질이 생길 수밖에 없어요."

"기껏해야 계획이 3개월 미뤄지는 겁니다. 3개월이면 그 돈, 다 채울 수 있어요."

"3개월이요?"

이현지는 말도 안 된다며 고개를 흔들었다. 강윤을 믿었지만 이런 말을 할 때면 간혹 뭔가에 홀린 사람 같았다.

"악덕 사장님이 되겠군요. 알겠습니다. 이전 소속사와의 저작권 문제는 어떻게 할 건가요?"

"단기간에 해결하긴 어려운 문제입니다. 하지만 찾아와야죠."

"괜히 긁어 부스럼 만드는 거 아닌지 모르겠네요. 사장님이 하겠다 했으니, 공장장같이 곡을 찍어서라도 하겠죠? 공연장이든 김재훈이든 다 잘할 거라 믿긴 하겠는데……. 다시 말하지만 난 은행 빚은 사양이에요. 걔들 추심질은 생각도 하기 싫어요."

"나도 빚은 싫습니다."

강윤은 빚이라는 말에 진저리를 쳤다. 과거 사업하다 조폭에게까지 빚을 져 온갖 악랄한 추심은 다 당해봤다. 그때의 기억이 너무 끔찍해 빚을 지는 일 따위는 절대로 사양이었다.

"3개월이라. 풋. 얼마나 뽑아먹으려고 그래요?"

"피똥 싸겠죠. 하지만 질리게 노래할 수 있으니 김재훈도 좋아할 겁니다."

이현지는 결국 어깨를 으쓱하곤 자리로 돌아갔다. 하겠다고 하면 반드시 해내는 강윤의 스타일은 그녀도 잘 알고 있었다. 그녀는 강윤을 믿었다.

이후, 그들은 다시 자리로 돌아가 본연의 일에 매진하기 시작했다.

♪ ♩ ♪ ♩ ♪♬ ♩ ♪

"수고했어."

"잘 가."

지하철역에서 이차희는 이현아와 헤어졌다. 방향이 반대였기에 서로 각기 다른 방향으로 내려갔다.

"……인기 좋네."

이차희는 작게 투덜거렸다. 스크린도어 너머로 보이는 이현아는 몇몇 팬들에게 사인을 해주고 있었다. 괜히 부러워졌다.

오늘따라 언덕길이 괜히 더 힘들게 느껴졌다. 등에 멘 베이스도 더 묵직했다.

'난 언제 사인해 보나.'

스크린도어 너머로 봤던 이현아가 자꾸 아른거렸다. 모두가 한 팀이었지만 가장 주목 받는 건 이현아였다. 질투가 안 난다면 거짓말이다. 하지만 그녀는 이현아가 자신들과 함께 하고 싶어 예랑엔터테인먼트행을 포기한 것도 잘 알았다.

"에효. 인생 뭐 있냐."

결국, 이차희는 고개를 절레절레 흔들었다. 생각만 복잡해졌다.

걷다 보니 어느새 집 앞이었다. 계단을 올라가 그녀의 보금자리인 옥탑방으로 향했다. 그런데 집 앞에 손님이 있었다. 처음 보는 정장을 입은 여자였다.

"누구세요?"

이차희는 여자를 보며 물었다. 옥탑방에는 자신밖에 살지 않았다. 여자는 이차희를 보더니 자리에서 일어났다.

"안녕하세요? 민한나라고 합니다. 이차희 씨 되시나요?"

"네. 그런데요? 무슨 일이세요?"

늦은 시간에 낯선 이를 보니 절로 경계심이 일었다. 그걸 아는지 민한나라는 여자는 조심스러운 어조로 말을 걸어왔다.

"수상한 사람 아니니 안심하셔도 됩니다. 예랑엔터테인먼트에서 왔습니다."

"예…… 랑이요?"

"스카우트 제의를 하러 왔어요."

이차희는 눈을 부릅떴다. 스카우트라니, 생각하지도 못한 이야기였다. 민한나는 들고 온 서류봉투를 그녀에게 내밀었다.

"지난번 공연이 인상 깊었어요. 특히 후렴부에서 강조해주는 슬랩 기술은 발군이었죠."

"아, 그건…….."

"제대로 된 무대가 필요하지 않으세요? 생각 있다면 연락주세요."

그녀는 더 많은 말을 하지 않았다. 명함 하나를 주며 그대로 옥탑방을 내려갔다.

"무대……?"

이차희는 명함과 계단을 내려가는 민한나를 멍하니 바라보았다.

김재훈이 강윤과 만난 지 벌써 3일이라는 시간이 지났다. 그러나 그는 아직도 마음을 결정하지 못했다.

'거기랑 계약을 해야 하나?'

이강윤이라는 사람에 대해 쉽게 판단이 서지 않았다. 오지완에게 물어보니 MG엔터테인먼트에 있을 때 능력도 있었고 담당 가수에게 신뢰도 대단했다고 들었다. 게다가 직원들 누구 하나도 싫어한 사람이 없었다 하니……

침대 하나 덩그러니 놓여 있는 방 안에서, 멍하니 구르고 있는데 휴대전화가 진동을 했다. 보니 알 수 없는 핸드폰 번호였다.

'아씨……'

김재훈은 짜증을 내며 휴대전화를 한 곳으로 치워 버렸다. 이런 번호는 뻔했다. 돈 갚으라는 추심번호였다. 그들이 여러 개의 휴대전화로 돌아가며 전화를 한다는 건 이젠 잘 알고 있었다. 독촉받는 생활을 하다 보면 여러 가지를 알게 되는 법이다.

휴대전화는 1분가량 춤을 추더니 꺼졌다. 오후가 되면 또 전화가 올 것이다. 요즘은 진동 소리만 들려도 스트레스였다.

'……월드엔터테인먼트라.'

김재훈은 강윤이 떠올랐다. 오지완 프로듀서뿐만 아니라

그에 대해 아는 사람은 꽤 많았다. 그들 모두 한결같이 강윤의 능력에 대해 칭찬을 아끼지 않았다. 세 사람 이상이 같은 말을 하면 빈말은 아닐 터.

"……일단 한 번 더 이야기해 보자."

반지하 방에서 뒹굴뒹굴하던 김재훈은 집에서 나와 월드 엔터테인먼트로 향했다. 그가 회사에 도착하니 막 회사를 나서려던 강윤과 마주쳤다.

"재훈 씨, 어서 와요."

"나가시는 길이셨군요."

"그렇긴 한데, 조금 미뤄야겠군요."

강윤은 사무실로 들어가 외투를 벗었다. 김재훈이 그 뒤를 따랐다. 자신을 배려해 주는 것 같아 김재훈은 오랜만에 기분이 좋아졌다.

정혜진이 커피를 내올 때 강윤은 어디론가 전화를 걸었다. 그리고 약속을 조금 미루겠다는 말을 하고는 통화를 마쳤다. 앞에 놓인 커피를 들며 강윤은 이야기를 시작했다.

"편히 쉬셨나요?"

"네. 덕분에……."

"다행입니다. 생각은 많이 해보셨나요?"

김재훈은 고개를 저었다. 강윤은 엷게 웃으며 커피를 내려놓았다.

"결국, 그렇군요. 알겠습니다. 나중에……."

"그게 아니라, 몇 가지 물어봐도 되겠습니까?"

"말씀하세요."

"제 상황이 어렵다는 걸 잘 아실 겁니다. 그래도 정말 괜찮겠습니까?"

"물론입니다. 그런 건 문제가 되지 않습니다."

강윤이 너무도 당연하다는 식으로 답을 하니 걱정스럽게 물어본 김재훈은 오히려 허탈할 지경이었다. 저 남자는 대체 무슨 마음으로 이렇게 쉽게 답을 하는지 알 길이 없었다. 그는 직접 찔러보기로 마음먹었다.

"실례지만, 회사 자금은 충분…… 한가요?"

"회사가 이제 막 시작한 단계라 넉넉한 편은 아닙니다. 솔직히 말씀드리면 계약금 받고 나면 정말 죽도록 일해야 할 겁니다."

"그렇군요. 오늘은 제가 회사에 들어온다면 앞으로 어떻게 되는지 구체적인 계획을 듣고 싶습니다."

가장 중요한 미래 문제였다. 강윤은 숨을 고르며 답을 시작했다.

"1주간은 그냥 쉬게 둘 겁니다. 돈도 드릴 테니 여행이라도 다녀오십시오."

"그거 좋네요. 하하하."

"1주 후, 지옥이 시작될 테니까요. 그 후 3달간은 휴식도 없을 겁니다."

김재훈의 눈이 이채를 띠었다. 그는 궁금했는지 계속 물었다.

"행사를 다니는 건가요?"

"행사보다, 먼저 앨범입니다. 예전에 준비하던 앨범이 있지 않습니까?"

"군대 가기 전에 준비하던 앨범이 있습니다. 지금 트렌드하고 맞을지……."

"저희 전속 작곡가와 의논해서 맞춰보면 됩니다. 실력은 좋으니 괜찮을 겁니다."

강윤은 이후 계획들을 이야기했다. 엄청난 스파르타식 일정이었다. 휴식도 거의 없었다. 앨범을 출시하자마자 바로 행사, 행사, 행사. 진심으로 강윤은 남은 기간 안에 15억을 당길 작정으로 김재훈을 굴릴 생각이었다. 방송 출연도 한두 번밖에 없는 그 돈행군에 김재훈은 혀를 내둘렀다.

"허허……. 벌써 이렇게 구체적인 계획이라니……. 진짜되기만 하면 벌어들일 수도 있겠군요."

"5월은 행사 시즌이니까요. 따뜻한 봄날에 제대로 땡겨야하지 않겠습니까?"

"하하하."

김재훈은 크게 웃었다. 모처럼 만의 웃음이었다.

15억. 김재훈이 벌어보지 못한 돈은 아니었다. 전 소속사에서는 행사로 더 많은 돈을 벌었던 그였다. 그런 그였기에 강윤의 말이 신빙성 있게 다가왔다.

잠시 침묵의 시간이 흘렀다. 강윤은 눈을 감았고 김재훈은 다시 소파에 앉았다.

그렇게 얼마의 시간이 지났을까. 김재훈이 무겁게 입을 열었다.

"……정말 3개월이면 이 짐들에서 해방될 수 있는 겁니까?"

"약속합니다."

"……."

강윤의 확신 어린 말에 김재훈은 마음을 먹었다. 군대를 전역하며 아무도 없던 주변에 아군이 생긴 기분이었다. 혼자서 행사를 간간이 뛰던 때와는 완전히 달랐다. 강윤이라면 자신을 제대로 활용할 것 같은 기분이 들었다.

김재훈은 생각을 정리하고 말했다.

"계약하겠습니다."

"잘 부탁합니다, 김재훈 씨."

두 사람은 그렇게 손을 맞잡았다.

월드엔터테인먼트는 그렇게 남자 가수 한 명을 새로 영입했다.

강윤은 시간을 끌지 않았다. 계약서를 쓴 그날로 김재훈의 빚 15억을 갚아버렸다. 그것은 김재훈의 계약금이기도 했다. 그동안 집요하게 자신을 괴롭히던 빚의 굴레가 이렇게 쉽게 벗겨져도 되는지, 김재훈은 허무하기까지 했다.

"……이게 이렇게 쉬운 거였나요. 하하……."

"음악 고민만으로도 머리가 아플 겁니다. 이런 일로 계속 발목 잡히게 할 순 없죠."

은행을 나오며 하는 강윤의 말에 김재훈은 감동을 받았다.

'15억, 15억…….'

두 남자 뒤에선 이현지가 멍한 얼굴로 허공을 바라보고 있었다.

한 번에 엄청난 자금이 나가버린 후유증은 엄청났다. 그 때문인지 이현지가 김재훈을 바라보는 눈은 그리 곱지 않았다.

강윤은 김재훈에게 소속사 식구들을 정식으로 소개해 주겠다고 이야기했다. 그러자 그는 대충 입고 온 옷을 갈아입고 오겠다고 했고, 강윤도 허락했다. 김재훈의 집은 소속사에서 40분 정도 걸리는 거리에 있었다.

사무실로 복귀한 후, 이현지는 걱정스러운 얼굴로 강윤에게 말을 걸었다.

"당분간 공연장은 힘들겠네요. 전용 공연장이 있어야 안정적으로 공연할 수 있을 텐데요. 하얀달빛의 활동에 차질이 생기는 거 아닌가요?"

"이번 앨범은 공연장을 더 늘려서 보완하는 방향으로 가야 겠죠."

"아, 너무 무리한 것 같아요. 그냥 천천히 가도 될 것을……."

이현지는 강윤의 계획이 무모했다고 돌려서 말했다. 그걸 강윤도 알았는지 답을 주었다.

"무리했습니다. 하지만 무리한 만큼 좀 더 빨리 갈 수 있을 겁니다."

강윤은 김재훈의 실력을 믿었다. 좋은 곡과 멋들어진 실력, 그리고 기획의 조화로 지금의 무리를 보완할 거라 마음먹었다.

'김재훈 정도면 한 단계 도약할 수 있어.'

지금의 투자가 후에 몇 배로 돌아올 거라고, 그는 그렇게 생각했다.

강윤은 잠시 서류들을 정리하고 스튜디오로 향했다. 스튜디오에는 김지민과 이현아가 기타 연습을 하고 있었다.

"여기서 바를 꽉…… 어? 오…… 장님."

"……원플러스원 아니라니까."

"네네. 사장님."

"안녕하세요?"

이현아는 재미가 들렸는지 혀를 쏘옥 내밀며 강윤을 장난스럽게 불렀다. 김지민은 그녀답게 자리에서 일어나 곱게 인사했다. 두 사람은 통기타에 화성학을 적용해 연습하고 있었다.

강윤은 연습을 잠시 점검하고는 용건을 이야기했다.

"곧 오늘 우리 소속사 새 식구가 올 거야. 연습실 가서 모두 모이라고 해줘."

"어? 진짜요? 누구예요? 남자?"

"……보면 알아."

이현아가 궁금했는지 질문 세례를 퍼부었지만, 강윤은 쉽게 답을 주지 않았다. 그녀는 투덜거리며 자리에서 일어났다.

"언니, 제가 갈게요."

"아냐. 내가 갔다 올게. 넌 연습해야지."

이현아는 스튜디오를 나가 연습실로 향했다.

"지민이는 저번에 카피하라는 거 다 했나?"

"어? 그거 아직 다 못 했는데……."

"어디 보자."

"후엥……. 이래서 내가 가려고 한 건데."

심부름하려는 건 다 이유가 있었다. 김지민은 연습 부족의 대가를 호되게 치러야 했다.

김지민이 기타를 머리 위로 드는 벌을 받고 있을 때, 스튜디오 문이 열리며 이현지와 김재훈이 들어왔다. 김재훈은 이전의 후줄근한 츄리닝이 아닌 멀끔한 청바지에 하얀 남방을 입고 왔다. 머리까지 만지고 왔는지 확실히 깔끔해 보였다.

"왔어요?"

"네. 이제 말씀 놓으세요. 저보다 형님이신데. 저도 편안히 형님이라 할게요."

"사석에선 그렇게 불러요. 하지만 공석에서는……."

"네. 걱정 마세요."

강윤의 말에 그는 바로 알아들었는지 고개를 끄덕였다.

그때 벌을 받고 있던 김지민의 표정이 당혹감으로 물들었다.

'김재훈이잖아?!'

그녀가 김재훈을 모를 리 없었다. 남자들의 워너비 가수지만 여자들도 많이 좋아하는 가수였다. 그런 유명 가수를 보다니……

"어? 연습생인가요?"

"응. 김지민이라고. 지민아, 손 내려."

김지민은 망신살이 제대로 뻗쳤다. 그녀는 부끄러움에 고개를 들지 못했다. 초장부터 벌을 받는 모습을 보이다니.

"하하하. 안녕. 김재훈이야."

"아, 안녕하세요? 기…… 김지민입니다."

김재훈은 떠는 김지민과 악수를 했다. 가느다란 그녀의 손목은 떨리고 있었다. 이어 김재훈은 사무실의 정혜진과 이현지와도 정식으로 인사를 했다. 모두가 김재훈이 월드엔터테인먼트와 계약하게 될 줄은 몰랐기에 반응이 컸다.

"이사님, 이게 어떻게 된 건가요?"

"뭐…… 앞으로 더 놀라운 일 자주 볼 거예요. 힘들면 청심환 하나 드릴까요?"

"아하하……."

정혜진의 물음에 이현지는 농담을 섞어 답을 주었다.

"밴드 애들이 안 왔네요?"

"데리러 갔으니 금방 올 겁니다."

이현지의 물음에 강윤이 답을 주었다. 그들은 모두 곧 올 밴드를 기다리며 서로 친해지는 시간을 가졌다.

"……너도?"

이차희는 김진대의 말에 입을 다물지 못했다. 이미 베이스는 내팽개친 지 오래였다.

"예랑 거기 대박이다. 무슨 생각으로 온 거야? 현아한테만 오라고 할 때는 언제고? 그래서? 뭐라고 했어?"

"뭐라고 하긴. 그냥 생각해 본다고만 이야기했지."

"그걸 생각을 왜 하냐?"

이차희가 어이가 없다며 김진대를 타박했다. 그러자 김진대가 반문했다.

"그럼 너는 뭐라고 했는데?"

"나…… 나는 당연히 꺼지라 했지. 미쳤냐? 여길 놔두고 어딜 가냐?"

거짓말이었다.

"그, 그렇지?"

"확실히 거절해. 그게 당연한…… 거야."

하지만 그렇게 말하는 이차희도 사실 흔들리고 있었다. 그저 솔직하지 못할 뿐이었다. 이차희 그녀도 무대 위에서 빛나고 싶었다. 찰나라도, 그렇게 되고 싶었다.

그녀의 마음을 아는지 모르는지 김진대의 어색한 답변이 이어졌다. 평소와는 달리 두 사람은 말이 없었다. 괜한 침묵이 감돌았다.

그때, 문이 열리며 이현아와 정찬규가 들어왔다.

"얘들아. 스튜디오로 모이래."

이현아의 말에 김진대가 물었다.

"스튜디오? 왜?"

"새로운 가수가 왔대."

김진대와 이차희는 어색하게 서로를 보다가 자리에서 일어났다.

밴드원들 모두 바로 스튜디오로 향했다. 스튜디오에 들어서니 모두가 의자에 앉아 그들을 기다리고 있었다.

"어서 와."

강윤이 가장 먼저 그들을 맞아주었다. 밴드원들은 인사하고 한쪽에 자리를 잡았다. 그런데 그들 맞은편에 어디서 많이 본 남자 한 명이 눈에 띄었다. 김진대가 유심히 그를 보더니 눈을 휘둥그레 뜨며 소리쳤다.

"기…… 김재훈?!"

그의 말에 이현아를 비롯한 밴드원들 모두가 깜짝 놀라 헉 소리를 냈다. 새로운 가수가 온다더니, 그게 김재훈인 모양이었다. 이런 유명 가수를 볼 줄은 상상하지도 못했다.

"……하아. 재훈아, 애들이 놀랐나 보다. 이제 다 모였으니 서로 소개부터 할까?"

강윤은 이제 말을 놓는 데 익숙해졌는지 막힘이 없었다. 김재훈은 가볍게 웃고는 일어나 정식으로 자신을 소개했다.

"안녕하세요? 김재훈입니다. 올해 31살이고 월드엔터테인먼트와 계약하게 되어 기쁩니다. 모두 잘 지냈으면 좋겠네요. 잘 부탁합니다."

"와아~!"

김지민이 가장 크게 박수를 쳤다. 밴드원들 중 남자들의 박수 소리도 컸다. 사람들의 그런 떠들썩한 환영에 김재훈은 멋쩍었는지 조용히 자리에 앉았다.

다음 바톤은 강윤이 이어받았다.

"이제 우리 월드엔터테인먼트가 조금 모습을 갖춘 것 같네요. 밴드, 솔로 가수, 연습생에 작곡가, 그리고 관리하는 직원들까지. 한 식구들끼리 잘 지냈으면 합니다."

강윤은 여러 가지 이야기를 했다. 앞으로 회사를 전체적으로 어떤 방향으로 끌어가겠다는 이야기들이 주를 이루었다. 지금은 작은 회사지만 모두가 회사를 키워갔으면 좋겠다는 바람과 절대 그 대가를 독식하지 않겠다는 약속도 함께했다.

반응은 다양했다. 이미 강윤에게 많은 걸 받은 김지민과 이현아는 찰떡같이 알아들었고 김재훈의 경우도 잘 알았다며 고개를 끄덕였다. 그러나 밴드 3인방은 반응이 미적지근했다. 은연중에 소외감을 느끼는지 그들은 소극적이었다.

"……오늘은 회식이 있습니다. 고기 먹으러 갈까요?"

"만세!"

물론, 마지막 말에는 모두가 만세를 불렀지만 말이다.

첫 인사가 끝나고, 강윤은 밴드 3인방을 잠시 붙잡았다. 그들은 긴장하며 강윤에게로 다가갔다.

"무슨 일 있나요?"

이차희의 물음에 강윤은 잠시 앉으라며 의자를 가리켰다. 모두가 앉자 강윤은 이야기를 시작했다.

"소속사 생활 조금 해보니까 어때? 할 만해?"

"……그저 그래요."

이차희는 묘하게 이야기했다. 그녀의 말에 김진대와 정찬규도 동조했다. 알 수 없는 말이었지만 강윤은 대번에 파악할 수 있었다.

'흔들리는군.'

주목받는 밴드, 인기의 쏠림은 보컬. 그리고 오늘, 새로운 인기 가수의 영입.

이들이 불안한 만도 했다. 강윤은 말없이 가지고 있던 서류들을 내밀었다.

"이게 뭔가요? 이영학, 강선열……."

김진대가 묻자 강윤은 바로 답을 주었다.

"저번에 이야기했던 레슨이야."

"레슨이요? 아. 그 개인 활동?"

그들은 바로 알아들었다. 밴드 3인방의 개인 활동, 즉 수입원이었다.

"그런데…… 좀 많은데요?"

이차희가 길게 나열된 명단을 보며 묻자 강윤은 멋쩍게 이야기했다.

"사람 구하느라 정혜진 씨가 고생 좀 했지. 다 너희가 레슨 할 사람들이야. 밴드 활동도 하고 있고, 너희 학벌도 되잖아? 사람을 많이 모으느라 힘든 거지."

"아……."

"이제 놀 시간 없어. 일해."

강윤의 장난스러운 말에 모두가 풋 하며 웃음을 터뜨렸다.

그런데 강윤의 말은 거기서 끝이 아니었다.

"너희 노래들 보니까, 내 생각엔 악기들이 부각되는 노래가 많이 없었어. 악기 솔로 프레이즈를 화려하게 만들어서 넣어보는 게 어떨까 해. 지금 노래들 다 좋은데 그게 아쉽더라."

"……."

강윤의 말을 들으니 그가 자신들에게도 신경을 쓰고 있다는 게 확 느껴졌다. 돈에, 밴드에서의 활동까지. 그들은 대형 가수가 들어와서 혹여나 자신들이 홀대받지 않을까 걱정했었는데, 실상은 전혀 그렇지 않았다.

"왜 답이 없어?"

"아, 네, 네! 그렇게 하겠습니다!"

정찬규가 모두를 대표해 힘차게 답을 했다. 강윤은 피식 웃음이 나왔다.

"답은 크네. 좋아. 더 필요한 거 있어?"

"아니요."

"좋아. 우리 목표가 뭔지 알지?"

모두가 꿀 먹은 벙어리가 되자 강윤이 고개를 휘휘 젓더니 이야기했다.

"1만 명. 1만 명 모아놓고 콘서트 하기로 했잖아."

"네?"

"어라? 현아가 이야기 안 했어?"

밴드 3인방이 멍한 얼굴을 하니 강윤은 어이가 없다며 실소를 냈다.

"제일 중요한 걸 이야기를 안 했네. 하여간, 건망증하고
는. 아무튼, 우리 목표는 1만 명 콘서트야. 차근차근 목표를
달성해 나갈 거니까 힘내자. 알았지?"

강윤은 언제든지 필요한 게 있으면 이야기하라 말하고 모
두를 내보냈다.

정찬규가 화장실이 급하다며 먼저 뛰어 올라가자, 김진대
가 말을 걸어왔다.

"······야."

"왜?"

"난 여기가 짱인 듯싶다."

"······줏대 없는 놈."

단순한 놈이라고 중얼거리며 이차희는 김진대를 향해 주
먹질을 했다. 김진대가 아프다며 비명을 질렀지만 그녀는 어
림없다며 봐주지 않았다.

♩ ♪♩♩ ♪♪♩ ♩ ♪

"희윤! 오늘도 바빠?"

강의가 끝나고, 가방을 들고 나서려는 희윤에게 한 백인
여자가 말을 걸어왔다.

"어? 응. 미안. 일이 있어서."

"요새 왜 자꾸 먼저 가? 그렇게 바쁜 거야?"

백인 여자는 희윤과 함께 강의실을 나섰다. 그녀는 늘씬한 체형에 가는 허리와 풍만한 몸매가 돋보이는 미인이었다. 길을 지나가면 남자들이 한 번씩은 다 돌아보곤 했다.

그러거나 말거나, 언젠가부터 백인 여자는 희윤 옆에서 떨어지질 않았다.

"오늘 교수님 수업 재미없더라. 잭슨 가로 리포트는 왜 내라고 하는 거야?"

"에이. 그렇게 말하지 마. 그러면 더 하기 싫어지는 거야."

"에잇. 이 긍정녀. 귀엽다니까?"

두 사람은 교문까지 계속 함께 걸어갔다. 나중에 꼭 파티에 놀러 오라는 이야기를 남기고 백인 여자는 희윤을 떠나갔다.

희윤이 집으로 한창 걸어가고 있는데 휴대전화가 울렸다. 보니 오빠 강윤의 전화였다.

"어, 오빠."

－이제 학교 끝났겠구나?

"귀신이네. 응. 이제 가는 중."

간단한 안부가 오가고 전화에서 용건이 나오기 시작했다.

－남자가 부를 만한 곡 하나 있을까?

"남자가? 장르가 뭔데? 발라드? 락?"

－발라드로. 김재훈 알지?

"김재훈? 당연하지. 나 김재훈 노래 완전 좋아하잖아. 특히 '사랑한다' 완전 좋아했어. 그런데 왜?"

강윤은 김재훈이 월드엔터테인먼트에 들어왔다고 이야기했다.

"히익! 진짜?! 그…… 그래서 곡 달라고?!"

─좋은 곡 있을까?

"자, 잠깐만. 하하……. 긴장되는데. 일주일 정도만 기다려줄 수 있어? 다듬어서 보내줄게."

난데없는 대형가수에 희윤은 기쁨의 비명을 질렀다. 그런 가수에게 곡을 줄 수 있다니, 마음이 들떴다.

강윤과 통화를 마치고 그녀는 두 주먹을 불끈 쥐었다.

"좋아!"

집으로 향하는 발걸음이 한층 더 빨라졌다.

원래 술을 잘 마시는 이차희였지만 오늘은 술이 그리 당기지 않았다. 그녀는 소속사 연예인들끼리 2차를 가자는 걸 거절하고 바로 집으로 향했다.

이차희는 평소처럼 언덕을 올라 옥탑방 앞에 도착했다. 그런데 오늘도 누군가가 그녀를 기다리고 있었다.

"당신은 그때 그……."

"안녕하세요."

예랑엔터테인먼트의 스카우트 사원, 민한나였다. 그녀는 예의 있게 인사하고는 여유 있게 미소 지었다.

"지난번 제안에 대한 답을 듣고 싶어 왔어요."

이차희는 혼란스러웠다. 물론 오늘 강윤이 보여준 호의는 놀라웠다. 하지만 아직은 얼떨떨했다. 그래서 물었다.

"제대로 된 무대를 준다…… 하셨죠?"

"물론이죠."

그녀는 당연하다는 듯 답하고는 말을 이어갔다.

"우리 예랑으로 오시면 전속 베이시스트로 활동하게 되실 겁니다. 예랑엔터테인먼트라는 이름을 다는 모든 공연에 이차희 씨가 서게 되는 거죠."

"공연이 없을 때는 어떻게 하나요?"

"공연이 없을 때는 평상시처럼 활동하시면 돼요. 레슨을 하신다든가, 클럽에서 공연하셔도 무방합니다. 저희가 이차희 씨에게 원하는 건 예랑엔터테인먼트의 이름을 단 공연에서의 연주. 이거 하나입니다."

예랑엔터테인먼트라면 분명히 큰 공연을 할 게 뻔했다. 그런 곳에 선다? 순간 마음이 혹했다.

'……사장님은 레슨도, 무대에서 우리 파트가 없다며 배려를 해줬지. 공평하게 대우해 주려고 노력하는 거야.'

스카우트 제안에 마음이 흔들렸지만 자꾸 오후에 보여주

었던 강윤의 모습이 눈에 밟혔다. 이차희는 계속 물었다.

"공연…… 그 외 다른 건 없나요?"

"제대로 된 무대라면, 얼마든지 있습니다. 예랑이라는 이름을 단 무대들이 말이죠."

무대는 차고 넘칠 것이다. 그 무대의 수만큼 기회가 많을 것이다. 작은 무대보다 큰 곳에서 제대로 놀아보자. 정리하자면 이 말이었다.

예랑의 무대라면 확실히 크고 매력이 있을 것이다. 그곳에서 연주한다면 얼마나 좋겠는가. 예랑엔터테인먼트는 대형 콘서트도 제법 한다. 그런 곳의 베이시스트? 확실히 매력 있었다.

'1만 명, 1만 명…….'

하지만 강윤이 한 말들이 계속 걸렸다. 물론 예랑이 규모는 더 컸다. 하지만 강윤의 말들이 계속 잊히지 않았다. 말만 앞서는 사람이라고 생각할 수도 있었지만, 유명 가수인 김재훈도 영입한 사람이다. 결코 허언을 할 사람은 아니라고 생각했다.

잠시 생각하던 그녀는 이내 고개를 저었다.

"죄송해요. 아무래도 팀을 나가는 건 좀 아닌 것 같네요."

"혹시 더 필요한 게 있으신가요?"

"아뇨. 그냥 안 당겨요. 그럼……."

생각이 굳어지니 이차희는 뒤도 돌아보지 않고 문을 닫아

버렸다. 민한나는 잘될 것 같다가 한순간에 일이 틀어져 버리니 당황스러웠다.

"차희 씨, 차희 씨!"

계속 불러보았지만, 문을 닫고 들어간 이차희에게서는 답이 없었다.

"아, 1818……. 사장한테 뒤졌네."

터덜터덜 돌아서는 민한나의 발걸음은 무거웠다.

[김재훈, 소속사 이동—월드엔터테인먼트와 전속 계약]

—스포츠맛세이 : 오연참

(스포츠맛세이 =오연참 기자) 가수 김재훈(31)이 월드엔터테인먼트와 5년의 전속계약을 체결했다.

10일 월드엔터테인먼트 측 관계자는 '김재훈이 월드엔터테인먼트와 5년 전속계약을 체결했다'고 밝혔다. 이로써 김재훈은 오는 2016년까지 월드엔터테인먼트의 소속 가수로서 활동하게 된다.

이전 소속사와의 갈등으로 김재훈이 마음고생이 심했던 만큼 이번에는 그런 일이 없도록 하겠다며 관계자는 밝혔다.

가수 김재훈은…….

"……허허."

강시명 사장은 인터넷 신문기사를 보며 허탈한 감정을 내비쳤다.

"김재훈을 받아들였단 말이야? 이 사람도 참 알 수가 없네."

김재훈이 연예기획사를 찾아다니는 건 공공연한 사실이었다. 15억의 위약금 얘기도 이미 잘 알고 있었다. 그러나 나이, 들어가야 할 돈 등을 생각해 보면 과연 가치가 있을까 하는 생각이 들었다.

"단기간에 치고 빠지려는 건가? 그렇다면 5년이나 계약할 이유가 없는데. 허……. 이유를 모르겠네, 이유를…….."

그는 알쏭달쏭했다. 김재훈은 받아들이기에는 불안요소가 곳곳에 가득했다. 4년이라는 공백, 전 소속사와의 갈등 등 노래 외에는 그야말로 볼 게 없었다. 그래서 그가 얼마 전 예랑을 찾아왔을 때 하루 동안 생각해 보다 거절을 했다. 다른 대형 연예기획사들도 모두 마찬가지라 들었다.

강시명 사장이 한참 고민을 하고 있을 때, 비서실에서 보고를 위해 들어간다는 인터폰이 왔다. 곧 여자 한 명이 들어왔다. 민한나였다.

"어떻게 됐나요?"

"그게……."

민한나는 조심스럽게 이차희에 대한 섭외가 실패했다는 걸 이야기했다. 그러자 강시명 사장은 웃으며 고개를 도리도리 흔들었다.

"쉽진 않았겠죠. 그 애들도 머리가 있으면 여기 오는 순간 이용가치가 없다는 걸 알았을 테니. 수고했어요."

"죄송합니다."

민한나는 뜻밖에도 사장이 별말이 없자 안면에 화색을 띠었다. 그러나 곧 그의 질책이 이어졌다.

"그래도 아쉽네요. 민 부장이라면 다를 거라 봤는데. 오히려 더 강하게 결속시킨 꼴이 됐어요. 이거 내가 민 부장 믿고 일을 하겠어요?"

"……."

그 뒤로 한참이나 민한나는 조근조근한 강시명 사장의 잔소리를 들어야 했다.

"……앞으로 더 노력하겠습니다."

잔뜩 풀이 죽은 민한나가 밖으로 나가자 강시명 사장은 가볍게 얼굴을 구겼다.

"하나같이 무능해서야. 에이. 이강윤 같은 사람 하나만 있어도 좋으련만."

문 쪽을 향해 그는 진하게 투덜거렸다.

김재훈은 여행을 떠났다. 그동안 지친 심신을 달래기 위한 강윤의 조치였다. 그는 전국을 돌고 오겠다며 지방 투어에 나섰다.

김재훈이 없는 동안 강윤은 그에 관련된 일들을 착착 진행해 나갔다. 희윤으로부터 곡을 받았고 본격적으로 김재훈의 스케줄을 잡아나갔다. 매니저를 고용해 스케줄을 수행해야 했지만 당분간 그가 직접 관리할 생각이었다.

새벽 2시

집에서 강윤은 희윤과 통화 중이었다.

"키가 너무 높은 것 같은데?"

─그래? 목소리가 조금 변했다 해서 높여봤는데. 하긴, 그래도 김재훈이니까.

강윤은 집에서 희윤이 보낸 음원 파일을 들으며 의문을 표했다. 강윤의 눈에는 사방에서 보이는 음표들이 하얀빛을 만들어내고 있었다. 하지만 강윤은 김재훈의 톤과 음높이를 생각했다. 좀 더 낮은 게 좋을 것 같았다.

희윤은 1시간 후에 연락을 주겠다며 통화를 마쳤다. 전체 음을 내리고 편집을 마친 후 보내주겠다는 이야기였다. 강윤도 대략 느낌을 알았으니 어떻게 편곡을 할 건지에 대해 생각했다.

강윤이 편곡에 대해 고민하고 있을 때 희윤에게서 전화가 왔다.

─오빠. 파일 보냈어.

강윤은 파일을 열어 재생했다. 이전 파일보다 한 키가 낮아져 있었다. 멜로디를 끝까지 들어본 강윤은 만족했다.

"괜찮은 것 같다."

─하여간 까다로워. 5번이나 뺀찌를 주고.

"일이니까 어쩔 수 없지."

─그래그래. 오빠 똥 굵다.

희윤은 작업이 힘들었는지 투덜거렸다. 강윤은 그저 웃을 따름이었다.

─그럼 고생해, 오빠. 뒷일은 맡길게.

"그래. 나중에 또 부탁할게."

통화가 끝나고, 강윤은 두 팔을 걷어붙였다.

"그럼 한번 해볼까?"

강윤은 기합을 잔뜩 넣고 작업에 매진했다.

밤샘작업을 거쳤지만, 편곡은 쉽게 끝나지 않았다. 결국, 새벽 5시에 잠이 들어 7시에 기상했다. 강윤은 부스스한 얼굴로 세수하고 빵 하나를 문 후 출근했다.

"안녕하세요?"

사무실에 들어서니 정혜진이 강윤을 맞아주었다. 그녀는 여느 때처럼 커피를 내주었다.

"고마워요. 혜진 씨, 재훈이 스케줄 잡고 있나요?"

"네. 말씀하신 대로 KTS에 신청서 넣었습니다. 메일 왔는데, 오후에 작가가 연락 준다 했어요."

"고생했어요."

정혜진은 자리로 돌아가 일을 시작했다. 곧 이현지도 출근했다. 그녀는 정혜진에게 인사를 건네곤 강윤의 자리로 왔다.

"심야음악 홀라? 컴백 앨범도 안 내고 방송에 바로 나가나요?"

이현지는 방송은 너무 이르다고 생각했다. 그 말에 강윤은 차분히 설명을 해주었다.

"김재훈은 4년의 공백이 있습니다. 앨범으로 선을 보여도 괜찮겠지만 지금 무엇보다도 노래하고 싶은 열정이 강할 겁니다. 내 생각엔 생각을 정리하고 돌아올 시기. 그때가 적기라 봤습니다."

"그래도 앨범을 준비해서 나가는 게 좋을 것 같은데……."

"새 앨범도 당연히 준비할 겁니다. 하지만 지금 나가는 건 앞으로 있을 행사들을 위한 겁니다."

"행사요?"

"15억, 뽑아야죠. 우리도 땅 파서 장사하는 건 아니잖습니까."

"설마, 그걸 진짜로? 그럼 방송에 나가는 건 홍보? 허……."

이현지는 강윤의 생각을 알 수 있었다. 그는 방송을 통해 4년의 공백에도 김재훈이 끄떡없다는 걸 알리고 싶었다. 최정상에 있던 가수다. 그러나 4년의 공백에 의심하는 팬도, 기다렸던 팬도 있을 게 분명했다. 새 앨범을 출시하면 여러 가지 말을 들을 위험이 있었지만, 기존 노래라면 그런 위험이 적었다.

이현지는 잠시 생각하다 신이 났는지 목소리가 높아졌다.

"훌라는 일반 무대가 아니라 스튜디오에서 촬영하잖아요. 그러면 더 좋은 목소리를 낼 수도 있을 거고……. 아, 훌라에 밴드도 출연하지 않나요?"

"그렇잖아도 하얀달빛을 세션으로 함께 출연시킬 생각이 었습니다."

"이현아와 듀엣인가요? 현아 걔 방송 타겠는데요?"

그 말에 강윤은 고개를 저었다.

"아직은 안 됩니다. 출연은 밴드로 한정 지어야 할 것 같네요."

"그러면 밴드만 공중파 데뷔? 이런 경우도 있네요. 사장님 현아한테 시달리겠네요."

"일인데 어쩌겠어요. 그렇잖아도 밴드 애들이 현아보다 섭섭한 대우를 받는 게 아닐까, 눈치가 보였는데 그렇지 않다는 걸 보여줄 기회이기도 하죠."

이현지는 강윤의 계획에 적극적으로 찬성했다. 여러 가지를 한 번에 잡을 기회였다. 아예 한발 더 나서서 그녀는 자신이 방송사 관계자를 만나면 안 되겠냐는 이야기까지 꺼냈다. 심야 방송인 만큼 더 많은 시간을 할애받겠다며 자신감도 내보였다.

"알겠습니다. 이사님만 믿죠."

"그 믿음을 배반하지 않을게요."

이현지는 싱글대며 자리로 돌아갔다.

오후가 되어 이현지가 작가에게 연락을 받고 KTS 방송국으로 향하고, 강윤은 지하 스튜디오로 향했다. 스튜디오에는 김지민이 목소리를 풀며 연습을 하고 있었다. 그녀는 강윤을 보며 인사를 하곤 다시 연습에 매진했다.

"이제 기본 발성은 어느 정도 익혔구나."

"네. 그런데 다른 발성들하고 너무 달라요. 처음엔 쉬운데 뒤로 갈수록 신경 쓸 게 많네요."

김지민은 연습을 하면 할수록 어렵다며 어려움을 토로했다. 노래도 연습하고 싶다며 이야기했지만, 강윤은 고개를 저었다.

"아직은 때가 아니야. 교수님이 적당한 때가 되면 말해주실 거야. 그때까지 마음대로 노래 연습하거나 하면 안 돼. 알았지?"

"네. 버릇 때문이죠?"

"맞아. 괜히 이상한 버릇 생기면 고치기 힘드니까. 그리고……."

강윤은 김지민이 얼마나 연습이 되었는가를 검토했다. 목소리, 기타, 음악 이론 등 여러 가지를 살폈다. 그때, 그녀가 물었다.

"저…… 춤은 안 배우나요?"

"춤? 왜, 배우고 싶어?"

"아뇨, 그게……. 제 또래 연습생들은 다 배우는데 저는 그런 게 없으니까요."

그 말에 강윤은 김지민을 토닥이며 답했다.

"나중에 춤도 필요하겠지만, 지금은 굳이 할 필요가 없다고 봐. 지금은 하나에 집중할 때야."

"그러면 하기는…… 해야 하는 거죠?"

"왜? 춤은 별로니?"

"……."

침묵으로 하는 긍정이었다. 강윤은 피식 웃어버렸다.

"하긴, 지민이가 어지간히 몸치이긴 하지. 당분간 춤 걱정은 하지 마. 지금 하는 것 중 어느 것 하나가 궤도에 올라야 다른 것도 하니까."

"네."

강윤이 김지민과 이야기를 끝낼 때 즈음, 최찬양 교수가 스튜디오 문을 열고 들어왔다. 강윤은 그에게 김지민의 노래에 대한 것들을 물었다.

"타고난 목소리도 좋지만, 연습을 무척 많이 해요. 제대로 집중하면 반년이면 또래에서는 누구도 따라오지 못할 거예요."

강윤은 적잖이 놀랐다. 최찬양 교수는 겉은 부드러워도 평

가는 냉정한 사람이었다. 그가 이런 말을 할 정도라면 생각
보다 김지민의 발전 속도가 빠른 것이다.

'어쩌면 1년이 걸리지 않을 수도 있겠어.'

연습생 준비에 많은 돈이 드는 만큼, 이런 성과는 기쁘게
다가왔다.

이후 강윤은 연습실에 올라가 하얀달빛의 연습을 본 후 외
근으로 일과를 마쳤다.

♩ ♪♩♩ ♫♫♩ ♪

김재훈이 휴가를 마치고 회사에 복귀했다. 그동안의 고충
을 모두 털어버리고 온전히 즐기고 왔는지 회사로 복귀한 그
의 얼굴은 무척 밝았다.

"다녀왔습니다."

"어서 와."

사무실에서 강윤은 그를 맞아주며 가볍게 포옹했다.

두 사람은 자리에 앉아 일을 본격적으로 논의하기 시작
했다.

"심야방송 홀라요? 잘됐네요. 한번 나가보고 싶었는데."

강윤에게 첫 방송 스케줄을 듣자 그는 안면에 화색을 띠었
다. 혹시 예능이나 토크쇼 같은 전혀 소질이 없는 방송을 하
게 될까 걱정을 하고 왔는데, 괜한 걱정이었다.

"우리 밴드 애들이랑 같이 나갈 거야."

"그래요? 잘됐네요. 맞춰보고 갈 수 있으니까. 그 여자애랑 듀엣도 하게 되나요?"

"아니. 시선이 너한테 집중해야 하니까 밴드원만 출연할 거야. 현아가 나가게 되면 아무래도 시선이 쏠리겠지."

"아쉽네요. 여자랑 듀엣도 해보고 싶은데."

"그건 다음에 다른 방송에서 해보자."

강윤은 여러 가지 이야기를 해주었다. 주의사항이나 이 방송으로 보여야 할 것이 무엇인지를 이야기했다. 김재훈은 강윤의 이야기에 고개를 끄덕였다.

"알았어요. 첫 방송은 예능일 줄 알았는데……."

"앞으로도 예능 같은 방송은 안 나갈 거야. 통편집될 거 다 아는데 내보내겠어?"

"하하하하."

김재훈은 멋쩍게 웃었다.

강윤과 김재훈은 함께 하얀달빛이 있는 연습실로 향했다. 두 사람이 들어서자 한창 시끄럽게 울리던 음악 소리가 멈췄다.

이미 안면은 익혔지만, 김재훈과 하얀달빛은 아직 서로 어색했다. 강윤은 일단 서로를 붙여놓았다. 방송에 함께 나가는 걸 떠나서 이제는 같은 식구였다. 다행히 김진대나 정찬규는 김재훈을 동경하는 눈빛으로 바라보고 있었고, 이차희도 싫어하진 않는 눈치였다.

다만, 방송에 나가지 않는다는 걸 미리 들은 이현아는 입술을 삐죽대고 있었지만……

"그럼 연습…… 해 볼까요?"

김재훈이 마이크를 잡자 모두가 다시 악기를 들었다. 이미 악보는 다 준비해 놓았다. 연주가 시작되고 김재훈이 눈을 감았다.

"바람결에 날리는~ 아련한~"

낮으면서도 가는 그만의 목소리가 연습실에 흐르기 시작했다. 그의 음표가 연주의 음표와 합쳐지며 강렬한 하얀빛을 만들어냈다. 그러나……

"잠깐만요. 저 저음이 너무 높네요. 조금만 낮춰 주세요. 하이는 약간만 높여주시고요."

목소리가 마음에 안 드는지 김재훈은 음악을 멈추고 목소리 세팅을 했다. 김대현 매니저는 믹서를 조작하며 세팅을 해주었다. 그리고 노래가 다시 시작되었다.

"바람결에 날리는~ 아련한~"

하얀빛이 더더욱 빛났다. 조금 전보다 더 강한 빛이었다. 하지만 김재훈은 다시 손을 들었다.

"죄송해요. 에코 들어갔나요?"

"네."

"그냥 다 빼주세요. 딜레이도 빼주시고 게인은 낮춰주세요."

한참 동안 김재훈은 여러 가지를 요구했다. 김대현은 김재훈의 요구에 애를 먹어야 했다.

'빡세다……'

김대현은 실제 공연에서 보컬세팅을 하는 기분이었다. 아주 작은 세팅에도 김재훈은 민감하게 반응했다. 그는 결국 난감한 얼굴로 강윤 쪽을 돌아보았지만, 강윤은 미동도 하지 않았다. 스스로 해보라는 의미였다.

'에이씨.'

그렇게 30분이 넘도록 김재훈이 미세한 부분까지 조정하는 바람에 김대현은 진땀을 흘려야 했다.

"흠……. 마이크가 제 목소리에 안 맞네요. 지금은 연습이니까……."

김재훈은 아쉬운지 한숨을 내쉬었다. 그러자 뒤에서 강윤이 말했다.

"어떤 거 썼었어?"

"SNR 건데, 그게 묵직한 느낌이 나서 좋았거든요."

"전용 마이크도 사야겠구나."

"그거 우리나라에서는 안 팔 거예요."

"어떻게 해서든 구해줄게."

강윤의 말을 들으니 김재훈은 마음이 든든해졌다. 아직은 초반이라 확신은 하지 못했지만 이런 사장이라면 잘해 나갈 수 있을 거란 생각이 들었다.

"해 볼까요?"

김재훈이 신호를 주자 김진대가 평소와 다르게 잔뜩 긴장하며 드럼을 돌렸다.

한참 연습하는 밴드원들을 놔두고, 이현아는 연습실을 나섰다.

'기분이 조금 이상한데?'

자신만 빼놓고 모두가 연습이라니, 왠지 소외된 기분이었다. 따지고 보면 자기 때문에 다 여기로 온 것 아닌가.

"현아야."

생각에 빠지려 할 때, 뒤에서 강윤이 그녀를 부르는 소리가 들렸다.

"아, 네. 사장님."

"잠깐 나갈까?"

"어디…… 가는데요?"

평소라면 좋아서 뛰기라도 했겠지만, 지금은 조금 기분이 가라앉았다. 그녀의 물음에 강윤이 편안한 어조로 답했다.

"공연장 보러."

"네?"

"준비하고 나와. 입구에서 기다릴게."

강윤은 한마디 하곤 사무실로 돌아갔다.

'앗싸.'

갑작스러운 데이트(?) 신청에 가라앉았았던 기분이 하늘로 날아올랐다.

"이현아. 어디 가?"

이차희가 물었지만 이현아는 대답을 하는 둥 마는 둥 하며 연습실을 나섰다.

그녀는 조금이라도 늦을세라 입구로 뛰어나갔다. 입구에서는 강윤이 그를 기다리고 있었다.

"가자."

이현아는 신나는 마음을 가볍게 누르고 그의 옆에 섰다.

"저희 어디로 가요?"

"기다려 봐. 한 명 더 올 거야."

"네?"

말이 끝나기가 무섭게 차 한 대가 앞에 서더니 창문이 내려갔다. 이현지의 고급 스포츠카였다. 차 안에서 이현지 이사가 큰 소리로 말했다.

"어라? 현아도 가니?"

"……."

이현아는 강윤을 이상한 표정으로 바라봤다. 그러나 잠시뿐이었다. 생각해 보니 단둘이 간다고 좋아한 자신이 바보였다. 강윤은 그걸 아는지 모르는지 앞좌석 문을 열고 차에 탔다. 이현아도 뒷좌석에 몸을 실었다.

세 사람은 그렇게 홍대로 출발했다.

차 안에서, 강윤과 이현지는 일과 관련해 여러 가지 이야기를 했다. 앞으로의 스케줄 관리나 예산확보, 사원 채용 등 여러 가지 안건들이 오갔다.

'뭐, 뭐야? 나 여기 왜 온 거지?'

조금 전, 왜 설렜던 걸까. 한순간 이현아는 자신이 바보같이 느껴졌다. 하늘로 올랐던 기분이 바닥을 치는 건 순식간이었다.

"……지금 예산이…….'"

"이번 주에 들어오는 돈으로 어떻게…….'"

이현아는 대화에 끼고 싶었지만, 도무지 방법이 없었다. 특히 돈과 관련된 건 남의 나라 이야기였다. 그냥 돈의 단위가 크다는 것만 느껴질 뿐, 피부에 와 닿는 게 없었다. 물론 저작료에 대한 이야기는 일부 알기는 했지만, 건물 사용료나 타 가수 이야기, 그 외 사무에 관한 이야기 등은 그녀에겐 외계어나 진배없었다.

'……괜히 왔어.'

이현아가 창가를 보며 인상을 찌푸리고 있을 때, 차가 멈췄다. 홍대의 공용 주차장이었다.

"여기 주차료 비싼데…….'"

이현아가 걱정스럽게 말하자 강윤은 주차요원에게 표를

받으며 고개를 저었다.

"주차 때문에 골목 여기저기 돌며 시간 낭비하는 것보다 돈 들이는 게 나아."

시간이 곧 돈이었다. 강윤의 생각에 이현아는 수긍하며 뒤를 따랐다.

세 사람은 공용 주차장에서 멀리 떨어지지 않은 공연장, '스위트핀스'로 향했다. 공연장으로 들어가니 깔끔한 캐주얼 복장의 여직원이 그들을 맞아주었다.

강윤이 사전에 약속되어 있다고 하니 여직원은 사무실에 전화해 확인했다. 곧 사무실에서 남자 직원이 나와 그들을 맞아주었다.

"이강윤 씨 되십니까? 어서 오십시오."

"안녕하세요."

간단하게 인사를 하고, 남자 직원은 강윤 일행을 사무실로 안내했다. 그들은 직원들이 내주는 커피를 마시며 안내책자와 가격표, 그 외 공연팀들에 대한 자료들을 볼 수 있었다.

자료들을 꼼꼼히 보던 이현지가 직원에게 물었다.

"수용 인원이 얼마나 되죠?"

"200명까지 수용할 수 있습니다. 스탠딩으로 진행하면 두 배까지 가능합니다."

"300명 좌석이고……."

부풀려 이야기하는 직원의 말에 이현지는 선을 그었다. 직원은 멋쩍은지 이현지에게서 강윤 쪽으로 시선을 돌렸다.

"최근에 리모델링을 거치면서 음향이나 조명 등은 최신식으로 다 뜯어고쳤습니다."

"천장 높이는 얼마나 되나요?"

강윤이 예상 못한 질문을 하자 직원은 쉽게 답을 하지 못했다. 강윤이 바로 자료를 보니 높이가 나와 있었다. 그는 자료로 눈을 돌렸다.

"……낮지는 않군요. 소리 걱정은 안 해도 되겠군요."

"……."

"자료를 보니까 스피커는 알렌 시리즈를 쓰더군요. 그게 고음이 강한 편으로 아는데, 잡음이 생길지 모르겠네요. 천장에 흡음재는 있습니까?"

직원은 진땀을 흘렸다. 이 사람들, 대단히 까다로웠다. 사무실에서 일하는 직원이 스피커 특성까지 일일이 알기가 쉽겠는가. 이런 날선 질문들에 답변하기는 쉽지 않았다. 직원의 등이 땀으로 흥건히 젖어들었다. 그래도 그는 자료들을 보며 어찌어찌 답을 하려 노력했다.

다행히 강윤의 질문이 무한정 이어지지는 않았다.

"……커피 잘 마셨습니다. 공연장을 보고 싶은데요."

"이, 이쪽으로 오시죠."

진땀 빼는 강윤의 질문 타임이 지나가자 직원은 얼른 그들을 공연장으로 안내해 주었다. 공연장은 1층 로비 바로 앞에 있었다. 직원이 문을 여니 의자 없는 넓은 공터와 무대가 보였다.

"방송실 위치는 적당한 것 같고……."

강윤은 여기저기를 살피며 휴대전화로 사진을 찍었다. 이현지도 그녀 나름의 기준으로 여기저기를 살폈다.

"현아야."

"네?"

멍하니 강윤 뒤에서 서성이던 그녀는 갑작스러운 부름에 화들짝 놀랐다.

"무대에 서 볼래?"

강윤의 부탁에 그녀는 무대 중앙으로 향했다. 강윤은 좌석 가운데에 서서 무대를 이리저리 살폈다. 그리고 직원에게 물었다.

"지금 조명하고 스피커 시험해 볼 수 있습니까?"

"잠시만요. 오늘 엔지니어들이 쉬는 날이라……."

직원은 난색을 보였다. 엔지니어들은 보통 공연이 있는 금토일 3일만 출근한다. 인건비를 아끼려는 조치였다.

"문만 열어주십시오. 제가 다룰 줄 아니."

"그렇다면야……."

장차 고객이 될지 모르는 사람의 말을 거절할 수는 없었다. 직원은 사무실에서 키를 받아 방송실 문을 열어주었다.

"현아야. 가만히 서 있어."

"네."

이현아는 강윤의 말에 고개를 끄덕였다.

강윤은 방송실에서 조명을 조작했다. 강윤은 조명 믹서를 이리저리 다루더니 곧 세팅 상태를 알 수 있었다. 그의 뒤에 선 직원이 강윤을 지켜봤다.

"조명 세팅도 바꿀 수 있습니까?"

"사전에 말씀해 주신다면 가능합니다."

"좋군요. 여기 조명은 블루톤이 너무 많네요. 현아가 블루톤을 잘 안 받는데……."

강윤은 조명을 이리저리 조작하더니 조명을 모두 내렸다. 그리고 방송실 밖으로 나가 세팅된 스포트라이트를 켰다. 조명 하나가 강하게 비추니 이현아가 민망한지 강윤에게 물었다.

"이대로 서 있기만 하면 돼요?"

"응. 네가 설 무대니까 분위기도 느껴봐."

이현아는 인형이 된 기분이었다. 이전 무대인 그린라이트는 시간문제로 직접 테스트 하진 않았었는데……. 기분이 이상했다.

강윤은 다시 방송실로 올라갔다. 조명을 다 켜고 분위기를 살폈다.

'무슨 엔지니어야?'

사장이라 들었는데, 엔지니어 느낌이 났다. 피아노 치듯 조명 믹서를 만지는 폼이 전문가를 방불케 했다. 여기 직원이라 해도 믿을 것 같았다. 지금까지 여러 사장을 만나왔지만, 강윤 같은 이는 처음이었다.

한참 동안 세팅된 조명을 테스트하던 강윤은 조명 믹서를 껐다.

"조명 세팅은 바꿀 수 있다 하셨죠?"

"네. 물론입니다."

몇 번이나 같은 걸 묻는 강윤이 짜증나는 손님들이긴 했지만, 직원은 프로였다. 그는 시종일관 미소를 잃지 않았다. 하지만……

"음향을 테스트해 봐도 되겠습니까?"

강윤이 음향 믹서까지 테스트하겠다고 나서니 직원은 눈썹을 씰룩였다. 여러모로 까다로운 손님이었다.

'허…….'

이쯤 되니 직원도 멍해졌다. 그러나 손님이 무리한 요구를 하는 것도 아니었다. 그는 살짝 떨리는 목소리로 승낙했다.

"네, 무…… 물론이죠."

원래 당연히 무대가 어떤지 보여줘야 한다. 보통 사람이라면 위치나 장비가 좋은 메이커인지 등을 살피고 말지만 이 사람은 완전히 달랐다. 직접 테스트까지 할 정도이니 함부로 말하기도 힘들었다. 가장 무서운 손님이었다. 직원은 긴장하며 손을 모았다.

강윤이 직원에게 마이크 하나를 빌리겠다고 했다. 이쯤 되니 직원도 반쯤은 포기였다. 강윤은 마이크를 이현아에게 가져다주었고 이현아는 라인에 마이크를 연결했다.

"아아! 마이크 테스트. 아아~!"

스피커를 통해 나오는 이현아의 목소리를 들으며 강윤은 전체적인 사운드를 체크했다. MR이 있었으면 좋았겠지만 아쉽게도 그런 건 없었다.

"현아야. 노래 하나만 해 볼래?"

"노래요?"

"응. 테스트용으로."

이현아는 드디어 할 일이 생겼다는 게 기뻤는지 바로 목을 가다듬고 소리를 높였다.

"온종일~ 내 맘은~ 저 시계 위에~"

이현아의 목소리가 공연장을 가득 메웠다. 초록빛 음표와 함께 나오는 조금은 약한 하얀빛을 보며 강윤은 사운드를 체크했다. 이펙터 등 소리에 아무 효과도 넣지 않은 순수한 테스트였다.

'썩 만족스러운 사운드는 아니군. 탁한 느낌이야.'

음표, 빛, 그리고 귀에 들려오는 소리를 종합한 강윤의 평가였다.

"더 해볼까요?"

"아니. 수고했어."

강윤은 직원에게 감사하다는 말을 하곤 방송실 전원을 내리고 무대로 나갔다.

"감사합니다. 명함 하나만 주시겠어요?"

강윤의 말에 직원은 명함을 내밀었다. 직원의 이마에서는 땀이 흐르고 있었다.

"그럼 나중에 연락드리겠습니다."

"살펴 가십시오."

강윤은 직원과 악수를 하고는 스위트핀스 공연장을 나섰다.

차로 향하며, 강윤은 이현아에게 물었다.

"공연장 어땠어?"

"음······."

이현아는 잠시 생각하더니 새침하게 말했다.

"솔직히 좋은 느낌은 아니었어요. 소리도 탁했고, 조명도 제 스타일은 아니었어요."

"그래?"

"그래도 사······ 빠님이 하라면 할게요."

"······호칭은 신경 쓰자."

"죄송해요."

"아무튼, 저긴 아니라는 거군. 몇 군데 더 돌아보자."

강윤의 말에 이현아는 민망했는지 시선을 돌리며 볼을 붉적였다.

이후 강윤 일행은 몇 군데의 공연장을 더 돌아보았다. 공연장마다 직원들이 테스트에 죽어난 건 크게 다르지 않았다.

심야방송 홀라.

방송인이자 음악인, 연기자 영역까지 발을 넓힌 문신학이 자정이 넘어 진행하는 음악 전문 프로그램이다. 방송국 안의 스튜디오에서 촬영하며 유명 가수들이 마음껏 원하는 노래를 부르는 게 프로그램의 특징이었다.

그 프로그램에 오늘, 김재훈이 녹화에 들어간다.

"빠진 거 없어?"

"네!"

정문 앞 주차장.

강윤은 악기들을 싣고 있는 밴드원들에게 물었다. 모두가 방송 출연은 처음이라 얼굴엔 긴장이 어려 있었다.

"나도 가고 싶은데, 밀린 일이 많네요. 에이……."

이현지는 아쉬움을 잔뜩 드러냈다. 남아 있는 일들이 발목을 잡은 게 너무 아쉬웠다.

"그래도 이사님이 계시니까 제가 안심하고 회사를 비울 수 있네요."

"더 크게 감사하세요."

"감. 사. 합. 니. 다."

이현지의 투정에 강윤도 장난스럽게 답을 했다.

이현지는 강윤 뒤의 김지민에게 눈을 돌렸다.

"지민이 너도 신기하다고 이거저거 막 만지면 안 된다? 선도 밟으면 안 돼."

"네."

"픕. 선은 괜찮아요. 감전은 되겠지만."

"으헥……."

"하하하. 농담이야."

이현지와 강윤의 장난 섞인 충고에 김지민은 바짝 쫄았다. 그 덕분인지 방송국으로 출발하는 모두의 분위기는 밝았다.

이현지와 정혜진, 연습하겠다며 회사에 남은 이현아를 제외하면 모두가 방송국으로 간다. 회사가 문을 연 이래 대부분의 식구가 모두 함께하는 외출이었다.

방송국으로 향하는 차 안에서, 김재훈은 두 손을 모으고 눈을 감았다. 얼마만의 방송 출연인지 몰랐다. 긴장으로 가슴이 두근거렸다.

그의 뒤에선 이차희와 김진대가 투덕거렸고, 정찬규와 김지민이 진지한 이야기를 하고 있었다.

'다들 잘 어울리네.'

강윤은 백미러로 차 안을 살폈다. 모두가 어우러지는 모습을 보니 마음이 즐거워졌다.

방송국에 도착하니 AD가 그들을 맞아주었다.

"안녕하세요? 기다리고 있었습니다."

강윤을 필두로 모두가 AD를 따라나섰다. 녹화가 있는 스튜디오는 17층에 있었다. 스튜디오에 도착하니 드럼을 비롯해 믹서, 기타, 앰프 등 필요한 장비들이 대략 세팅이 되어 있었다.

강윤이 PD와 진행자 문신학과 인사를 하는 동안 김재훈과 밴드원들은 각자의 세팅에 들어갔다. 드럼은 북을 조여 적합한 소리를 만들었고 일렉트릭 기타는 이펙터 세팅에 나섰다. 베이스 기타도 톤을 맞춰 나갔다.

김재훈은 강윤이 구해 준 마이크를 끼우곤 본격적으로 목소리 세팅에 들어갔다.

"사랑해요~ 사랑해요~"

김재훈은 가벼운 노래를 부르며 엔지니어에게 필요사항을 요구했다. 오늘은 이어 마이크는 없었다. 대신 모니터 스피커가 있었고 거기에 좋아하는 베이스 소리와 드럼의 발 베이스, 그리고 세션으로 오는 신디사이저의 소리를 풍성하게 넣어달라 부탁했다.

세팅을 시작한 지 한참의 시간이 지나자 다른 팀원들이 세팅을 완료했다. 그러나 김재훈은 계속 세팅을 하고 있었다.

"소문대로네요."

문신학은 눈을 가늘게 떴다. 옆에 있던 강윤이 물었다.

"무슨 소문 말씀이십니까?"

"완벽주의 말이죠. 김재훈은 완벽주의로 유명하잖습니까. 오늘 엔지니어 저 친구 고생 좀 하겠는데요."

문신학의 말대로 엔지니어는 미세한 세팅에 애를 먹었다. 다른 사람들, 세션이나 PD 등이 듣기엔 그리 차이가 없는 목소리였지만 김재훈은 만족스럽지 않은지 계속 세팅을 요구했다. 다른 팀원 세팅이 끝나고도 벌써 20분이 훌쩍 지나갔다.

'이런.'

문신학 같은 대선배를 앞에 두고 계속 세팅만 하는 건 실례 중의 실례였다. 문신학은 음악인답게 이해한다며 부드러운 표정으로 허허 웃고 있었지만, 더 시간을 끌면 어떻게 될지 몰랐다. 그렇게 되기 전에 강윤은 엔지니어 석으로 향했다.

"실례지만 제가 한번 봐도 될까요?"

엔지니어는 강윤의 말에 뚱한 표정으로 믹서에서 손을 놓았다. 가수의 소속사 사장이니 좀 더 낫겠지 하는 심산이었다.

"재훈아. 빨리 하자."

"네. 사랑해요~ 사랑해요~"

강윤의 눈에 노란 음표들이 보이기 시작했다. 곧 그 음표들은 하얀빛을 만들어냈다. 강윤은 믹서를 조작했다. 그가 전에 요구했던 대로 미세하게 저음을 높였고 미들음을 아주 조금 낮췄다. 그러자 미세하지만, 빛이 강해졌다.

"어? 형, 게인 아주 조금만 높여주세요."

드디어 원하는 소리가 나왔는지 김재훈은 흥분했다. 강윤은 그의 요구대로 소리를 조절했다. 그러자 하얀빛이 아주 강렬해졌다.

"좋아요. 오케이. 감사합니다."

드디어 세팅이 끝났다. 강윤은 엔지니어에게 실례했다며 고개를 숙이고는 다시 자리로 돌아왔다.

문신학이 강윤에게 흥미를 보였다.

"사장님이 엔지니어도 보십니까?"

"조금씩 배운 겁니다."

"허허. 듣는 귀가 보통이 아니시네요. 김재훈 저 친구도 무척 까다로운 친구 같은데 단번에 오케이라니, 확실히 소리 도 좋아졌네요. 오늘 좋은 무대가 나올 것 같네요."

강윤이 멋쩍은 반응을 보이니 문신학은 나중에 술 한 잔 하자는 이야기를 하곤 방송을 준비하기 위해 자리에서 일어 났다.

곧 전체 사운드 조율을 위한 밴드 잼이 끝났고, 본격적인 녹화가 시작되었다.

"외로움을 견딜 수 없어~ 늦은 밤 술에 취해 난 널 찾아 헤맨다~"

조용한 발라드곡이 스튜디오를 은은히 감쌌다. 묵직하면

서 가는 특이한 목소리는 힘을 더해가며 김재훈만의 노래를 만들어갔다.

"아직도 뜨거운 내 사랑은~ 내리는 비에 씻겨 내려가~"

점점 내려가는 베이스의 음과 대비되게, 김재훈의 음은 점점 높아졌다. 그리고 김진대의 드럼이 잠시 멈추더니 힘 있게 돌아가며 분위기를 고조시켰다.

"돌아온다는 너의 약속으로~ 난 살 수 있었어~ 하지만~"

김재훈의 노래는 점점 절정을 향해 치달았다. 이미 강윤에겐 강렬한 하얀빛이 온 스튜디오를 뒤덮는 모습이 눈에 들어왔다. 하얀빛이 모두에게 스며들며 PD와 스태프들은 모두 노래에 빠져들어 갔다.

그러나 강윤은 만족스럽지 않았다. 하얀빛에서 뭔가, 이질적인 게 눈에 들어왔다.

'저건 그때의?'

이현아의 무대에서 봤던 '그 빛'과 흡사했다. 은빛이었다.

김재훈의 노래가 분위기를 고조시킬수록, 그 빛은 힘을 더해 갔다. 그러나 은빛이 하얀빛을 완전히 집어삼키지는 못했다. 어느 정도 올라오다 내려가고, 올라오다 내려갔다. 이현아의 경우 섞여 있었는데 이번에는 또 달랐다.

그렇게 노래가 끝이 났다. 모든 스태프들이 잘했다며 박수와 환호를 보냈다.

"후우. 수고하셨습니다."

김재훈이 땀을 흘리며 모두에게 인사를 했다. 무대는 아니었지만, 마음껏 노래하니 즐겁고 행복했다. 밴드원들도 이현아가 아닌 다른 보컬과 맞춰보는 새로운 경험에 즐거움을 느끼고 있었다.

"30분 쉬었다……."

"잠깐만요."

AD가 쉬는 시간을 선언하기 전, 강윤이 나섰다.

"죄송한데 이 곡, 한 번만 더 녹화해도 될까요?"

"네?"

PD는 당혹스러움을 감추지 못했다. 김재훈의 노래는 최고였다. 그런데 왜? 김재훈마저 강윤을 의아한 눈으로 바라보았다.

하지만 강윤은 다른 사람들과 생각이 조금 달랐다.

'이 곡은 이 정도로 끝날 게 아니야.'

모두가 이상하게 생각하는 가운데 강윤은 확신했다.

이 곡의 힘을 더 크게 키울 수 있다는 걸 말이다.

6화
Hot Spring 上

중국 감숙성 란저우.

-레디, 액션.

몸에 착 붙는 차이나 드레스를 입은 여인이 검은 옷을 입은 상대의 주먹을 막아냈다. 이어 그녀는 팔꿈치로 상대의 가슴팍을 때렸다. 상대는 타격을 받았는지 뒤로 물러나려 했지만 이어지는 그녀의 무릎과 주먹 연타를 맞고 공중으로 떠올랐다.

-컷! 좋아요, 좋아.

확성기를 든 감독은 액션이 마음에 드는지 다음 장면으로 넘어갔다. 그런데 이번에는 검은 옷을 입은 사람이 바뀌었다. 대역이었다. 그러나 차이나 드레스를 입은 여인은 매니저의 걱정에도 손을 저으며 괜찮다는 의사를 보냈다.

감독은 화장을 고치는 작업이 끝나자 곧 사인을 보냈다. 촬영이 다시 시작되었다.

"그는 어디에 있지?"

격렬한 주먹이 오가는 와중에 차이나 드레스를 입은 여인의 물음에도 검은 옷을 입은 이는 답이 없었다. 둘의 몸이 날아오르더니 공중에서 화려하게 몸이 얽혔다. 두 사람의 몸이 가볍게 떠오르더니 거대 선풍기가 바람을 일으켜 옷을 나풀거리게 했다.

─컷! 오케이. 잠깐 쉬었다 갑시다.

단번에 오케이 사인이 떨어졌다. 힘든 액션 신이 쉽게 끝나기 감독도 기분이 좋아졌는지 모두에게 쉬는 시간을 줬다. 모두가 떠들썩하게 자신의 자리를 찾아가는 가운데 차이나 드레스를 입은 여인은 그늘에 마련된 긴 장의자에 몸을 뉘었다.

옆에 놓인 수건으로 땀을 닦는 그녀에게 매니저가 시원한 물을 내밀었다.

"진서야. 고생했어."

남자에게서 물을 받아 든 차이나 드레스의 여인. 그녀는 민진서였다. 그녀는 단번에 물을 마시고는 물통을 밑에 내려놓았다.

"주환 오빠, 고마워요. 혜린 언니나 다른 사람들은요?"

"다들 근처에 있어. 가욕관 구경하느라 바빠."

"하여간. 내장 조심하라고 이야기해 주세요."

"헐. 진서야. 그런 말 누구한테 배운 거니?"

"오빠한테 배웠죠."

김주환 매니저는 민진서의 말에 기겁했다. 민진서는 그의 당황하는 모습이 재미있는지 배시시 웃었다.

"농담이에요, 농담. 오빠. 저번에 제가 부탁했던 건 어떻게 됐어요?"

"부탁?"

"……."

민진서가 순간 무서운 표정을 짓자 김주환 매니저는 대번에 기억이 났는지 손바닥을 쳤다.

"아, 그거? 다 알아봤지."

김주환 매니저는 능청스럽게 표정을 바꾸더니 답했다.

"이 팀장님 지금 한국에 있데."

"하, 한국에요?! 미국에서 오신 거예요?!"

민진서는 주변이 떠나가라 소리를 질렀다. 난데없는 한국 말에 중국 스태프들이 모두 그녀에게 시선을 집중했지만, 민진서는 전혀 개의치 않았다.

"어디, 어디에 있대요?! 별일 없으시겠죠? 어디 아픈 건 아니죠?! 네?"

"흥분하지 말고. 천천히, 천천히. 하나씩 해."

"……죄송해요. 아무튼, 선생님이 한국에 있다고요?"

"그렇다니까. 일단은 그래."

민진서는 더 볼 것도 없다며 자리에서 벌떡 일어났다. 당장 가방이라도 쌀 기세였다. 김주환은 놀라 그녀를 붙잡았다.

"이거 놔요, 놔."

"진정하라고. 지금 어디 가려고?"

"어디긴요. 한국에……."

"여기 펑크 내고 한국 가려고? 그렇게 한국 가서 팀장님 만나면 그 깐깐한 분이 좋아하겠어?"

"……."

민진서는 침묵했다. 강윤 성격에 일도 팽개치고 왔다고 하면 다시 비행기를 태울 게 뻔했다. 강윤은 그런 사람이었다.

"게다가 여기 펑크 내면 진서 넌 연예인으로선 끝이라고. 여주인공이 남자 만나려고 현장을 펑크 내겠다고? 소문날까 두렵다. 이게 얼마짜리 영화인데……."

"……."

"사실 회사에선 절대 말하지 말라고 했단 말이야. 그래도 이제 성인이고, 스스로 잘할 거라 믿으니까 말해 주는 거야. 그러니 일 잘하자. 응? 알았지?"

"……네."

"어차피 반년이면 한국 가잖아. 우리 여신님, 조금만 힘내 자. 알았지?"

김주환의 말에 민진서는 힘없이 고개를 끄덕였다.

그녀의 마음은 이미 한국에 가 있었다.

쉬는 시간.

김재훈은 물을 마시며 지친 몸을 쉬고 있었다.

'다시 녹화하자고?'

분명히 노래는 만족스러웠다. 그런데 재녹화라니. 혹여나 '자신이 잘못한 게 있나?' 하는 생각에 김재훈은 강윤에게 다가갔다.

"재훈아, 왜?"

"재녹화 말인데요. 제 노래가 별론가 해서요."

김재훈은 의문을 표했다. 분명히 자신이 듣기에 괜찮았다. 그래서 OK를 했건만……. 그는 완벽주의자였다.

이미 그의 기질을 알고 있는지 강윤은 조심스럽게 답했다.

"안 좋긴 무슨. 최고였지. 그런데 이대로 끝내긴 아쉬운 부분이 있어서."

"아쉬운 부분이요?"

"응. 이 부분 있잖아, 그때까지 준비할게~ 이 부분. 여기서 톤이 달라지지?"

"네. 소리를 빨리 끌어올리거든요."

"그걸 조금 늦춰 보는 게 어떨까?"

"늦춰요?"

"응. 내 생각엔…….."

강윤은 음표를 통해 보고 느낀 것들을 이야기했다. 김재훈은 처음에는 의문을 가지더니 천천히 듣고는 이내 알았다는 표정이었다.

"알았어요. 자꾸 MR 생각하는 버릇이 나와서 그런가 봐요. 잘 맞춘다 생각했는데."

"틀린 건 아냐. 느낌인 것 같아, 느낌. 미세한 거."

김재훈은 매우 민감했다. 강윤은 그가 예민하게 반응하지 않도록 돌려서 원하는 바를 이야기했고 그는 머리에 잘 새겨 넣었다.

쉬는 시간이 끝나고 다시 녹음이 시작되었다. 피아노 반주와 함께 김재훈의 노래가 스튜디오를 울렸다.

"내 눈에 흐르던 눈물의 의미는~ 빗물이라며 나를 위로했지만~"

은은한 피아노 반주에 김재훈의 노래가 얹혀가며 베이스가 전체를 받쳤다. 이어 드럼 소리가 차분히 리듬을 만들어갔다. 모두의 음표에서 하얀빛이 뿜어져 나와 스튜디오를 메웠다.

"외로움을 견딜 수 없어~ 늦은 밤 술에 취해 난 널 찾아 헤맨다~"

천천히 김재훈의 노래가 고조되었다. 그와 함께 빛이 강렬해지기 시작했다. 강윤은 하얀빛에 깔린 은빛을 볼 수 있었다.

'여기부터다.'

강윤은 긴장했다. 이제부터 은빛이 점점 두드러지기 시작하는 시가였다. 김재훈이 잘해주기를 빌며 강윤은 손을 모았다.

"아직도 뜨거운 내 사랑은~ 내리는 비에 씻겨 내려가~"

베이스 음이 내려가며 드럼 소리가 화려해졌다. 동시에 김재훈의 목소리가 높아져 갔다.

"돌아온다는 너의 약속으로~ 난 살 수 있었어~ 하지만~"

이미 하얀빛은 온 스튜디오를 뒤덮었다. 이 정도면 충분히 시청자들을 매혹하기에 충분하다 여겼다. 그러나 강윤은 그 이상을 바랐다. 은빛의 노래. 그는 그걸 기다렸다.

이윽고, 강윤이 말한 그때가 되었다.

"그때까지 준비할게~ 아주 늦어도 상관없어~"

후렴부를 넘어 반복하는 부분이었다. 김재훈은 강윤의 말을 찰떡같이 알아들었는지 여유 있게 소리를 끌어올렸다. 악기 소리와 핀트가 미세하게 틀어졌던 부분들이 딱 맞아 떨어지며 하얀빛이 단번에 은빛으로 물들었다.

'이거다!'

강윤은 주먹을 불끈 쥐었다.

"널 위한 모든 것들~ 니가 다시 내게 돌아올 그날~"

김재훈의 소리가 더더욱 높아졌다. 아니, 끝에 올라가지 않아도 될 애드리브가 섞여 들어가며 최고조에 이르렀다. 그러자 단번에 물들었던 은빛이 찬란하게 빛을 발하며 온 스튜디오를 가득 채웠다.

"허……."

문신학은 평소처럼 감탄사를 늘어놓지도 못했다. 침착함
은 이미 사라진 지 오래였다. PD나 스태프들은 이미 넋을
놓고 마이크를 쥔 김재훈에게 시선을 빼앗겼다. 은빛은 모두
를 매혹시켰다. 그 빛에 매혹되지 않은 이는 강윤뿐이었다.

"……공백 따위 개나 줬네."

"사인 받아 가야겠다."

스태프들이 완전히 넋이 나간 가운데, 김재훈의 노래가 극
에 달했다.

"가슴 깊이 숨긴 내 사랑~ 그대를 난~ 사랑해~"

김재훈의 노래가 절정에 치달았다.

은빛도 최고에 이르렀다. 이미 스튜디오는 음표와 은빛으로
공간이 보이지 않을 정도였다. 밴드들도 절정의 기교로 미려
한 꽃을 피웠다. 그리고 노래가 점점 사그라지며 마무리되었
다. 그러나 은빛은 전혀 사라지지 않고 진한 여운을 남겼다.

"……."

"……."

아무도 반응이 없었다. 아니, 반응할 수 없었다는 게 정답
이었다.

잠시 침묵이 이어졌다. 그리고…….

짝, 짝, 짝짝짝.

모든 스태프가 박수를 쳤다. 최고의 노래를 들려준 것에 대한 감사의 표시였다.

"감사합니다."

김재훈은 예의 바르게 90도로 인사를 했다. 이런 모든 모습이 카메라에 담겼다.

"……그림 최고다. 이건 대박 중에도 상대박이야."

PD의 머릿속엔 방송에 어떻게 내보내야 할지 그림이 그려지고 있었다. 오늘 촬영은 지금까지의 방송 중 최고라고 감히 확신할 수 있었다.

김재훈의 '심야방송 홀라' 녹화는 그렇게 흘러갔다.

♪♩♪♩♫♪♩♪

"이희윤!"

주아는 잔디밭에서 손짓하고 있는 희윤을 향해 뛰어갔다. 주아는 희윤을 격하게 끌어안고는 방방 뛰었다.

"희윤아, 이희윤! 어이구! 왜 이렇게 예뻐졌어?"

"우리 주아. 어이구. 응디 빵빵한 거 봐."

"……야야. 사실 뽕이야."

"뭐? 아닌 것 같은데에?"

"농담. 나 좀 쩔지?"

두 소녀는 오랜만에 만난 반가움을 격하게 표시했다. 곧 그녀들은 배가 고프다며 근처 식당으로 향했다.

주아는 스테이크를 비롯한 음식들을 잔뜩 시켰다. 희윤이 놀라니 자기가 낼 거니 걱정 말라며 손으로 브이자를 그렸다.

"스트레스 많이 받았나 봐?"

"에휴. 말해서 뭐하겠니. 이사들하고 싸우느라 바쁘지 뭐."

주아는 한참을 이사들 욕을 해댔다. 현장의 현자도 모르는 사람들이 이러쿵저러쿵 해댄다며 주아는 험한 말도 서슴지 않았다. 희윤은 그녀의 말에 한숨을 내쉬었다.

"그 아저씨들 문제가 많구나."

"아, 몰라몰라. 난 그래도 반항이라도 하지, 에디오스 애들은 진짜 불쌍해. 여기서 클럽이나 돌고 있는데 한국에서는 부를 생각도 안 하고……. 왜 다들 그렇게 생각이 없는 건지."

주아가 생각해도 이사들은 문제가 많아 보였다. 도무지 생각이 없어 보였다. 정확히는 회사의 이익보다 자신의 이익에 더 민감하다는 생각이었다. 그녀는 이대로 가면 지금까지 쌓아온 MG엔터테인먼트의 위상은 사상누각처럼 무너질 것 같다며 걱정했다. 그러나 이내 이런 이야기는 해봐야 머리만 아프다며 이야기를 다른 곳으로 돌렸다.

"강윤 오빠는 잘 지낸대?"

"우리 오빠? 오빠야 잘 있지."

"한국에서 편곡가로 잘나가더라고. 맞다. 희윤아, 나 곡 하나만 줘."

"곡? 앨범 낼 거야?"

"아직은 아니고. 나중에 앨범 내면."

"당연하지. 안 가져간대도 밀어 넣을 테니 걱정하지 마."

"하하하. 내가 평가해 주겠어."

두 소녀의 즐거운 시간은 한참이나 계속되었다.

'심야방송 홀라'의 녹화가 끝난 지 2주 후.

방송은 전파를 탔다. 심야에 하는 방송이었지만 KTS에서 이례적으로 '김재훈'의 출현을 예고하며 사람들의 관심을 집중시켰다. 게다가 인터넷에서도 기사가 나면서 검색어에도 오르내렸다. 강윤의 영업 성과였다. 김재훈의 네임벨류도 한몫했다.

유성겸은 김재훈의 팬이었다. 그는 KTS에서 김재훈이 '심야방송 홀라'에 출연한다는 기사를 접하자마자 본방송 사수를 결심했다.

그날 밤 12시 30분. 그는 이불을 뒤집어쓰고 TV를 켰다.

ー안녕하세요? 문신학입니다. 오늘은…….

TV에서는 문신학의 소개와 함께 간단한 멘트가 오갔다. 그리고 시간이 조금 지나자 김재훈이 등장했다. 그리고 밴드도 함께 비쳤다.

'하얀달빛? 세션이 밴드인가 보네?'

가수와 밴드가 같은 소속사라는 말이 나오고 간단한 근황 이야기가 오갔다. 짧은 토크가 끝난 훈 바로 김재훈의 노래가 시작되었다. 가장 기다리던 순간이었다. 유성겸은 귀를 쫑긋 세웠다.

-나 사랑하지~ 않으리~

김재훈의 목소리는 명불허전이었다. 2년간 소속사와 갈등했고, 2년은 군복무. 총합 4년의 공백기가 무색하다 할 만했다. 유성겸은 저도 모르게 이불 속에서 몸을 왔다 갔다 하며 파도를 탔다.

하나하나가 명곡이었다. 김재훈의 노래도 있었지만, 외국곡들도 있었다. 그 노래들을 김재훈 특유의 묵직한 저음으로 소화하는 게 너무도 멋있었다. 완전한 목소리. 그렇게 칭할 만했다.

그리고…….

-이번에는 '다시 한 약속'을 준비했습니다. 그럼…….

김재훈을 최고의 위치에 올려놓은 노래였다. 유성겸은 속으로 환호했다. 드디어, 드디어!

피아노 반주가 흘러나오며 김재훈의 목소리가 귀를 적셨다.

-내 눈에 흐르던 눈물의 의미는~ 빗물이라며 나를 위로했지만~

역시나 명불허전이었다. 유성겸은 '아아, 아아!' 감탄사를 내뱉었다. 공연장이면 소리라고 지르고 싶은 심정이었다. 노래가 후렴으로 흘러가며 그의 마음은 더더욱 풍성해졌다.

–돌아온다는 너의 약속으로~ 난 살 수 있었어~ 하지만~

노래가 흘러갈수록 그의 마음은 고조되었다. 반주도 물결쳤고 그의 마음도 요동쳤다. 그런데 본격적인 파도는 그때부터였다.

–그때까지 준비할게~ 아주 늦어도 상관없어~

김재훈의 목소리가 여유 있게 올라가며 그의 가슴을 강하게 강타했다. 지금까지와 완전히 다른 느낌이었다. 귓가가 찌릿해지며 온몸에 소름이 돋았다. 조금 전에도 좋은 노래가, 지금은 완전히 다르게 다가왔다. 전기 같은 것이 그를 지나간 기분이었다.

정신을 차릴 수가 없을 때, 노래가 최고조에 도달했다.

–가슴 깊이 숨긴 내 사랑~ 그대를 난~ 사랑해~

모든 걸 터뜨린 기분이었다. 댐이 무너지는 것처럼 한 번에 막힌 것들이 뚫린 것 같았다. 김재훈의 낮으면서도 시원한 목소리가 그를 완전히 뚫고 지나갔다.

노래가 끝나고, 멘트가 시작되었어도 유성겸은 정신을 차릴 수가 없었다.

'이……. 이……. 이 무슨……!'

아닌 밤중에 유성겸은 홍두깨가 아닌, 최고의 노래를 만났다.

–김재훈, 역대 최고의 감성폭발. 음악방송 훌라에서…….

–4년 공백 무색한 가수, 김재훈. 컴백은 언제?

–봄의 여심을 울리나? 김재훈의 저력은…….

강윤은 인터넷을 껐다. 방송이 나간 다음 날, 이미 인터넷의 검색어 최상위에는 '김재훈'이라는 글자가 떡하니 버티고 있었다. 이전처럼 소속사 갈등이라는 화제가 아니라 순수하게 노래, 노래로 말이다.

이현지는 좋은 결과에 미소 지었다.

"이제 한발 나간 건가요?"

"네. 이제 시작할 수 있겠네요."

강윤은 긴 한숨과 함께 답했다.

4년의 공백이 있었지만, 김재훈은 건재하다. 아니, 이전보다 더 강해졌다!

이번 방송으로 사람들에게 강력하게 어필할 수 있었다. 대성공이었다.

"홍보는 내게 맡겨요. 이미 SNS 쪽은 꽉 잡고 있으니까."

"이사님 덕에 든든하네요."

이현지 덕에 강윤은 좀 더 편하게 일에 매진할 수 있었다. 스스로 할 일을 찾아하는 파트너는 최고의 파트너라 할 만했다.

"잠깐, 이거 재훈 씨 스케줄인가요?"

"네."

"허……."

그런데 이현지가 스케줄 표를 보고 당혹스러운 표정을 지었다.

"이거, 괜찮겠어요? 골병들 것 같은데."

"본전 뽑아야 하지 않겠습니까? 3개월만 고생하면 됩니다."

"푸훗."

이현지는 얼굴을 가리며 웃음을 터뜨렸다.

호랑이도 제 말 하면 온다더니, 문이 열리며 김재훈이 들어섰다. 방송 효과가 워낙 좋아서인지 그는 표정이 매우 밝았다.

"안녕하세요."

"안녕, 재훈 씨."

"어서 와."

인사를 하고, 세 사람은 모여 앉았다.

"여기 스케줄."

김재훈은 강윤에게서 스케줄 표를 받아들었다.

"……헉!"

스케줄 표를 받아 든 김재훈에게서 비명이 터져 나왔다.

"자, 잠깐만요. 이거 지…… 진짜 하…… 할 수 있는……."

"해봐야지. 걱정하지 마. 나도 같이 갈 거니까."

"그, 그게 문제가 아니라……. 이거 행사 개수가……."

스케줄 표를 빡빡하게 채운 행사의 향연에 김재훈은 몸을 부르르 떨었다. 그러나 강윤은 씨익 웃으며 답했다.

"저번에 말했잖아. 이제 쉴 시간 없다고."

"아무리 그래도 이건……."

"난 빈말은 안 해."

"……."

김재훈은 강윤의 무서움을 제대로 느낄 수 있었다.

그렇게 두 사람의 아주아주 핫한 봄이 시작되었다.

AM 9:30

김재훈은 목동에 있는 SBB 방송국에서 송출하는 라디오 프로그램 '생방송 오늘 아침, 한세영과 함께'에 출연했다.

한세영 아나운서는 단아한 이미지로 사랑받는 라디오 DJ 였다. 그녀는 이미지에 맞는 편안한 어조로 게스트로 출연한 김재훈에게 물었다.

"얼마 전에 K사의 후…… 음악 방송에 출연하셨잖아요?"

"하하하. 네, 그랬죠."

"그때 부르셨던 노래의 반응이 엄청났어요. 지금도 동영상 조회수가 폭발적으로 늘고 있다고…….”

“네. 부끄럽게도 그렇네요. 감사할 따름입니다.”

김재훈은 한마디, 한마디에 조심스러웠다. 오랜만의 방송 출연은 그를 경직시켰다. 그러나 능숙한 한세영 아나운서의 리드에 긴장이 천천히 누그러졌다.

그녀는 김재훈에게 여러 가지를 물었다. 특히 소속사에 대한 질문을 많이 던졌다. 사람들의 궁금증이 여기 있다는 걸 잘 알았다.

“힘들 때 좋은 인연을 만났습니다. 걱정을 많이 끼쳤는데, 이젠 좋은 노래로 보답하겠습니다.”

김재훈은 그 한마디로 모두의 궁금증에 답해주었다.

한세영 아나운서는 짧은 답에 조금은 실망한 눈치였다. 그래도 당황하지 않고 김재훈에게 노래를 들려달라 부탁했다. 김재훈은 아침이라 많이는 힘들다고 답하고는 짧게 노래를 불러주었다.

“내 눈에 흐르던 눈물의 의미는~”

음악방송에서 불렀던 ‘다시 한 약속’이었다. 묵직하면서도 높이 올라가는 특색 있는 목소리에 그녀의 눈이 순간 몽롱해졌다. 그러나 그녀는 프로답게 이내 원래대로 돌아왔다.

“빗물이라며 나를 위로했지만~ 여기까지입니다.”

“오오오.”

한세영 아나운서는 박수를 쳤다. 명불허전이었다. 실시간으로 날아오는 인터넷 게시판이나 문자들도 김재훈에게 수 없이 많은 찬사를 보냈다.

사람들의 아쉬움을 뒤로 하고, 짧은 김재훈의 라디오 녹음 은 끝이 났다.

"수고하셨어요."

"수고하셨습니다."

광고가 흘러나올 때, 김재훈은 한세영 아나운서의 인사를 받으며 라디오 스튜디오를 나왔다. 여전히 붉은 불이 들어온 스튜디오 밖에는 강윤이 기다리고 있었다.

"수고했어. 갈까?"

"네."

강윤은 김재훈과 함께 방송국을 떠나갔다.

AM 11:00

생활가전회사로 중견기업의 위치에 있는 H&S의 창립기 념식. 김재훈은 300명 가까이 되는 직원들 앞에서 마이크를 잡았다.

"내 눈에 흐르던 눈물의 의미는~ 빗물이라며 나를 위로했 지만~"

김재훈의 목소리가 사원들의 귓가를 강하게 울렸다. 지루 한 창립기념식에서, 김재훈의 등장은 마른 단비와도 같았다. 이미 여직원들은 주변 눈치를 보며 소리를 높이고 있었고 남자들은 몸을 들썩여댔다.

그래도 전 사원이 모인 기업행사라 화르륵 불타는 분위기는 아니었다. 김재훈은 아쉬움을 남기며 손을 흔들었다.

"감사합니다."

"와……. 아."

사원들은 박수로 김재훈을 배웅했다. 환호로 보내고 싶었지만, 옆의 부장님 눈치 보랴, 과장님 눈치 보랴 사회생활로 정신이 없었다.

PM 1:45

청주 P백화점 지역행사

김재훈이 온다는 걸 알았는지 이미 백화점 옆 작은 공연장엔 사람들이 빽빽이 들어서 있었다. 사전에 광고가 나간 게 분명했다. 1시간 남짓의 행사에 백화점은 홍보를 열심히 했는지 다양한 사람들이 모여 있었다.

"안녕하십니까? 김재훈입니다."

"꺄아아아~!"

시간이 시간이니만큼 30대 초중반의 가정주부 층이 대다수였다. 그러나 남자들과 학생들도 상당했다.

김재훈은 간단한 아이스 브레이킹을 하고 노래를 시작했다.

"들리면 사라지는~ 사랑하는~"

목소리에 마력이라도 있는지, 관객들은 손을 올리고 파도를 탔다.

PM 04:49

대전 문화회관 야외무대

"꺄아아아아아아~!"

김재훈을 보자마자 교복을 입은 학생들이 비명 같은 환호를 질렀다. 김재훈은 오랜만에 듣는 환호가 멋쩍었는지 어색하게 손을 들었다. 그러자 더 큰 환호가 이어졌다.

"구름에 가리워진 저 달처럼~"

학생들은 역동적이었다. 환호 소리에 김재훈의 목소리가 더더욱 커졌다.

'확실히 무대 체질이야.'

무대 뒤에서 그런 김재훈을 지켜보던 강윤은 어깨를 으쓱였다.

PM 06:22

서울 H호텔 기업인 행사.

PM 08:28

서울 J호텔 만찬회.

PM 09:41

대중음악잡지 '오선지' 인터뷰.

PM 11:30
남성잡지 HIT 화보 촬영.

"아하하하하……."

모든 스케줄이 끝나니 시간은 새벽 2시를 훌쩍 넘어가고 있었다. 김재훈은 이미 눈이 반쯤은 풀려 있었다. 첫날부터 엄청난 스케줄을 소화한 탓에 김재훈의 눈은 감기기 일보 직전이었다.

"고생했어."

"형도 수고하셨어요."

강윤은 김재훈의 어깨를 두드려 주었다. 김재훈의 집으로 향하는 길에 강윤이 그에게 물었다.

"반지하에서 계속 살 거야?"

"이번 돈 나오면 옮기려고 했죠. 아직 돈이 안 나왔잖아요. 하하……."

김재훈은 어색하게 웃었다. 그라고 반지하를 좋아할 리 없었다. 계약금은 모조리 은행 빚 갚는데 쓰였다. 방을 따로 마련할 여력이 있을 리 없었다.

강윤이 짧게 한숨을 쉬며 물었다.

"……당분간 우리 집에서 지낼래?"

"네? 그게 무슨……."

"당분간만. 반지하에서 계속 지내면 건강도 안 좋아질 거야."

김재훈은 강윤의 마음 씀씀이가 고마웠지만 거절했다. 다시 노래를 하게 해준 것만으로도 충분히 신세를 지고 있다고 생각했던 것이다. 그러나 강윤은 괜찮다며 계속 권했다.

한참 생각하던 김재훈은 결국 승낙했다.

"……그럼 잠시만 신세 질게요."

"미리 말하지만 나 이상한 취미는 없다."

"……형, 재미없어요."

"미안."

강윤은 차를 자신의 집으로 돌렸다.

집에 도착한 강윤은 김재훈에게 남은 방을 주었다. 희윤의 방을 내주긴 그랬다. 남은 방도 사이즈가 큰 편이라 김재훈이 지내긴 충분했다.

"집이 좋네요."

김재훈은 방 한가운데 앉으며 만족해했다. 평범한 단독주택이었지만 반지하보다 지내기는 훨씬 나았다. 강윤은 그에게 이불을 내주었다.

"편하게 지내."

"감사합니다. 조금만 신세 질게요."

김재훈이 씻으러 간 동안, 강윤은 자신의 방에 들어가 컴퓨터를 켰다. 하루 동안 난 기사들이나 동향들을 살펴볼 생각이었다.

'별다른 건 없군.'

검색어들을 보니 평상시와 크게 다를 건 없었다. 다이아틴의 셀카로 검색어에 오른 것을 제외하면 별다른 건 없는 듯했다. 그러다 한쪽 끝에 이상한 기사가 눈에 들어왔다.

'리버스엔터?'

분명히 김재훈이 월드엔터테인먼트에 오기 전 몸담았던 소속사였다. 15억이라는 위약금을 물게 한 원흉이기도 했다. 강윤은 기사를 클릭했다.

[리버스 ENT 유민성 대표, 가수 김재훈이 아직 본사와 계약 안 끝났다 주장. 저작권에 대해서는 언급 안 해…….]

유민성(42) 리버스엔터테인먼트 대표가 가수 김재훈과의 계약이 제대로 마무리되지 않았다고 주장하고 나섰다. 유민성 대표는 본지와의 인터뷰를 통해 김재훈 측과 아직 명확하게 계약이 마무리되지 않았다며 조속한 계약의 청산을 부탁했다.

……또한, 저작권에 대해서는 아직 언급할 단계가 아니라며 자세한 언급을 피했다.

–스포츠대한 연참무 기자

'……'

인터넷 한구석에 작게 실린 기사를 보며 강윤은 기가 찼다. 계약은 옛날에 끝났다. 게다가 저작권도 저들이 가지고 있었다. 순전히 자기 유리한 이야기만 지껄이고 있었다.

'조만간 전 소속사 문제도 정리해야지, 내버려두면 안 되겠어.'

강윤이 그렇게 마음을 먹고 인터넷을 닫았을 때, 김재훈이 방 안에 들어왔다.

"우와. 형님은 집에서 작업하시나 보네요."

"어? 아아. 집이 편하거든. 재훈이 너도 작곡하지 않았어?"

강윤은 자연스럽게 의자를 돌리며 화제를 전환했다. 이미 그의 표정엔 불편한 기색이라곤 없었다. 김재훈은 강윤의 방에 있는 편곡 시설들을 보며 감탄했다.

"옛날엔 좀 했어요. 그런데 작곡에는 재능이 없더라고요. 그래서 노래만 집중하기로 했어요."

"아쉽네. 싱어송라이터는 별로야?"

"이거저거 다 손대는 것보다 하나에 집중하는 게 더 낫다고 생각해요. 안 그랬으면 4년 동안 쉴 때 무너졌을지도 몰라요. 하나만 집중해서 살아남은 거라고 봐요."

"그러네. 그럼 나는 좋은 곡만 주면 될까?"

"그래 주면 고맙죠. 그런데 저 곡 보는 눈은 까다로운데?"

김재훈은 강윤의 말에 장난스럽게 답했다.

강윤은 김재훈에게 가까이 오라고 말하고는 곡 하나를 보여주었다. 희윤이 강윤에게 보내준 곡이었다. 아직 가사를 입히지도, 편곡도 다 끝나지 않은 느린 템포의 곡이었다. 김재훈은 천천히 들으며 멜로디를 흥얼거렸다.

강윤의 눈에 작은 음표들이 조화를 이루는 모습들이 들어왔다. 아쉽지만 빛은 약했다. 김재훈은 다 들어보고는 고개를 갸우뚱했다.

"음……. 나쁘진 않네요. 멜로디는 좋은 것 같아요. 그런데 뒷부분을 조금만 다듬어주시면 안 될까요?"

"그래? 어떤 느낌으로 해줄까?"

"분위기가 급하게 고조되잖아요. 그걸 조금만 완만하게 바꿔주세요."

강윤은 필요한 사항들을 적었다. 나중에 희윤에게 보내 다시 곡을 수정해 달라고 부탁할 생각이었다.

곡 이야기까지 하다 보니 시간은 새벽 3시였다. 강윤도, 김재훈도 눈이 반쯤은 감기기 시작했다.

"빨리 자자. 내일은 미장원도 가야 하는데."

"네. 형도 주무세요."

아침 일찍 시작한 두 사람의 하루는 그렇게 늦어서야 마무리되었다. 그리고 4시간도 지나지 않아 두 사람의 불꽃같은 하루는 다시 시작되었다.

리버스엔터테인먼트는 한때 5명의 스타를 보유한 잘나가던 연예기획사였다. 그러나 회사 자금 사정이 어려워지면서 지금은 단 한 명의 연예인밖에 보유하지 못한 그저 그런 회사로 전락하고 말았다.

그 원인은…….

"에이 쓰벌. 오늘도 황이네, 황."

유민성 사장은 담배 연기 자욱한 게임장을 나서며 거세게 투덜거렸다. 얼굴에 난 거친 수염과 몸에 가득한 찌든 향은 그가 사장인지 폐인인지 구별하기 힘들게 만들었다.

그는 휴대전화를 꺼내 들었다. 형편없이 구겨진 옷과는 어울리지 않게 휴대전화는 금테까지 되어 있는 한정판이었다. 그가 번호를 눌러 어디론가 전화를 하니 곧 남자와 연결되었다.

"어떻게 됐어?"

-아직 반응은 없습니다. 언론도 시큰둥하고요.

"입질이 올 때가 됐는데. 에이 씨……. 알았어."

유민성 사장은 거칠었다. 그는 상대방이 끊기도 전에 전화를 끊어버렸다.

"아, 배고파."

그는 바로 앞에 있는 순대국밥 집으로 들어갔다.

"아줌마! 여기 국밥 하나! 순대만!"

평소대로 거칠게 주문을 한 그는 TV로 눈을 돌렸다. TV에서는 여자 아이돌들의 뮤직비디오들이 나오고 있었다. 긴 다리로 어필하는 여자 아이돌의 노래에 그의 시선이 자연스럽게 쏠렸다.

"에이, 나도 걸그룹이나 하나 하는 건데. 김재훈 개자식."

그는 애꿎은 김재훈만 탓했다.

걸그룹 시대. 이미 가요계의 70% 이상은 걸그룹이 꽉 잡고 있다 해도 과언이 아니었다. 방송 어디를 봐도 걸그룹이 없는 곳이 없었다. 예능, 드라마, 심지어 교양에도 그들은 쏙쏙 진출했다.

국밥이 나와 먹고 있는데 휴대전화가 울렸다. 조금 전 통화한 직원에게서 온 전화였다.

"뭐야? 밥 먹는데?"

-죄송합니다. 그 월드엔터에서 전화 와서 연락드렸습니다.

유민성 사장은 수저를 내려놓았다.

"그래? 뭐래?"

-이미 2년 전에 끝난 계약을 이제 와 왜 들먹이냡니다. 계약서나 똑바로 확인하라고…….

"……."

유민성 사장은 속이 부글부글 끓었다. 그 사람들, 자신에게 저작권이 있다는 걸 생각 안 하는 게 분명했다. 그게 돈이 얼만데……!

"허, 그래? 거기 사장이 그런 소리를 지껄여대?"

―사장이 아니고 이사였습니다. 여자였는데…….

"이사? 참 잘 돌아간다. 계집년이 이사라니."

유민성 사장은 혀를 찼다. 그의 사상으론 전혀 이해가 가지 않았다.

"뭐, 좋아 좋아. 저작권 찾기 싫은 모양이지. 알아서 하라고 해. 앞으로 연락하지 말라고……."

―거기서 앞으로 전화하면 영업방해로 고소하겠다 했습니다.

"뭐라아?! 고소오?! 나를?!"

유민성 사장은 자리에서 벌떡 일어났다. 고소라고? 그는 상대의 말에 너무 화가 났고, 게다가 고소를 하겠다고 하니 어이가 없을 지경이었다.

"어떤 미친년이야! 어?! 내가 누군지 알고 그런! 번호 보내, 당장!"

유민성 사장은 식당이 떠나가라 고래고래 소리를 질렀다. 이미 이성이 끊어졌는지 순대국밥을 다 먹지도 않고 식당을 뛰쳐나왔다. 계산 따위는 이미 안중에도 없었다. 길거리를 걸으면서도 그는 사방이 떠나가라 소리를 질렀다. 주변 따위 알 바 아니었다.

잠시 후, 직원에게서 문자가 왔다. 그는 전화를 끊고 바로 전화를 걸었다. 곧 전화에서 여자 목소리가 들려왔다.

–네, 이현지입니다.

"너냐? 그딴 개소리를 한 게?"

–누구시죠?

상대방은 다짜고짜 욕을 들으면서도 침착했다. 유민성 사장이 천불을 토해내기 시작했지만, 전화에서는 별 반응이 없었다.

한참이 지나 유민성 사장이 씩씩대며 말이 없어질 때 즈음, 전화에서 차분한 목소리가 흘러나왔다.

–이미 계약이 끝난 지 2년이 지났고, 위약금도 모두 지급되었습니다. 그 계약을 지금 들먹였고 개인 간의 정보보호를 위한 의무를 사장님은 저버렸죠. 오늘 저희 직원이 고소장을 들고 경찰서에 갔습니다. 조만간 출석요구서가 날아들 겁니다.

"뭐야?! 고소? 너, 당신 누구야?! 김재훈이 저작권 받기 싫은 모양이지?"

–그럼 이만 끊겠습니다. 그리고 지금 통화는 녹취되고 있다는 거 알고 계시죠? 처음에 말했으니. 모욕죄도 추가해서 같이 넣어 드리겠습니다. 부디 직접 보는 일은 없길 바라죠.

말을 마치자 상대는 일방적으로 전화를 끊어 버렸다.

"야, 야!"

유민성 사장은 거리에서 고래고래 소리를 질렀다. 사람들이 저 사람 뭐냐며 수군대며 모두가 피해 갔다.

"좋아, 좋아! 김재훈이, 그렇게 나온다 이거지?!"

유민성 사장의 눈에서 광기가 튀기 시작했다.

"사장님 이야기대로 하기 했는데, 걱정이네요. 두발을 너무 심하게 한 건 아닌지."

이현지는 유민성 사장과의 통화가 끝나자마자 바로 강윤에게 전화를 걸었다.

─고생하셨습니다. 욕설이 엄청났을 텐데요.

"그런 건 괜찮아요. 어차피 고소할 테니까. 요즘 돈도 많이 썼는데 용돈 챙긴다 생각하면 되죠. 아무튼, 약은 바짝 올려놨어요. 참을성이 제로네요. 확실히 도박 중독이 맞나 봐요."

이현지는 깊은 한숨을 내쉬었다. 그런 사람이 사장이라니, 한심했다.

─하하하. 험한 말 듣느라 고생하셨어요.

"사장님이 유민성 사장을 안다는 게 더 신기하네요. 만난 적도 없었을 텐데⋯⋯. 도박 중독이라는 건 어떻게 알았어요?"

─그건⋯⋯. 아무튼 다음 계획을 진행할 차례네요. 그쪽에서 찾아오게 할 겁니다.

강윤이 말하기 꺼린다는 걸 알았는지 이현지는 더 묻지 않았다. 정보의 출처가 어디든, 그녀는 크게 개의치 않았다.

"어떻게요?"

-저런 웃기지도 않는 인터뷰를 하는 이유는 결국 돈입니다. 저작권으로 상당한 돈이 들어오고 있겠지만, 그 돈이 도박으로 줄줄 세고 있으니 우리에게서 뜯어내려는 속셈이겠죠. 저쪽에서 찾아올 때가 기회가 될 겁니다. 우린 대비하고 있다가 그때를 노리면 됩니다.

들려오는 목소리에서는 확신이 있었다. 이현지는 알았다며 고개를 끄덕였다.

"오케이. 그러면 전 고소부터 진행하죠."

-부탁해요. 당분간 제가 밖에 있으니 소속사 식구들을 부탁합니다.

"걱정 마세요."

통화가 끝났다. 이현지는 길게 기지개를 켜며 자리에서 일어났다.

"후아아. 그럼 시작해 볼까?"

이현지는 본격적으로 강윤이 이야기한 것들을 준비하기 시작했다.

to be continued

Wi(s)
Book

포텐
POTENTIAL

어떤 사물에는 그것을 오랜 기간 사용한
사람의 잠재된 능력이 고스란히 담긴다.
그리고 난 그것을 사용할 수 있다.

천재 디자이너, 죽은 이도 살리는 명의,
감성을 울리는 피아니스트, 바람기 가득한 첩보원.
그 누구라도 될 수 있다. 단, 애장품만 있다면!

달인의 눈으로 세상을 바라보는,
유쾌한 민호의 더 유쾌한 애장품 여행기!

Wish Books

내 안에 몬스터 있다

형상준 현대 판타지 장편소설

태양의 흑점 폭발과 함께 새로운 시대가 찾아왔다!

마나와 능력자, 그리고 몬스터가 존재하는 현대.
그리고 그곳을 살아가는 마나석 가공 판매업자 김호철.
평소처럼 마나석을 탄 꿀물을 마시던 그는
번개에 맞고 신비로운 힘을 각성하게 되는데……

'내 안에서 몬스터가…… 나왔다?'

그것도 김호철이 먹은 마나석의 개수만큼 많이.

레벨업 어게인

LEVEL UP AGAIN

Wish Books

잘은 모르겠지만 과거로 돌아왔다.

최단 기간, 최고 속도 레벨 업, 노블레스 등급 클리어.
생각지 못했던 행운들에 시스템상 주어지는 위대한 이름,
앰플러스 네임까지.

모든 게 좋았다.
사랑했던 여자도 이젠 지킬 수 있을 것 같았다.

[앰플러스 네임 '빛의 성웅'이 성립됩니다.]

그런데 뭐냐. 이 요상한 이름은……?
나 그런거 아닌데. 아 진짜. 아니라니까요.